Olaf Schmidt
Friesenblut

SERIE PIPER

Zu diesem Buch

»Der Wind schlug ihm hart entgegen. Es herrschte klare Sicht. Anselm blickte über den einsamen Strand und die glänzende Wattfläche hinüber. Er war wieder zu Hause.« Lange schon hat er die verschworene Inselgemeinschaft von Föhr, in die er hineingeboren worden ist, hinter sich gelassen – bis ihn eine Nachricht erreicht, die ihn bewegt und beunruhigt: Sein alter Freund Jahn teilt ihm mit, daß ein verschollenes Gemälde aufgetaucht sei von Olaf Braren, einem autodidaktischen Malergenie, dessen wenige erhaltene Bilder längst Sammlerstücke sind und über den Anselm gerade seine Doktorarbeit schreibt. So macht er sich auf die Reise zu der Insel und ihren verschlossenen Bewohnern. Doch kaum auf Föhr angekommen, verschwindet das Bild spurlos. Eine atemberaubende Suche beginnt und führt Anselm weit in die friesische Geschichte zurück, die geprägt ist von Grenzkonflikten und dem Kampf gegen die Naturgewalten und die ihn schließlich mit seiner eigenen Vergangenheit konfrontiert.

*Olaf Schmidt*, geboren 1971 auf Föhr, verbrachte seine ersten zwanzig Lebensjahre auf der Insel. Er promovierte in Germanistik und lebte in Tübingen und Amsterdam. Heute ist er Literaturredakteur des Stadtmagazins Kreuzer in Leipzig. »Friesenblut« ist sein erster Roman.

Olaf Schmidt

# Friesenblut

Roman

Piper München Zürich

Für die Nutzung der Bilder auf dem Umschlag (Dorfstraße in Utersum) und den Umschlaginnenseiten danken wir der Gemeinde Utersum. Das Bild mit der Hütte in den Dünen auf der vorderen Umschlaginnenseite stammt von Peter Carstensen.

FSC
Mix
Produktgruppe aus vorbildlich bewirtschafteten Wäldern und anderen kontrollierten Herkünften
www.fsc.org Zert.-Nr. GFA-COC-1223
© 1996 Forest Stewardship Council

Ungekürzte Taschenbuchausgabe
Piper Verlag GmbH, München
Januar 2008

Umschlag: Büro Hamburg, Heike Dehning, Stefanie Levers
Bildredaktion: Alke Bücking, Charlotte Wippermann, Daniel Barthmann
Umschlagfoto: Dorfstraße in Utersum (© Gemeinde Utersum)
Autorenfoto: Uwe Frauendorf
Satz: Fuldaer Verlagsanstalt, Fulda
Papier: Munken Print von Arctic Paper Munkedals AB, Schweden
Druck und Bindung: Clausen & Bosse, Leck
Printed in Germany ISBN 978-3-492-24927-0

www.piper.de

*Für Silke und Frederik*

Dieses Buch ist ein Roman, also ein Produkt der Fantasie. Zwar hat der Verfasser Ereignisse, die sich in einer bestimmten Gegend und zu bestimmten Zeiten abspielten, benutzt, aber er hat sie, wie es der Gang der Handlung zu fordern schien, willkürlich verändert.

# *VORSPIEL*

Endlos wand sich die Landstraße, dem Verlauf der Küste folgend, nach Norden. Rechter Hand erstreckte sich die dämmerige Marsch, zur Linken begleitete ihn der Deich, in dessen Windschatten er fuhr. Durch das gleichförmige Rauschen der Fahrt glaubte er das Tosen der See zu hören, gelbgraue Wellen, die unaufhörlich das Ufer hinaufschlugen. Die Scheinwerfer durchdrangen nur mühsam den Nebel, der immer dichter zu werden schien, je näher er dem Ziel seiner Reise kam. Die Heizung war kurz nach Hamburg ausgefallen, es war eiskalt, seine klammen Hände vermochten kaum das Lenkrad zu halten. Der Polo hatte fast kein Benzin, aber die letzte Tankstelle hatte er irgendwie verpaßt. Jetzt blinkten ihm vereinzelte Lichter entgegen: Dagebüll.

Er passierte die wenigen Häuser des Ortes und erreichte die Mole. Die Laternen, die sonst das Gelände in ein weiches orangenes Licht tauchten, waren ausgeschaltet. Im Mondlicht, das verstreut zwischen den Wolken hindurchschien, erinnerte der Hafen an einen in menschenfeindlicher Einöde aufgegebenen Außenposten. Jetzt sah er das offene Meer. Die Nordsee war noch stürmischer, als er erwartet hatte. Eine aufgewühlte Fläche, wie kochendes Blei. Es lag keine Fähre am Anleger.

Anselm parkte den Wagen im Schutze eines Lkw-Anhängers, der einsam wie ein Findling auf dem riesigen Hafengelände stand. Obwohl sein Motor schon abgestellt war, seufzte der altersschwache Polo noch einmal wie erleichtert auf. Er würde den Wagen in Dagebüll stehen lassen. Auf der Insel brauchte er nicht unbedingt ein Auto, außerdem wollte er die unverschämt hohen Beförderungsgebühren der Reederei sparen.

Beim Aussteigen fegte ihn der Wind fast von den Beinen. Aber sobald er sich landeinwärts wandte, bekam er ihn in den Rücken und ließ sich von ihm vorwärts tragen. Es war ein schwereloses Gehen, angenehm, wenn auch die Richtung aufgezwungen war. Der Wind schob ihn zu dem Gebäude am Hafeneingang, in dem sich wahrscheinlich der Fahrkartenschalter befand. Es war eine abstoßende Mischung aus Autobahnraststätte und Flugzeugtower. Als er zum letztenmal hier gewesen war – vor ziemlich genau neun Jahren –, hatte das Ding noch nicht da gestanden. Die architektonische Mißgeburt war folglich noch keine zehn Jahre alt. Vermochten der scharfe Seewind und die salzige Luft in so kurzer Zeit einen Neubau derartig zu ruinieren? Am ganzen Gebäude war kein Licht zu erkennen. Finster und trostlos stand es da wie ein Denkmal des Scheiterns. Wenn sich darin der Fahrkartenschalter befand, war er bestimmt nicht besetzt. Anselm spürte Hunger. Während der ganzen Fahrt hatte er nur ein paar Schokoriegel gegessen.

Auf einmal hörte er Musik, Fetzen irgendeines Schlagers. Außerdem wehte ihm der Geruch von Pommes frites entgegen. Anselm folgte dem Fritierduft wie einer Fährte. Er merkte, wie in seinem Mund der Speichel zusammenfloß. Ekelhaft.

Der Fettgeruch und die immer lauter werdende Musik führten ihn beinahe ganz um das Reedereigebäude herum, bis er vor einer stählernen Tür stand. Was auch immer sich hinter ihr verbarg, die blaue Leuchtschrift, die darüber angebracht war, ließ vermuten, daß hier das frittenfettgesättigte Herz des düsteren Gebäudekadavers schlug. Die Leuchtröhren bildeten die Umrisse eines Wals ab. *Zum Blauwal* stand darunter. Mit cetologischen Unterscheidungen nahm es der Wirt offenbar nicht allzu genau, denn bei dem illuminierten Meeressäuger handelte es sich, wie anhand der Schädelform eindeutig zu erkennen war, nicht um einen Blau-, sondern um einen Pottwal. Aber vielleicht lag darin auch ein tieferer Sinn, der mit Walarten gar nichts zu tun hatte?

»Pottvoll« sagte man hier oben, wenn einer so besoffen war, daß nichts mehr hineinging. Voll wie ein Pottwal – Moby Dick, der blaue Wal!

Obwohl sich sein Hunger bis zur Unerträglichkeit gesteigert hatte, konnte er sich nicht entschließen hineinzugehen. Die Musik war verstummt; es drang kein Laut mehr durch die Tür. Auch der Geruch hatte sich seltsamerweise verflüchtigt. Hatte er sich doch geirrt? – Nein, auf einmal drang wieder Tanzmusik durch die Tür, irgend etwas Lateinamerikanisches. Das Lied wurde mit lautem Hallo begrüßt. Im *Blauwal* mußte eine Bombenstimmung herrschen. Dann hub ein betrunken schlingernder Gesang an: »Ein Wind weht von Süd und zieht uns hinaus auf See.« Prompt antwortete ein infernalischer Shanty-Chor: »Mein Kind, sei nicht traurig, tut auch der Abschied weh!« Als er die Klinke in die Hand nahm, öffnete sich die Tür wie von selbst. Zögernd betrat Anselm das Etablissement. *La Paloma* dröhnte ihm in nervenzerfetzender Lautstärke entgegen: »Mein Herz geht an Bord, und fort muß die Reise gehen. / Ein Schmerz wird vergehen, doch schön wird das Wiedersehen.«

Im Inneren des *Blauwals* war es zum Ersticken heiß. Ein dicker, bläulicher Qualm erfüllte den Raum und biß in den Augen. Aber allmählich erkannte er in der wabernden Düsterkeit Einzelheiten. An den Wänden hingen grauenerregende Masken, Schilde und Speere aus Afrika oder von den Inseln der Südsee, dazwischen ausrangiertes Gerät der christlichen Seefahrt, alte Rettungsringe, Schiffsglocken, Teleskope und alle möglichen nautischen Instrumente. Von der Decke baumelte allerlei mumifiziertes Getier: Krokodile, Schildkröten, starrblickende Haifische, ein stacheliger Kugelfisch. Und in einer Ecke erkannte Anselm ein ledriges Bündel, das man wohl für einen Schrumpfkopf halten mußte. Über der Theke waren zwei sich kreuzende Harpunen befestigt, deren mit Widerhaken versehene Eisenspitzen bizarre Verbiegungen aufwiesen, von denen nicht zu sagen war, ob sie von tatsächlicher

Benutzung herrührten oder irgendwie künstlich herbeigeführt worden waren.

Die Gäste, die an kleinen Tischen beieinander hockten, sahen aus wie Seeleute, und zwar von einer Sorte, die eigentlich seit Jahrhunderten nicht mehr existieren durfte, zumindest nicht in diesen Breiten. Sie trugen struppige Bärte, das Haar hing ihnen lang und verfilzt um Stirn, Schläfen und Nacken. Ihre Gesichter waren bleich und aufgedunsen, die Augen rollten wie glühende Bälle in den Höhlen. Die Männer waren altertümlich gekleidet, dabei entsetzlich abgerissen, einigen hingen Jacke und Hose in Fetzen vom Leib. Aus kurzen Pfeifen pafften sie gewaltige Schwaden nebeligen Dampfs in den Raum. Alle bewegten sich in zeitlupenartiger Verzögerung. Anselm fühlte seine eigenen Glieder bleischwer werden, als hätte sich hier drinnen die Erdanziehungskraft verstärkt. Gleichzeitig spürte er in seinem Kopf ein seltsam berauschendes Prickeln. Sein Eintreten erregte keinerlei Aufsehen. Die Männer gaben sich mit fanatischem Eifer ihrem Gesang hin. Aus weit aufgerissenen Mündern grölte die gesamte Mannschaft: »Seemanns Braut ist die See!« Ihre Stimmen schrien wie aus unendlicher Tiefe herauf. »Kap Horrrn«, heulte es inbrünstig, »liegt auf Lee, jetzt heißt es auf Gott vertrauen!« Dann der Refrain: »Auf, Matrosen ohé! Einmal muß es vorbei sein. / Einmal holt uns die See, und das Meer gibt keinen von uns zurück.«

Als das Lied verklungen war, herrschte eine Grabesstille, als sei der ganze *Blauwal* von einem kollektiven Katzenjammer ergriffen. Das Schweigen kam Anselm entschieden bedrohlicher vor als der wilde Gesang von eben. Ihn beschlich das unangenehme Gefühl, von allen Seiten angestarrt zu werden. Vermutlich hielt man ihn für einen Eindringling. Vielleicht war es besser, sich aus dem Staub zu machen, solange die Bande noch in ihrer sonderbaren Paralyse verharrte? Andererseits war der *Blauwal* doch wohl ein öffentliches Lokal, zu dem jedermann Zutritt hatte. Warum sollte er nicht etwas zu essen bestellen? Allerdings schien hier niemand etwas zu verzehren, es wurde nur geraucht. Den Pommesgeruch hatte er vor der Tür nicht mehr wahrgenommen, und hier im Inneren war es ganz unmöglich, etwas anderes zu riechen als den stinkenden Knaster aus den Seemannspfeifen.

Auf der gegenüberliegenden Seite des Raums machte Anselm eine Art Verschlag aus. Langsam bewegte er sich hinüber. Die Entfernung konnte nicht mehr als zehn Meter betragen, doch während er den Raum durchschritt, kam es ihm vor, als müßte er wenigstens einen Kilometer zurücklegen. Überhaupt wirkte der *Blauwal* weit geräumiger, als es von außen den Anschein gehabt hatte. Der Holzschuppen, der an eine aus Treibholz zusammengezimmerte Barrikade erinnerte, stellte sich tatsächlich als Tresen heraus. Hinter der Theke war ein Mann damit beschäftigt, Bierkrüge zu reinigen. Er stieß die Gläser auf in einem Abwaschbecken senkrecht angebrachte Bürsten und schob sie mit genußvoller Gemächlichkeit auf und ab. Diese Tätigkeit schien seine ganze Aufmerksamkeit zu beanspruchen, jedenfalls schenkte er seinem neuen Gast keinerlei Beachtung. Anselm räusperte sich einige Male, was gar nichts bewirkte, zumal in diesem Augenblick wieder die Musikbox ansprang. »Es weht der Wind mit Stärke zehn«, schmetterte es durch den Raum. »Das Schiff schwankt hin und her / Am Himmel ist kein Stern zu sehn, / Es tobt das wilde Meer! / O seht ihn an, o seht ihn an: / Dort zeigt sich der Klabautermann! / Doch wenn der letzte Mast auch bricht, / Wir fürchten uns nicht!« Allerdings stieß *Das kann doch einen Seemann nicht erschüttern* bei den Gästen des *Blauwals* auf blankes Desinteresse. Niemand sang mit oder wippte auch nur mit dem Fuß. Irgendwann erstarb die Musik. Jemand mußte die Jukebox zum Schweigen gebracht haben.

»Moin, einmal Pommes mit Mayo, bitte«, sprach er den Wirt durch die lauernde Stille an.

Keine Antwort.

Der Mann war kolossal dick, den Rest seines weit zurückgewichenen Haares trug er zu einem Pferdeschwanz gebunden. Auf seinem fleckigen T-Shirt war die Aufschrift POMMESBERND zu lesen. Er schaute blödsinnig ins Leere. Hatte er Anselm wirklich nicht bemerkt, oder übersah er ihn absichtlich? Immerhin hatte er mit dem widerwärtigen Gläserspülen aufgehört.

Der Dicke blieb stumm. Sollte Anselm die Bestellung wiederholen, oder war es doch besser, einfach zu verschwinden und woanders Nahrung aufzutreiben? Doch plötzlich stöhnte Pommesbernd auf, als hätte ihn ein schwerer Schicksalsschlag getroffen. Dann zog er lautstark den Rotz die Nase hoch, drehte sich mit unendlicher Bedächtigkeit um und machte sich im hinteren Teil des Tresens zu schaffen. Es schepperte leise. Anselm konnte nicht sehen, was der Wirt in den Tiefen seiner Höhle trieb.

Nach einer ziemlichen Weile tauchte der Dicke wieder auf. Er schwitzte und schnaufte wie nach einer heftigen körperlichen Anstrengung. In der Hand hielt er eine Pappschale mit einer ansehnlichen Portion Pommes frites. Ohne den Kopf zu heben, sagte er mit heiserer, kaum hörbarer Stimme:

»Fähre fällt aus wegen Hochwasser.«

»Fähre fällt aus, ja. Hab' ich mir schon fast gedacht. Danke.«

Pommesbernd sah ihn erwartungsvoll an. Er wirkte zu Tode erschöpft, das Sprechen strengte ihn offenbar sehr an. Was kosteten die Pommes überhaupt? Anselm legte die üblichen zwei Mark fünfzig hin. Kommentarlos wischte der Dicke das Geld vom Tresen und verschwand im rückwärtigen Bereich seiner Wirkungsstätte.

Allmählich kam wieder Leben in die Bude. Die Männer unterhielten sich miteinander, aber sie sprachen so leise, daß Anselm nicht ein einziges Wort verstand. Aus dem allgemeinen Geraune stach ein betrunkener Tenor heraus. Die Stimme gehörte einem Mann, der ihm vorher nicht aufgefallen war. Er trug den dunkelblauen Kulani der Reederei, auf seinem Kopf saß eine schmuddelige Kapitänsmütze. Vor einem halbausgetrunkenen Bier und einem leeren Kornglas sitzend, redete er auf einen Seemann ein, der ihn indes überhaupt nicht wahrzunehmen schien. In aufdringlicher Weise ähnelte der Reedereimann dem Kapitänleutnant Thomsen aus dem Film *Das Boot*. Anselm lugte noch einmal zu ihm hinüber. Tatsächlich, der Kerl sah aus wie der frischgebackene Ritterkreuzträger Philipp Thomsen, wie er zu Anfang des Films sturzbesoffen in die *Bar Royal* torkelte. Vielleicht konnte der Kaleun ja über die Abfahrtszeiten Auskunft geben? Andererseits machte er nicht gerade einen dienstlichen Eindruck. Er hatte ihn wohl ein bißchen zu lange fixiert, denn bevor Anselm irgendeine Richtung eingeschlagen hatte, lallte Thomsen zu ihm herüber:

»Föhr oder Amrum?«

»Föhr.«

Der Kaleun machte eine wegwerfende Bewegung. »Das wird heute nichts mehr, wegen S-turmflutwarnung.«

Das war ja nichts Neues. »Weiß ich. Damit muß man wohl rechnen um die Jahreszeit«, erwiderte Anselm in der Hoffnung, daß das Gespräch damit beendet sein würde.

»Jawohl, da muß man mit rechnen«, pflichtete Thomsen, der nun erst in Fahrt zu kommen schien, ihm bei. »Höhere Gewalt ist das!« krakeelte er. »Da sind wir voll-kommen machtlos gegen. Wenn das Wasser s-teigt und der Wind s-tark ist wie jetzt, kommen wir irgendwann nicht mehr gegen an.«

Der hatte ganz schön einen im Kahn. Trotzdem sprach er »s« und »t« sauber getrennt aus. Gelernt ist gelernt. Vielleicht hatte Thomsen in seinem versoffenen Kopf doch noch die eine oder andere Information gespeichert?

»Aha, und morgen, wann fährt da was?«

»Geplant ist halb neun«, antwortete Thomsen. »Aber versprechen kann ich nichts. Höhere Gewalt. Mußt wohl in Dagebüll übernachten. Oder fährst nach Niebüll. – Ach nee, bleib man besser hier, denn bist du morgen früh pünktlich!«

Das *Strandhotel* also. Ein empfindlicher Einschnitt ins Reisebudget. Aber Thomsen hatte recht: höhere Gewalt.

Anselm setzte sich an einen freien Tisch und aß die fetttriefenden Fritten mit den Fingern. Erstaunlicherweise schmeckten sie köstlich.

Und jetzt? Es war noch nicht einmal fünf Uhr, obwohl es ihm vorkam, als sei es längst Mitternacht. Für das Hotel war es noch zu früh. Irgendwie mußte er ein paar Stunden totschlagen. Vor allem brauchte er jetzt etwas zu trinken.

Stumm langte Pommesbernd eine Flasche *Flensburger* über den Tresen. Dann wühlte er in einem Karton nach Zigaretten. Dabei flüsterte er irgend etwas. Anscheinend hatte er ihn etwas gefragt. Es waren ein zwei- und ein einsilbiges Wort gewesen, soviel hatte Anselm mitbekommen. Offenbar brauchte Pommesbernd die Information, um mit seiner Suchaktion fortfahren zu können. Es ging um Zigaretten – natürlich: »*Ernte*« oder »*Prinz*«? hatte er gefragt.

»*Prinz*«, sagte Anselm ruhig, als wäre zwischen Frage und Antwort keine Sekunde vergangen.

Pommesbernd stieß einen kurzen Grunzlaut aus, den man durchaus als anerkennende Geste bezüglich ihrer reibungslosen Kommunikation interpretieren konnte. »Zehn Mark«, krächzte er dann, wie zur Belohnung diesmal einigermaßen verständlich.

»Hast du auch Feuer?«

Jetzt hatte er den Bogen überspannt. Pommesbernd starrte ihn an, als hätte er ihm einen unsittlichen Antrag gemacht. Dann murmelte er etwas vor sich hin, das wie ein Stoßgebet klang. Aber er begann immerhin, wieder in seiner Schachtel herumzukramen. Tatsächlich fand sich, offenbar zu Pommesbernds eigener Verwunderung, ein altes *Ernte*-Feuerzeug. »Schmöken kannst du selber?« bemerkte der Dicke mit einem holperigen Glucksen, als er Anselm das Feuerzeug aushändigte.

Unauffällig schlich Anselm wieder an Thomsen vorbei, der jedoch vollauf damit beschäftigt war, auf seinen Kumpan einzuquatschen: »Morgen ist klarste Sicht, sag' ich dir. Da mußt du gar nicht bange sein. Merk' ich in den Gelenken.«

Er setzte sich wieder an seinen Tisch, drückte den Flaschenbügel zurück und nahm einen tiefen Schluck. Das Bier war so gut wie gefroren, wie ein elektrischer Schlag jagte ihm die Eiseskälte in die Stirn. Nichts anmerken lassen, es ging schon wieder. Das Bier beruhigte ihn, lullte ihn in eine sanfte Schläfrigkeit. Er steckte sich eine Zigarette an und zog vorsichtig, um nicht husten zu müssen. Eigentlich hatte er sich das Rauchen abgewöhnt, aber das hier war so etwas wie eine Extremsituation. Jedenfalls hatte er sich eine Zigarette verdient, nach diesem Tag.

Jetzt holte Anselm die Postkarte, die er die ganze Zeit wie einen Talisman bei sich getragen hatte, aus der Innentasche seiner Jacke hervor. Sie zeigte drei verwitterte Grabsteine, von rauher See umspült, ein Halligfriedhof bei Sturmflut. Er drehte die Karte um und las, wohl zum zehntenmal, die in chaotischer Krakelschrift hingeworfenen Zeilen:

*Anselme!*
*Besuche mich doch unbedingt auf meinem Patmos. Betrifft einen gewissen O.B. Könnte eine kleine Sensation sein. Bin auf Dein fachmännisches Urteil gespannt.*
*Dein Freund Christfried Jahn*

Das war alles. Auch am Telefon hatte Jahn nicht mehr verraten wollen. Typisch.

Anselm dachte daran zurück, wie Jahn und er sich kennengelernt hatten. Noch unsicher, welches Studium er aufnehmen sollte, hatte Anselm sich damals in verschiedenen Fächern umgesehen und war dabei in ein theologisches Kolleg über das Buch Genesis geraten. Obwohl der Professor bei der dritten Sitzung noch immer nicht über den ersten Satz der Bibel hinausgelangt war und Anselm kaum etwas oder, besser gesagt, nichts verstanden hatte, irgendwie hatte ihn die überaus gründliche Auslegung der Schöpfungsgeschichte fasziniert, und er war dabeigeblieben.

Der Assistent des Professors hatte jeweils vor Beginn der Vorlesung den zugrundeliegenden hebräischen Text an die Tafel geschrieben. Eines Tages hatte Anselm in der Pause allen Mut zusammengenommen und seinen Sitznachbarn gebeten, ihm den Text zu erklären. Schlagartig war um sie herum eine peinliche Stille eingetreten. Aber der breite Student mit dem Fusselbart und der altmodischen Brille hatte sich davon nicht beirren lassen und ihm in aller Geduld den ersten Satz der Heiligen Schrift Wort für Wort erklärt. Anselm konnte ihn noch immer in der Originalsprache auswendig hersagen: *Bereschit bara elohim eth haschamajim weeth haarez* – »Im Anfang schuf Gott den Himmel und die Erde.« Beinahe hätte er sich damals für Theologie eingeschrieben. Sein neuer Freund hatte das mit ebenso behutsamen wie geschickten Argumenten zu verhindern gewußt. Jahn selbst hatte zu der Zeit schon an seiner Dissertation gearbeitet und bald darauf sein Vikariat angetreten.

Die Neugier, die er während der Fahrt einigermaßen im Zaum gehalten hatte, kam jetzt wie ein nervöses Fieber über ihn. Hatte Jahn tatsächlich ein Bild von Oluf Braren entdeckt? – »Fachmännisches Urteil« – er war sich vermutlich nicht sicher, ob das Bild echt war. Was sollte das sonst bedeuten? Aber hielt Jahn allein den Fund eines neuen Bildes für eine Sensation, oder meinte er das, was darauf zu sehen war? Was konnte das sein? – Ein Akt! schoß es Anselm durch den Kopf. *Sie* nachts, heimlich bei Kerzenschein gemalt. Womöglich hatte Braren den Akt als mythologische Szene gestaltet: Ing Matzen als Helena oder Nausikaa. – Nein, nein, ganz anders: als Maria Magdalena! Aber nicht zerknirscht und andächtig, sondern mit schwülen Augen und seltsam lächelnden Lippen. Ein nazarenischer Porno! Das wäre tatsächlich eine Sensation. Etwas in der Art konnte Anselm jedenfalls brauchen. Es lief nicht gut mit der Arbeit. Professor Hartmann war von dem Thema von Anfang an nicht begeistert gewesen.

Na ja: »OLUF BRAREN (1787–1839): Schulmeister auf der Insel Föhr (Nordfriesland/Schleswig-Holstein), Volksmaler.« So oder ähnlich war er in den einschlägigen Lexika aufgeführt – wenn er überhaupt erwähnt wurde. Oluf Braren stand nicht gerade im Rampenlicht des kunsthistorischen Interesses. Er galt als ein Vertreter der naiven Kunst, wobei Anselm immer schleierhaft geblieben war, was mit »naiver Kunst« gemeint sein sollte. Konnte Kunst, wenn es sich tatsächlich um Kunst handelte, überhaupt naiv sein? Und wenn sich eine Kunstäußerung als naiv ausgab, also bewußt naiv war, bedeutete das nicht gerade das Gegenteil von naiv? Hartmann betrachtete jedenfalls die sogenannte Volkskunst als einen der wissenschaftlichen Betrachtung unwürdigen Gegenstand und damit Schluß. Das war Anselm schon klar gewesen. Aber deshalb ja Oluf Braren! Als er Hartmanns Mundwinkel spöttisch zucken gesehen hatte, war ein Trotz in ihm aufgestiegen, wie er ihn vorher an sich gar nicht gekannt hatte, ein untrügliches und unbezwingbares Gefühl von »Jetzt erst recht«. Anselm wollte beweisen, daß Brarens Malerei keine simple Abbildung des Volkslebens war. Er wollte schlüssig darlegen, daß es sich hier nicht um Sonntagsmalerei handelte, sondern im echten und wahrsten Sinne um Kunst. Mit anderen Worten: Seine Doktorarbeit mußte ein Meisterwerk werden.

Professor Hartmann, sonst gegen studentische Gefühlsaufwallungen ganz und gar unempfindlich, hatte an dem Spielchen offenbar Gefallen gefunden, süffisant gelächelt und gesagt: »Sie können mich ja eines Besseren belehren.« Es kam vor, daß er sich, vielleicht um seinen Ruf der Unberechenbarkeit von Zeit zu Zeit aufzufrischen, plötzlich für irgendein besonders abgelegenes Thema interessierte, einen Kandidaten mit Lob überhäufte und tatkräftig förderte. Für seine Magisterarbeit über die Figur des Zephyros in Botticellis *La Primavera* hatte Anselm vor ein paar Semestern selbst einige Strahlen der Hartmannschen Gnadensonne genossen. Dabei war es eine reine Fleißarbeit gewesen. Längst war auf diesem Gemälde jedes Detail mythologisch, astrologisch, alchemistisch oder sonstwie entschlüsselt. Doch Hartmann hatte die Arbeit anscheinend selbst gelesen und sich anerkennend dazu geäußert.

Aber auf Oluf Brarens Bildern gab es keine Allegorien, mythologischen Anspielungen und Rätsel! Und die spärliche Literatur, die, meist aus den zwanziger und frühen dreißiger Jahren, zu dem Föhrer Maler vorhanden war, sagte zwar einiges über die fragwürdige Weltanschauung ihrer Verfasser, jedoch kaum etwas über Brarens Werk selbst aus. Allein die Dissertation eines gewissen Friedrich Blumenthal, *Oluf Braren: Außenseiter und Genie*, unterschied sich wohltuend von den Machwerken aus dieser Zeit. Blumenthal hatte Brarens Genie erkannt, verzichtete aber ganz auf den völkischen Blödsinn, den viele seiner Zunftgenossen verzapft hatten. Leider ging es ihm eher um Oluf Brarens Lebensgeschichte als um eine kunstwissenschaftliche Analyse seiner Malerei. Immerhin hatte Blumenthal die Bilder noch mit eigenen Augen betrachten können. Vor drei Jahren waren Oluf Brarens Hauptwerke bei einem Brand im Altonaer Museum vernichtet worden. Damit war die ohnehin kaum noch lebendige Braren-Forschung endgültig erledigt gewesen. Gegenwärtig gab es nur einen wirklichen Experten für Oluf Braren: Horst von Hippel, den Direktor der kunstgeschichtlichen Sammlung im Schleswiger Landesmuseum. Hippel war es im letzten Jahr sogar gelungen, ein bis dahin unbekanntes Gemälde Brarens aufzustöbern. Der Fund hatte Anselm darin bestärkt, seine Dissertation über den Föhrer Maler zu schreiben. Es war überhaupt nicht ausgeschlossen, daß auf irgendeinem Dachboden noch ein Gemälde von Braren herumlag. Als Pastor kam Jahn viel in den Dörfern herum …

Der *Blauwal* hatte sich unterdessen geleert. Nur der Reedereimann lag mit dem Kopf auf dem Tisch und schnarchte. Merkwürdig, Anselm hatte keinen Aufbruchslärm gehört, kein Stühlerücken, keine Verabschiedungen. Aus der Jukebox ertönte gleichgültiges Gedudel. Anselm rauchte eine letzte Zigarette. Dann verließ er das Lokal.

Der Nebel hatte sich beinahe vollständig verzogen, statt dessen hatte es heftig zu regnen begonnen. Anselm holte seine Reisetasche aus dem Wagen und beeilte sich, ins Hotel zu kommen. Das *Strandhotel* stand dicht hinter dem letzten Stück Deich, das in das Hafengebiet hineinreichte. Ein eher gutbürgerliches Haus. Aber ihm blieb keine Wahl, ein anderes Hotel gab es nicht im weiten Umkreis. Die Frau an der Rezeption behandelte ihn mit routinierter Höflichkeit und ersparte ihm sogar eine Bemerkung zum wetterbedingten Ausfall des Fährbetriebs. Wohl nicht der Rede wert. Schließlich lebte das *Strandhotel* von denjenigen, die die letzte Fähre nicht erwischten. Ihm fiel ein, daß er bei Jahn anrufen mußte, um Bescheid zu geben, daß er erst morgen früh kommen würde. Im Hotel gab es ein Münztelefon. Jahns Frau nahm ab. Sie machte nicht viele Worte. Morgen früh wollte sie bei der Reederei anrufen, fragen, wann das erste Schiff von Dagebüll kam, und ihn dann am Hafen abholen.

Als Anselm in seinem Bett lag, fiel er augenblicklich in einen tiefen, traumlosen Schlaf.

## *I. Kapitel:*

# NEPHELE

Sie [die Insul Föhr] wird bewohnet von rauhen Leuten, wiewol sie ein wenig mehr als die Sylter poliret seyn, halten sonst noch über alt=friesischen Habit, zusampt deroselben Sprachen, steiff und fäst.

C. Danckwerth:
*Newe Landesbeschreibung der zwey Hertzogthümer Schleswich und Holstein*

Und blicke keinen von den Menschen an und befrage keinen! Denn die hier dulden nicht gern fremde Menschen bei sich und begegnen dem nicht freundlich, der von anderswoher kommt.

*Odyssee,* Siebenter Gesang

Das Wattenmeer lag wie ein schimmernder Spiegel vor ihm. Der Sturm hatte sich über Nacht gelegt, der Wind war kaum zu spüren. Der gestrige Abend kam ihm wie ein halbvergessener Traum vor. Anselm blickte hinüber nach Föhr. Die Insel war in eine dunkle Wolke gehüllt, als sei dort drüben der Tag noch nicht angebrochen. Sie lag nicht sehr weit vom Festland entfernt, dennoch würde die Fähre beinahe eine Stunde brauchen, um den Wyker Hafen zu erreichen. Sie konnte nicht auf direktem Kurs hinüberfahren, sondern mußte aus Rücksicht auf Sandbänke und Untiefen einer kurvenreichen Fahrrinne folgen. In der Hochsaison pendelten die Fährschiffe ununterbrochen zwischen dem Festland und den Inseln hin und her, jetzt, im Herbst, herrschte nur schwacher Betrieb. Die Inseln lagen schon im Winterschlaf.

Mit der Morgenröte im Rücken stand Anselm auf dem Promenadendeck der Fähre, die ihn auf die Insel bringen sollte. RUNGHOLT stand in schwarzer Balkenschrift auf die Bordwand gepinselt. »Heut bin ich über Rungholt gefahren, / Die Stadt ging unter vor sechshundert Jahren.« Das hatten sie in der Schule auswendig lernen müssen. Das reiche Rungholt ging unter um seiner Sünden willen, wie Sodom und Gomorrha. Was hatte sich die Reederei nur dabei gedacht, eines ihrer Schiffe nach einer im Meer versunkenen Stadt zu benennen? *Nomen male ominatum.* Außer ihm hielt sich nur ein älteres Paar auf dem oberen Deck auf. Beide trugen Gummistiefel und Friesennerze, obwohl es nicht einmal nieselte. Eingefleischte Föhr-Fans, die seit vierzig Jahren jeden Herbst auf der Insel verbrachten, der Stille und Einsamkeit wegen. Gründe, aus denen man auch Selbstmord begehen konnte. Sie winkten zu ihm herüber. Anselm erwiderte kurz den Gruß und beeilte sich, die Treppe hinunter auf das Achterdeck zu kommen.

Föhr war seine Heimat, falls es für ihn so etwas gab. Durch Zufall, nein, durch einen Unfall, den Autounfall, bei dem seine Eltern gestorben waren. Da war er vierzehn Jahre alt gewesen. Seine Großeltern hatten ihn zu sich auf die Insel genommen. Bei der Beerdigung seiner Großmutter war er zum letztenmal dort gewesen. Kein Mensch würde ihn mehr kennen. Damals hatten sie Friesisch miteinander gesprochen, eine klangvolle, dabei eigenartig kantenlose Sprache, anders als das Deutsche. Seine Mutter-, nein Großelternsprache. Eine Sprache, die es eigentlich gar nicht mehr geben durfte, die vergessene Zwillingsschwester des Englischen. Das Friesische hatte nicht wie das Angelsächsische vornehm geheiratet. Es war ledig geblieben und dämmerte nun in diesem entlegenen Winkel seinem Ende entgegen. Allerdings war schon vor Jahrhunderten sein baldiges Aussterben vorausgesagt worden. Aber es war zäh, das alte Tantchen. Auf Föhr wurde immer noch Friesisch gesprochen. Die Sprache gehörte in eine andere Zeit, in der er ein anderer gewesen war. Irgendwann hatte sich alles geändert. Nicht mit einem Schlag, sondern kaum merklich, schleichend. Es hatte immer öfter wegen Kleinigkeiten Streit gegeben. Das Leben auf der Insel war ihm unerträglich eng vorgekommen. Ein Lehrer vom Gymnasium hatte seine Großeltern schließlich davon überzeugt, daß es für alle das Beste sei, ihn auf ein Internat zu schicken. Geld dafür war aus der Erbschaft seiner Eltern vorhanden gewesen. Die Entscheidung hatte sich als richtig erwiesen. Das Verhältnis zu seinen Großeltern hatte sich tatsächlich wieder gebessert. Aber bei jedem seiner Besuche waren sie ihm leiser und auf eine sonderbare Weise durchscheinender vorgekommen, und nie war er die Vorstellung los geworden, daß sein Wegzug ihr Verlöschen beschleunigt oder sogar ausgelöst hatte. Als sie kurz hintereinander gestorben waren, hatte es für ihn keinen Anlaß mehr gegeben, auf die Insel zurückzukommen. Der Kauferlös des alten Friesenhauses war so beträchtlich gewesen, daß er die letzten Jahre von dem Geld hatte leben können.

Die Insel lag jetzt zum Greifen nahe. Auf dem Wyker Sandwall waren bereits Einzelheiten zu erkennen, entlaubte Bäume, geschlossene Cafés, der verwaiste Pavillon der Kurkapelle. Obwohl es aufgeklart hatte und die Sonne die Szenerie jetzt mit einem goldenen Licht überflutete, als hätte der Fremdenverkehrsverein sie dafür bezahlt, bewegten sich nur wenige Menschen auf der Promenade, Individualisten wie seine beiden Mitreisenden, die den melancholischen Charme eines Seebades im Herbst zu schätzen wußten. Sich am Strand richtig »durchpusten« lassen, dann irgendwo gemütlich einen Pharisäer trinken …

Langsam lief die Fähre in den Hafen ein. Der Kai war beinahe menschenleer. Nur eine Frau mit hellblondem Haarschopf stand rauchend an einen Kombi gelehnt. Jetzt blickte sie zu ihm herüber. Anselm winkte andeutungsweise.

Die Frau hob kurz die Hand.

»Moin, ich bin Katharina.«

Ein kräftiger Händedruck. Katharina sah entschieden ökologisch aus, schlichte kurze Frisur, kein Make-up, verschossener Bundeswehrparka. Sie hatte eine zierliche Figur, wirkte aber keineswegs zerbrechlich – und war alles in allem ziemlich hübsch. Wie war Jahn an so eine Frau gekommen? Schon früher hatte sein Freund unter erheblichem Übergewicht gelitten, obwohl man eigentlich nicht behaupten konnte, daß er darunter irgendwie *gelitten* hätte. Aber Jahn legte überhaupt auf sein äußeres Erscheinungsbild keinen übertriebenen Wert und neigte zu einer gewissen junggesellenhaften Verwahrlosung. Ja, im Grunde war Jahn der geborene Junggeselle. So jedenfalls war es Anselm immer vorgekommen. Es sah so aus, als habe er sich geirrt. Würde sein Freund noch der alte sein? Vielleicht hatte Katharina ihn total umgekrempelt? So etwas kam vor. Anselm lächelte sie an. Katharina ignorierte es. Es hatte wohl sehr dämlich ausgesehen.

Er ging zum Heck des Volvos, um seine Tasche im Kofferraum zu verstauen. Auf der Heckklappe prangte eine verblaßte Atomsonne. ATOMENERGI NEJ TAK stand darunter. Natürlich, Katharina und Jahn hatten sich auf einer Demo kennengelernt, Brockdorf, Gorleben oder wo sich Jahn damals herumgetrieben hatte. Als Anselm die Klappe öffnete, schlug ihm ein bestialischer Gestank entgegen. Im Kofferraum lag, den Körper regungslos ausgestreckt, ein riesenhafter Jagdhund. Er hätte ihn für tot gehalten, wenn das Tier jetzt nicht leicht seinen Kopf gehoben und die Ohren angelegt hätte. Der Hund musterte ihn. Sein Blick war von stumpfer Gleichgültigkeit, als wäre seine Aufmerksamkeit nur noch ein schwacher Reflex seiner Jagdhundnatur. Er schien sehr alt zu sein. Sein Fell war struppig und von unbestimmter Farbe, an einigen Stellen war er beinahe kahl. Der übelkeiterregende Geruch kam aus dem Maul des Tieres, wahrscheinlich waren seine Zähne verrottet.

»Was ist?« Katharina hatte sich schon hinter das Steuer gesetzt. Offenbar hatte sie es eilig.

»Du weißt schon, daß da ein Hund im Kofferraum liegt?«

»Ein Hund?« Katharina schien überrascht zu sein. »O nein, wie schafft er das bloß immer wieder!«

Der Hund stieß ein schuldbewußtes Winseln aus und wandte seinen Kopf nach vorn, um Katharinas Strafpredigt in Empfang zu nehmen. Anselm schlug die Kofferraumklappe zu und nahm seine Tasche mit nach vorn. Er mochte sie nicht neben dem stinkenden Tier liegen lassen.

»Ach, Scipio!«

»Scipio?«

»Jahn hat sich den Namen ausgedacht. Keine Ahnung, was das soll.«

Warum nannte Katharina ihren eigenen Mann beim Nachnamen? Sie hatte sich vermutlich einen gräßlichen Doppelnamen zugelegt. Weshalb wußte er das alles eigentlich nicht? Er selbst hatte seinen Freund auch stets mit Nachnamen angesprochen.

»Wie seid ihr denn an den Hund gekommen?« Daß Jahn sich für Hunde interessierte, war neu. Soviel Anselm wußte, hatte er mit Tieren niemals etwas anfangen können. Das hatte sich auf dem Land anscheinend geändert.

»Hat ihn bei einem Hausbesuch gefunden. Sein Herrchen war schwerer Alkoholiker. Scipio hat auf einem Misthaufen gelegen, total verlaust.«

»Sieht schon ziemlich alt aus.«

»Früher soll er ein toller Jagdhund gewesen sein, preisgekrönt und so. An den Namen von dem Hund konnte sich der Besitzer nicht erinnern, daran wohl.«

Sie fuhren über die Geest. Utersum lag an der Westküste, auf der anderen Seite der Insel, ungefähr 20 Kilometer von Wyk entfernt. Katharina drückte ziemlich aufs Gas. Der Asphalt der Straße glänzte vor Nässe, es mußte vor kurzem geregnet haben. Aber jetzt strahlte der Himmel in übertriebener Bläue. Die Gegend war nicht so flach wie die von Menschenhand geschaffenen Köge auf dem gegenüberliegenden Festland, aber genauso durch schnurgerade Gräben und Straßen gegliedert. Auch hier war jeder Quadratmeter vermessen, in Besitz genommen und nutzbar gemacht. Oluf Braren hatte noch eine andere Landschaft vor Augen gehabt. Vor zweihundert Jahren war die Marsch noch fast unerschlossen gewesen, die Geest größtenteils mit Heide bewachsen. – Die Heide, verfluchtes Land, Ort der Geister und Dämonen. Aber Braren hatte sich wohl nie dafür interessiert, die Landschaft war für ihn kein Thema gewesen. Nazarenischen Kitsch hatte er schon fabriziert, aber von Runge oder Friedrich keine Spur. Leider.

Bereits nach wenigen Minuten hatten sie die alte Grenze überschritten, die Oster- von Westerlandföhr trennte. Während der östliche Teil der Insel früher zum Herzogtum Schleswig gehört hatte, war Westerlandföhr immer Teil des Königreichs Dänemark gewesen. Weil der dänische König meistens auch Herzog von Schleswig gewesen war oder umgekehrt, war das eigentlich egal.

Dennoch gab es bis heute zwischen den beiden Inselteilen ziemliche Unterschiede. Die Osterländer waren immer Schleswig-Holsteiner gewesen, während die Westerländer sehr lange an ihrer Loyalität zur dänischen Krone festgehalten hatten. Als nach dem Ersten Weltkrieg auf Föhr abgestimmt wurde, ob die Insel – wie vor dem Deutsch-Dänischen Krieg 1864 – wieder Dänemark zugeschlagen werden sollte, hatten viele Westerländer für den Anschluß gestimmt. Auf Westerlandföhr wurde noch mehr Friesisch gesprochen als im Osten, wo das Plattdeutsche sehr verbreitet war. Die Westerländer waren noch auf Walfang gefahren, als sich die Osterländer schon längst der Landwirtschaft zugewandt hatten. Und so weiter. Es war, als gestalteten die Menschen ihr Leben einzig als Abgrenzung zu ihren nächsten Nachbarn, und das auf diesem winzigen Flecken Erde. Was auf den anderen Inseln oder gar auf dem gegenüberliegenden Festland geschah, waren Nachrichten aus einer fremden Galaxie. Klang das Amrumer Friesisch zumindest den Westerlandföhrern noch halbwegs vertraut, konnten sie den Sylter Dialekt kaum noch verstehen – und wollten es auch nicht.

Die Dörfer, durch die sie fuhren, wirkten wie ausgestorben. Als wäre eine von diesen Neutronenbomben gefallen, die alles Leben auslöschten und nur die Gebäude stehen ließen. Postnukleare Stille.

»Das ist ja unheimlich. Wo sind die alle?«

»Sonntagmorgen«, sagte Katharina.

»Die sind doch nicht alle in der Kirche?«

Katharina stieß ein verächtliches »Pff« zwischen den Zähnen hervor und drückte die aufgerauchte Zigarette in den Aschenbecher.

Das Utersumer Pastorat war im Grunde ein großzügig angelegtes Friesenhaus. Es war von einem weitläufigen Garten umgeben und wirkte beinahe herrschaftlich, diente aber ursprünglich vor allem als Wirtschaftsgebäude; früher hatte der Herr Pastor seine

Viktualien selbst anbauen müssen. Jahns Domizil stand in unmittelbarer Nähe der St.-Silvester-Kirche, gleichsam in ihrem Schatten. Die Kirche schien für die bescheidenen Verhältnisse der Insel zu gewaltig. Aber der mächtige Backsteinbau war älter als die ihn umgebende Landschaft, St. Silvester hatte schon da gestanden, als die Uthlande noch nicht von der See zerrissen waren, und die kirchlichen Ländereien hatten sich weit über die Grenzen der heutigen Insel hinaus erstreckt.

Anselm folgte Katharina in die Küche des Pastorats, einen großen Raum mit sehr niedriger Decke, über die sich längs zwei gewaltige Balken zogen. Dem ersten Deckenbalken wich er gerade noch aus. Als er sich wieder aufrichtete, wäre er um ein Haar mit dem Kopf an den zweiten gekracht.

»Gewöhnt man sich dran«, sagte Katharina, ohne hingeschaut zu haben. »Ich muß mich jetzt ums Mittagessen kümmern.«

Die Regale und Schränke waren vollgestopft mit Tongefäßen, in denen wohl Kräuter und irgendwelcher Körnerkram aufbewahrt wurden. Hatte Jahn nicht erzählt, daß Katharina Heilpraktikerin von Beruf war? So etwas in der Art. Wurde sein alter Freund mit Haferschleim und Brennesselauflauf zwangsernährt? Vielleicht war Jahn nur noch ein Strich in der Landschaft? Katharina war das zuzutrauen.

»Ich muß zusehen, daß ich mit dem Kochen anfange.« Sie sprach mit einem seltsam nachdrücklichen Unterton. Hatte sich der Abscheu so deutlich auf seinem Gesicht abgezeichnet? Aber beleidigt hatte sie eigentlich nicht geklungen. Nein, Katharina wollte ihn bloß aus der Küche heraushaben.

Anselm beschloß, bis zum Mittagessen einen Spaziergang zu machen. Vielleicht fand er unterwegs eine Pommesbude, falls sich seine dunklen Ahnungen, was Katharinas Kochkünste betraf, bestätigen sollten. Er versprach, rechtzeitig zurück zu sein.

Anselm schlenderte die Dorfstraße entlang. Er begegnete keiner Menschenseele. Utersum war in einer kaum erträglichen

Weise herausgeputzt. Die Straßen waren mit mattglänzenden Steinen gepflastert, die Dächer der Häuser mit frischem Reet gedeckt. Nirgendwo ein stinkender Misthaufen zu sehen, kein Hahn krähte, keine Hunde liefen umher. Es spielten keine Kinder auf der Straße. Die meisten Friesenhäuser gehörten Auswärtigen und waren nur in den Ferien oder am Wochenende bewohnt. Andererseits: Ohne den Fremdenverkehr sähe es auf Föhr wahrscheinlich aus wie auf diesen kleinen Ägäisinseln, wo nur noch ein paar schwarzgekleidete Witwen vor sich hinvegetierten. Nun ja: Das kleine Volk der Inselfriesen hatte weiß Gott seinen Beitrag zur Ausplünderung der Welt geleistet. Jetzt fuhr man eben nicht mehr auf Beute hinaus, der Reichtum kam von selbst. Was hatte sich schon wirklich geändert?

Von einer Imbißbude war weit und breit keine Spur. An der Stelle, wo früher der Kaufmannsladen gewesen war, stand jetzt ein kleiner *Spar*-Markt. Sonntags war der natürlich geschlossen. Trotzdem schien sich jemand darin aufzuhalten. Durch die Plakate mit Sonderangeboten, mit denen das Schaufenster fast zugeklebt war, sah Anselm eine Gestalt. Jetzt bemerkte er, daß die Tür einen Spalt offen stand.

Er betrat den Laden.

»Sonntag nur für Einheimische!« schallte ihm eine merkwürdig tonlose Stimme entgegen.

Der Mann kehrte ihm den Rücken zu. Woher wußte er, daß ein Fremder und kein Einheimischer den Supermarkt betrat? Vielleicht erkannte er seine Kunden an der Art, wie sie die Tür öffneten? Ohne sich weiter um seine Kundschaft zu kümmern, beschäftigte sich der Kerl damit, das käfigartige Gerüst vor der Kasse mit Süßigkeiten und Zigaretten aufzufüllen.

»Ich will nur eben Zigaretten kaufen.«

»Sonntag nur für Einheimische«, wiederholte der Verkäufer ungerührt. Vermutlich war es sinnlos, ihm zu erklären, daß er, Anselm, durchaus als Einheimischer durchgehen konnte. Aber so einfach wollte er sich auch nicht abspeisen lassen. Was erlaubte der sich eigentlich!

Jetzt drehte sich der Verkäufer zu ihm um. Er war ungewöhnlich hochgewachsen und trug einen blütenweißen Kittel mit dem grünen *Spar*-Tannenbaum am Ärmel. Auf dem grobknochigen und ungelenk wirkenden Körper saß ein Kopf, der aussah, als sei er mit dünnem Pergament bespannt. Das Totenschädelhafte wurde durch die tiefliegenden Augen noch verstärkt. Zu allem Überfluß verunzierte eine breite Spalte in der Oberlippe das Gesicht des Mannes. – Volli Hasenscharte! Auf der Grundschule war er eine Klasse über Anselm gewesen. Volker Drenkhahn hieß er eigentlich.

»Volli? Volli Drenkhahn?«

Volli glotzte ihn mit offenem Mund an. Aber er schien nicht im mindesten überrascht zu sein, ihn zu sehen, geschweige denn erfreut. So mit offenem Mund hatte er schon früher immer dagestanden.

»Du arbeitest also hier«, sagte Anselm. Das war keine sonderlich intelligente Bemerkung, aber irgendwie mußte man Volli auf die Sprünge helfen.

»Ja«, antwortete Volli.

Immerhin, aber mehr war von ihm wohl nicht zu erwarten. Jetzt hatte er wenigstens den Mund geschlossen.

»Und wie geht es dir so?«

Volli schien mit der Frage nichts anfangen zu können. Sein Kiefer hing wieder herab. Soweit Anselm sich erinnern konnte, war Volli Hasenscharte keineswegs debil, obwohl er so aussah.

»Was willst du kaufen?« stieß Volli hervor.

Erkannte er ihn überhaupt wieder? War er zu allen Kunden so? Oder war da noch eine Rechnung offen? Volli hatte es nicht leicht gehabt, damals in der Schule. Immerzu war er von seinen Mitschülern auf jede nur erdenkliche Weise gepiesackt worden. Die Lehrer waren auch nicht besser gewesen. Anselm konnte sich nicht erinnern, sich bei den Hänseleien besonders hervorgetan zu haben. Vollis Eltern waren nach dem Krieg als Flüchtlingskinder auf die Insel gekommen, und das waren sie immer geblieben: Flüchtlinge. So wurden sie auch später noch genannt und behandelt, obwohl sie schon mehrere Jahrzehnte hier lebten. Wahrscheinlich mußte Volli seine früheren Peiniger heute im Laden bedienen.

Der stand mit verschränkten Armen da und wartete auf die Bestellung. Die Hasenscharte zuckte gereizt.

»Eine Packung *Prinz* und Schokolade, bitte.«

Volli nahm eine Schachtel aus dem Gestell, ebenso eine Tafel *Spar*-Schokolade und legte beides auf das Band. Dann setzte er sich an die Kasse, nahm nacheinander die Zigarettenschachtel und die Schokolade in die Hand, drehte und wendete die Ware und starrte sekundenlang auf die Preisschilder. Offenbar konnte er die Preise nicht auswendig. Dann begann er, die Zahlen einzutippen. Nach einer halben Ewigkeit blinkte in grünen Ziffern der Endbetrag auf. Glücklicherweise konnte Anselm passend zahlen. Er nahm seine Beute und beeilte sich, den Laden zu verlassen. »Also, tschüß dann. Vielleicht sehen wir uns demnächst.«

Volli Hasenscharte gab keine Antwort.

Wie von selbst hatte Anselm den Weg zum Friedhof eingeschlagen. Durch die Mauern der Kirche drang gedämpft ein Choral mit Orgelbegleitung. Jahn hielt seinen Gottesdienst. Irgendwo im südlichen Teil des Friedhofs lag Oluf Braren begraben. Anselm mußte eine ganze Weile suchen, bis er die Stelle gefunden hatte. Natürlich hatte man Braren nicht einen dieser hohen, reichverzierten Grabsteine gesetzt, die sich auf dem Friedhof drängten.

Abseits, zwischen hochwachsendem Gras, stand eine schlichte Tafel aus rötlichem Sandstein. Die Grabplatte des Malers war vor ein paar Jahren aufgefunden und restauriert worden. Auf ihr war eine Bodenscholle eingemeißelt, aus der eine Blume sproß, die sich in zwei Stengel teilte. Beide Stengel waren abgeknickt, der linke trug eine Tulpen-, der rechte eine Sternblüte, das Symbol für kinderlos gestorbene Eheleute. Unter dem Bildfeld, auf dem noch verblaßt blaue und rote Farbe zu erkennen war, las Anselm:

Dem Andenken der beiden Eheleute des Schullehrers Oluf Braren und Meete Braren. Ersterer ist den 25 Febr 1787 in Oldsum geboren. 1808 den 25 Sept ehelichte er die neben ihm ruhende Meete geborne Wilhelms. Seit seinem 19ten Jahre Jugend Lehrer, ging er den 22 Märtz 1839 in einem Alter von 52 Jahren 3 Wochen 4 Tagen zum bessern Leben ein. Letztere ist 1783 den 15 Aug in Archsum auf Sylt geboren, nachdem sie in einem 20jährigen Wittwenstand gelebt hatte entschlief sie 1859 den 13 Sept in einem Alter von 73 J 30 Wo 2 T.

Irgend jemand hatte Blumen auf das Grab gelegt. Man hatte sich an Oluf Braren erinnert.

Anselm sah auf die Uhr. Es war noch Zeit, einen Spaziergang ans Wasser zu machen.

Niedrige Fichten säumten den Weg zum Strand, ihre Äste zeigten in unnatürlichen Verrenkungen nach Osten. Plötzlich schlug ihm der Wind hart entgegen. Es herrschte klare Sicht. Anselm blickte über den einsamen Strand und die glänzende Wattfläche hinüber nach dem nahe gelegenen Amrum und der Südspitze von Sylt. Vogelschreie drangen verstreut an sein Ohr.

Er war wieder zu Hause.

An einem Vormittage im Herbst des Jahres 1807 stand, in seinen blauen Sonntagsrock gekleidet, der junge Hilfslehrer Oluf Braren auf dem Strand des Eidumer Kliffs. Der Nebel lichtete sich eben über dem Meere, das sich an diesem Morgen außergewöhnlich ruhig zeigte. Es war beinahe windstill, nur hier und da ließ sich eine weiße Schaumkrone auf der Wasserfläche sehen. Jetzt durchschossen einzelne Sonnenstrahlen den Dunstschleier. Oluf Braren blickte die Horizontlinie entlang, als hielte er nach etwas Ausschau. Das Wasser schien sich ins Unendliche auszudehnen. Doch er wußte, daß die Westsee nur ein Fortsatz der großen Spanischen See war, des Ozeans, in welchen sie an ihrem nördlichen und südlichen Ende mündete. Gegenüber lag die Insel England, erst dahinter erstreckte sich der eigentliche Ozean, um selbst an die Küsten der beiden Amerika zu stoßen. Die Welt ging weit über den sichtbaren Horizont hinaus.

Es ebbte, die See zog sich zurück. *Vnd das Gewesser verlieff sich von der Erden jmer hin / vnd nam abe / nach hundert vnd funffzig tagen.* Seit Menschengedenken durchbrach das Wasser die Deiche, drang in das Land ein und riß Vieh, Häuser und Menschen mit sich fort. Warum wollte in diesem Erdteil, der seine Heimat war, die Schöpfung nicht zur Ruhe kommen? An der Abbruchkante des Kliffs traten verschiedene Erdschichten zutage, Quarzsand mit weißem Glimmer, Brauneisenstein, auch Limonit genannt, grauer und blauschwarzer Ton und schwefelgelbe Alraunerde. Darin fanden sich Wirbel, Zähne und Knochen vorweltlicher Geschöpfe. In manchen Flintsteinknollen, die er und der Magister mit einem kleinen Hammer aufschlugen, entdeckten sie versteinerte Tierchen. Die Petrefakten trugen wahrhaft phantastische Namen: *Ananchytes, Lithodendron, Coscinopora, Astrea, Orbulina.* Bisweilen sprach Oluf Braren sie wie ein Gedicht vor sich hin. In den einzelnen Schichten hatten sie ganz unterschiedliche Versteinerungen gefunden. Es mußte also mehrere Perioden des Lebens gegeben haben. Welten waren entstanden und vergangen. War es dann

nicht wahrscheinlich, daß jene erste Flut, von der d
Schrift erzählte, nicht eine einzige, sondern in Wahrheit ei
folge von Katastrophen gewesen war, so wie die Uthlande allja
lich von einer Sturmflut heimgesucht wurden? Und stammten nicht die ersten Hinweise auf Menschen, die sie gefunden hatten, allemal aus der obersten Erdschicht? Der Mensch war ein Spätankömmling im Reiche der Natur.

»Braren! Der Lüderjahn, da steckt Er also!«

Mit dem Zeigefinger drohend, kam ihm Magister Schomaker entgegengehumpelt. »Potz, Lümmel«, keuchte er im Herankommen, »fürs Maulaffenfeilhalten am Strande halte ich Ihn mir nicht. Da steht Er und läßt den lieben Gott einen guten Mann sein!«

»Am Tage des Herrn sollte der sich das wohl gefallen lassen, Herr Magister.«

»Trefflich repliziert! Aber Er ist ein Sophist, Braren, und die sind nicht immer wohlgelitten.«

Unlängst hatte Magister Schomaker seinem Adlatus versprochen, ihm die ganze Geschichte seines Lebens zu erzählen. Am heutigen Sonntage wollte er damit beginnen, und das war freilich die Ursache für die Eile, mit der er nun Oluf Braren zum Schulhause komplimentierte.

Sie spazierten landeinwärts und gelangten in eine öde Dünensenke (die Schomaker scherzhafterweise sein »Kampanertal« nannte). Dort stand eine aus Ziegelsteinen und Wrackholz zusammengesetzte und mit Dünengras bedeckte Hütte, deren westliche Wand durch die immerfort ostwärts stiebenden Dünen derart mit Sand zugeschüttet war, daß das Häuschen eigentlich aus dem Abhang einer Düne herausragte. In die einzige Stube ließen die Butzenfenster so geringes Licht, daß die Einrichtungsgegenstände selbst am hellen Tag nur schemenhaft zu erkennen waren. Zwischen den Tischen und Bänken, die wochentags die Stube in ein Schulzimmer verwandelten, herrschte ein Wirrwarr aus Küchengeräten, Navigationsinstrumenten, Sternkarten und Foli-

nge gegenüber war eine Feuerstelle, auf welcher uppe kochte.

zte sich in seinen Lehnstuhl, den sie im letzten gefunden und leidlich repariert hatten, stopfte rdenen Pfeifen und steckte sie umständlich mit Brand. Als er durch ein paar tüchtige Züge seinen Kopf in dicke Wolken Tabakdampfes gehüllt hatte, zog er ein Blatt Papier aus dem Rock hervor, entfaltete es, räusperte sich ausgiebig und begann zu lesen, wobei er das Vorgetragene immer wieder durch Kommentierungen und Ausrufe unterbrach:

»Ich wollte partout die Poeterei studieren. Mein Vater selig hat sich echauffiert. Allein, er hat mich dann lassen gewähren. Du hast es selbst gewollt, sagte er, mein Herr Vater, und haute mir eine runter, daß es eine Art hatte. Es sollte das letzte Mal sein, sprach er, daß dich jemand ungerochen schlägt, mein Sohn. – Die preußischen Feldweibels haben das au contrair gesehen! O ja, daß Gott erbarm. – Nun sollte es auf die Universität gehen. Im ersten Morgentau stand ich da, meinen guten Nankingrock am Leibe. Und dann sollte ich auf den Schimmel. Der Lenz lag lange hinter diesem apokalyptischen Gaul. Ein Höllengaul war das, ein neuer Sejanus! Ich hatte die Nacht damit verbracht zu überlegen, wie auf das Folterpferd hinaufkommen, denn solches hatte ich zuvor niemals geübt. Zum ersten versucht ich's wie ein preußischer Kavallerist und wollt von rechts aufspringen. Die Preußen lernen auf den rechten Bügel aufsitzen, um gesattelt zu sein, falls einmal die linke entzweigeschossen wird.« Schomaker klopfte mit dem Pfeifenholm an sein Holzbein. »Nun, dies habe ich, um der Wahrheit die Ehre zu geben, nicht dem Fridericus zu danken. Das geschah, als ich in den amerikanischen Krieg gezogen bin, wo ich die Ehre hatte, dem Könige von England die dreizehn Provinzen mit verlieren zu helfen. Auf halben Wege zwischen Leipzig und Erfurt hatten mich die vermaledeiten chattischen Werber gegriffen. Wie schwedische Heringe lagen wir eingepökelt in den englischen Transportschiffen, und die Läuse, die verwünschten animalcula waren in solcher Menge, daß sie gar das Tauwerk zu zerfressen drohten. Vom Kapitän bis zum Trommelschläger hatte uns die widerwärtigste Phthiriase befallen. – Das nur in parenthesis. Wir verweilen noch bei meinem ersten Ausritte: Mir gelang es wider mein eigenes Erwarten aufzusteigen. Nur der Schimmel wollte sich nicht verabschieden. Mein Schnalzen mit der Gerte war dem Gaule soviel, als wichse man ihn mit einem Pferdehaar. Endlich kehrte mein braver Vater eine Heugabel um und gab ihm mit dem Stiel auf den Hinterbacken einen Ritterschlag – den zweiten in zwei Tagen –, um seinen Sohn endlich in die Welt hinaus zu schicken. Dies aber war dem Schimmel ein Wink, nicht eher anzuhalten, bis er an den Dorfbach kam, um sich zu tränken und schließlich, meinem unermüdlichen Hin und Her dort oben ohngeachtet, – wieder vor die Stalltüre hinzutreten. Da kam dem Vater eine Idee: Das wird die Bestie kühlen, sprach er und reichte mir eine Büchsenkugel zu. Die setze ihm ins Ohr! Wie ein Geschütz wurde nun der Gaul mit dem Kopf gegen das Tor gerichtet, durch das der Ausfall erfolgen sollte, und das Ohr mit der Kugel geladen. Unter den Augen des Dorfes flog ich in die Welt hinaus. Das war eine Kavalkade! Ich legte mich auf den Hals von Mahomeds Flugpferd, um die Kugel wieder hervorzukriegen. Als ich sie erwischt hatte, trabte schließlich der Schimmel gesetzt einher wie hinter einer Leiche. Na ja, Vous l'avez voulu, George Dandin, Vous l'avez voulu.«

Schomaker verfiel in ein brütendes Schweigen. »Und?« fragte er nach einer Weile und paffte übermäßig viel Rauch in die Umgebung. Der Magister war viel eher fertig geworden als erwartet, die Kohlsuppe war noch nicht einmal recht heiß. »Sage Er doch ein Wort!« rief Schomaker.

»Herr Magister«, sagte Oluf Braren, »wenn Ihre Lebensgeschichte nicht wahr wäre, so müßte ein Poet sie erfunden haben.«

Schomaker musterte ihn argwöhnisch. »Braren«, sprach er dann, »an Ihm ja ist ein, ein – ei nun, ein Ichweißnichtwas verloren gegangen! Was macht die Suppe?«

Oluf Brarens eigenwillige Berufswahl hatte für Aufsehen gesorgt. Andererseits war derartiges zu erwarten gewesen, bei der Familie: Seit Menschengedenken – das heißt, so weit die mündliche Überlieferung zurückreichte, also in Wahrheit nicht viel mehr als zwei Generationen, denen das Gedächtnis der Oldsumer jedoch das Gepräge des schon immer und von jeher aufgedrückt hatte, – solange man sich also erinnerte, leisteten sich die Mitglieder dieses Clans alle nur erdenklichen Spinnereien, Absonderlichkeiten oder fixen Ideen, denen das eine gemeinsam war, daß sie irgendwie von guter Gewohnheit und althergebrachtem Brauch abweichen mußten. Mit einem Wort: Oluf Brarens Sippschaft litt an einer zwanghaften, ja fanatischen Dickschädeligkeit wie an einer Erbkrankheit.

So hatte, um ein historisch belegtes Beispiel anzuführen, Olufs Großvater Brar Braren zum sprachlosen Entsetzen der Familie wie zur höhnischen Belustigung der Dorfgemeinschaft, nachdem er ein halbes Leben als Hagestolz zugebracht, in seinen späten Dreißigern plötzlich seiner Hausangestellten Kerrin Jacobs die Ehe angetragen, des Faktums ungeachtet, daß eben nach jahrelangen zähesten Verhandlungen seine Neffen und Nichten alle Erbschaftsfragen endgültig geklärt und bereinigt hatten. Keine noch so bittere Vorhaltung, kein noch so drastisches Zureden hatte irgendeine Wirkung gezeigt, so daß die Familie zum letzten Mittel gegriffen und schlicht ihren Segen zu der Hochzeit verweigert hatte. Derlei konnte zwar die juristische Legitimität der Eheschließung nicht beeinträchtigen, aber einer Trauung ohne Feier mußte dennoch für alle Zeiten der Geruch des nicht voll Gültigen anhaften. Ungerührt hatte unterdessen Brar Braren alles für ein großes Hochzeitsfest herrichten lassen. Am Tage der Hochzeit prangte an seiner Haustür ein Plakat:

Wenn du ein Mahl machest, so lade die Armen, die Krüppel, die Lahmen, die Blinden. So bist du seelig: Denn sie habens dir nicht zu vergelten, es wird dir aber vergolten werden, in der Auferstehung der Gerechten.

Nach dem 14. Capitel des Evangelisten Lucä in 13 und 14 vers.

Der Hochzeitslader begab sich zum Klintumer Armenhaus, und Brar Braren nötigte eine Nacht lang jeden, der an seinem Haus vorbeiging, zum Mahl: Alles, was sich an fremdem Volk auf der Insel herumtrieb, jütische Tagelöhner, Zigeuner, Juden, wurde traktiert, als wäre die königliche Familie zu Gast. Musik spielte auf. Es ging hoch her auf der Bettlerhochzeit. Der Bräutigam präsidierte wie ein König. Als der Pastor am nächsten Sonntag außer der Reihe über Matthäus 22 predigte, war klar, wer den Streit gewonnen hatte.

Brar Brarens Sohn (der ebenfalls Brar Braren hieß), Olufs Vater, war dagegen von dem unausstehlichsten Geize besessen, geradezu die fleischgewordene Mesquinerie. So soll eines Tages Brar das Kochbuch seiner Frau kurzerhand ins Feuer geworfen haben, weil ihm die darin empfohlenen Mengen an Butter und Eiern zu reichlich erschienen waren. Alle Tage gab es nichts als Graupenbrei mit Milch zu essen, dabei durfte der Brei nur wenig gesalzen werden, da der Hausvater Salz für giftig hielt. Nur am Weihnachtsabend war Reis zugelassen. Seinen Kindern gewöhnte Brar Braren eine sorgfältige, dabei außerordentlich kleine und zierliche Schrift an, um Papier und Tinte zu sparen. Aber als Kardinalsünde und unübertrefflichen Gipfel der Verschwendung verabscheute er das Rauchen von Tabak. Das Rauchen besorgt der Schornstein! Für seine Söhne bedeutete dieser Spruch, den der Alte bei jeder Gelegenheit anzubringen niemals müde wurde, die unerbittliche Verdammung zur Abstinenz. Nach Brar Brarens Hinscheiden sollen sich seine zahlreichen Söhne und Enkel indes dem Tabaksgenuß mit geradezu pathologischer Passion ergeben und sich mit einem solchen Eifer ins Grab gepafft, geschnupft und gepriemt haben, daß ihr ziemlich synchroner Abgang eine Altonaer Tabaksfabrik, welche sich ganz auf die Belieferung der Utlande verlegt hatte, geradewegs in den Bankrott gestürzt haben soll.

Das sind so Geschichten.

Jedenfalls verstand es sich irgendwie von selbst, daß Oluf Braren nicht den einfachen und geraden Weg einschlagen würde. Und nicht wenige wollten darin eine gewisse ausgleichende Gerechtigkeit erkennen, daß bei Brar Brarens ältestem Sohne das Pendel wieder zur anderen Seite ausschlug, nämlich von der leidigen Knauserigkeit hin zu einer gewissen Gleichgültigkeit in erwerbsmäßigen Dingen und einem Hang zum Räsonnement, der schon Brar Braren dem Älteren, seinem Großvater, eigen gewesen sein soll. Brar Braren der Jüngere beobachtete verständlicherweise Olufs Entwicklung mit Sorge. Und vielleicht hatten ihn schon vor der Geburt seines Sohnes dunkle Ahnungen bewogen, es mit der alten patronymischen Tradition nicht so genau zu nehmen und seinen Erstgeborenen nicht nach sich selbst und seinem Vater, sondern nach seinem eigenen Schwiegervater: Oluf zu nennen. Aber so leicht ließ sich das Schicksalsrad nicht in die Speichen greifen. Es drehte sich unerbittlich weiter und blieb stehen, wo es wollte.

Oluf Brarens Vorväter waren vom Stamme Tubalkains. Schmied also sollte der Junge werden. Kräftig genug war er dafür, nichts stand dem zuwider – außer daß Oluf nun einmal nicht wollte. Brar Braren fehlten zum ersten Male in seinem Leben die Worte. Also gut denn, in Gottes Namen, dann eben vorerst keine Schmiedelehre. Dann sollte der Junge eben zur See, wenn er es durchaus wünschte. Das hatte noch niemandem geschadet. Ein Walfangschiff soll deine Universität sein! Den Speziestaler für das Steuermannsexamen und was zum Fortkommen weiter nötig war müßte der Herr Sohn sich allerdings selbst verdienen.

Aber der Alte wußte im Grunde seines versteinerten Herzens, daß hier nichts verschlug. Er legte sich mit seinesgleichen an. Dann sollte der Taugenichts eben, diesmal in drei Teufels Namen (Brar Braren konnte fluchen wie ein Holländer), dann sollte er eben Schulmeister werden! Und, Brar Braren mangelte es selten an klugen Einfällen, wenn der hochgelehrte, verehrte Herr Pastor dem Jungen schon solche Grillen ins Ohr setzte, konnte er ihn auch unterrichten und zum Schuldienst präparieren. Kostenlos, versteht sich.

So wurde die Sache geregelt. Oluf Braren erhielt Extraunterricht von den Pastoren der Insel, die ihn reihum übernahmen. Gewiß bekam er nur das Nötigste mit auf den Weg. Der Geizhals von Vater rückte ja keinen Heller heraus, und das vergällte einem bei aller Liebe – es war eine wahre Freude, den jungen Braren zu unterrichten – diese Privatissima doch entschieden. Bald war es denn auch genug und nach einmütigem Urteil der Herren Pastoren Oluf Braren für den Schuldienst wohlvorbereitet. Man schickte ihn nach Sylt. Der Eidumer Schulmeister sollte schon einen ziemlichen Sparren haben. Der konnte einen Hilfslehrer gebrauchen.

So hatte Oluf Brarens Karriere begonnen.

Als Anselm wieder im Pastorat ankam, war auch Jahn gerade eingetroffen. Zu Anselms Beruhigung hatte sein Freund sich kaum verändert, jedenfalls nicht äußerlich. Noch immer trug Jahn seinen ungepflegten Sponti-Rauschebart (in den sich allerdings einige graue Strähnen mischten) und seine alte John-Lennon-Brille. Er war keineswegs abgemagert, eher noch dicker geworden. Mit ihm waren seine Zwillinge Rebekka und Jakob aus dem Kindergottesdienst gekommen. Sie mußten Anselm die

Hand geben, was sie nach einigem Zureden mit unverhohlenem Widerwillen auch taten. Jahn erzählte, daß Katharina mit den Kindern morgen in aller Herrgottsfrühe zu ihren Eltern nach Lübeck reisen würde, wo sie die Herbstferien verbringen sollten. Dann hätten er und Anselm hier »sturmfreie Bude«, wie er mit einem Augenzwinkern zu Katharina gewandt meinte. Seine Frau quittierte das mit einem halb resignierten, halb besorgten Seufzer.

Eilig sprach Jahn das Gebet, dann tischte Katharina wahrhaftig Rouladen mit Rotkohl und Kartoffeln auf. Die Kinder schienen wenig Geschmack daran zu finden. Rebekka aß so gut wie nichts und formte statt dessen aus dem zusammengematschten Essen mit der Gabel eine Landschaft, die an Schlachtfelder des Ersten Weltkriegs erinnerte. Jakob hatte sich gar nicht erst mit an den Tisch gesetzt und rannte, wie eine Polizeisirene kreischend, im Zimmer umher und zerstörte dabei gelegentlich eines der *Lego*-Gebäude, die überall auf dem Boden aufgebaut waren. Jahn redete unterdessen, von dem Chaos gänzlich unbeeindruckt, im behaglichen Plauderton über alles mögliche – nur nicht über Oluf Braren. Erst nachdem der Pastor eine pantagruelische Portion Plettenpudding zum Nachtisch verschlungen hatte, kam er endlich zur Sache: »Hm, also«, sagte er noch schmatzend, »du wirst dir ja schon gedacht haben, warum ich dich habe kommen lassen.« Er machte eine wegwischende Bewegung. »Los, wir gehen in mein Studierzimmer.«

In Jahns Arbeitszimmer dehnten sich ganze Gebirgszüge von Büchern, Aktenordnern und losen Blättern über Regale, Tische, Sessel und sogar den Fußboden aus. Mit seinen Bücherbeständen hätte der Pastor ohne weiteres ein Antiquariat eröffnen können. Hier also lag die Quelle seiner märchenhaften Belesenheit, die Anselm immer wieder in bewunderndes Erstaunen versetzt hatte. Jahn kannte Abgelegenstes. Neben den theologischen Selbstverständlichkeiten Latein, Griechisch und Hebräisch hatte er, soviel

Anselm wußte, auch Aramäisch und Altsyrisch gelernt und war wohl noch mit einer Reihe Sprachen ähnlichen Kalibers vertraut. Jahn konnte die subtilsten Beweisführungen der mittelalterlichen Scholastik herbeten, die spitzfindigsten Streitfragen der byzantinischen Dogmatik auseinandersetzen und Kirchenväter zitieren, deren Namen Anselm noch nicht einmal kannte. Obwohl von Hause aus Alttestamentler, hatte er eine Dissertation zu Johann Albrecht Bengels Datierung der Wiederkunft Christi und des Beginns des Tausendjährigen Reiches vorgelegt. Von der Genesis war er einmal quer zur Apokalypse marschiert. Seine Freunde hatten sich damals ernsthaft gesorgt, ob Jahn die jahrelange Vertiefung in das scharfsinnige Gewebe endzeitlicher Prophezeiungen unbeschadet überstehen würde. Unbegründet – oder auch nicht: Am Ende hatte Jahn auf die Universitätskarriere gepfiffen, sich statt dessen am alleräußersten Rand der norddeutschen Tiefebene niedergelassen, eigentlich noch darüber hinaus, und eine Familie gegründet. Zufällig war gerade auf Föhr eine Pastorenstelle frei gewesen. Jahn hatte alle Warnungen Anselms in den Wind geschlagen, sich darauf beworben und war genommen worden.

Jahn schritt zu einem Bücherschrank und ließ seinen Arm in ganzer Länge hinter Karl Barths *Kirchlicher Dogmatik* verschwinden. »Wußtest du, daß Albert Speer in Spandau das ganze Ding gelesen hat?« sagte er, während er irgend etwas hinter den Bänden hervorholte. Es war eine bauchige Flasche mit bernsteinfunkelndem Inhalt. »*Paradis Perdu* von Mauritius. Aus besonderem Anlaß«, raunte der Pastor und präsentierte Anselm die Flasche wie eine kostbare Monstranz. Dann hielt er ihm eine nach Zedernholz duftende Kiste mit torpedoförmigen Zigarren hin. Anselm lehnte dankend ab und steckte sich eine *Prinz* an. »Wer nicht will, der hat schon«, knurrte Jahn ungnädig, tauchte das Mundstück seiner Zigarre in Rum und steckte sie mit ritueller Umständlichkeit in Brand. »Vor knapp einer Woche«, begann er zu erzählen, »hat mich eine Frau aus der Gemeinde angerufen, Jenny Brodersen, Kirchenratsmitglied, sehr engagiert. Sie hatte Post aus den Vereinigten Staaten bekommen, ein Paket und einen Brief von einem New Yorker Anwaltsbüro. Jenny hat sich an mich gewandt, weil das Schreiben natürlich auf Englisch war. In solchen Fällen geht man auf dem Lande noch zum Herrn Pastor ...«

»Ist ja gut, was stand in dem Schreiben?«

»Ihre ältere Schwester, Göntje Riewerts, ist in Amerika gestorben, und Jenny erbt.«

»Ein Bild von Oluf Braren!«

Jahn lächelte überlegen. »Hm ja, aber das ist eine kuriose Sache. Diese Schwester ist in den dreißiger Jahren in die USA ausgewandert. Sie hat den Kontakt zu ihrer Familie auf Föhr abgebrochen. Warum, konnte mir Jenny nicht sagen.«

»Und die Erbschaft besteht nur in dem Bild?«

»So ist es. Göntje war offenbar eine reiche Witwe. Ihr Vermögen hat sie irgendeiner wohltätigen Stiftung vermacht, nur das Bild von Oluf Braren sollte ihre Föhrer Verwandtschaft erben.«

»Geht aus dem Brief der Anwaltskanzlei denn nichts weiter darüber hervor?«

»Nein. Das Schreiben ist sehr knapp und förmlich. In dem Brief steht nur, es sei der Wunsch der Erblasserin, daß dieses Blatt, das lediglich einen ideellen Wert besitze, wieder auf ihre Heimatinsel zurückkehren solle. Aber das Merkwürdige ist: Jenny wußte nicht, daß sich das Bild jemals im Besitz ihrer Familie befunden hat.«

»Was ist denn nun auf dem Blatt zu sehen?«

Jahn streifte etwas Asche von seiner Zigarre. »Du wirst vielleicht enttäuscht sein. Es sind nur drei Köpfe zu sehen, noch ein Stück von den Oberkörpern, eine Frau und zwei Männer, ein bißchen Hintergrund. Das ist alles. Das Bild ist nicht vollendet.«

»Es ist nicht fertiggeworden?«

»Nein, das meine ich nicht. Für sich ist das Bild schon fertig, aber es sieht aus, als wäre es nur ein Bildausschnitt, ein Teil eines größeren Bildes, wie bei einem Puzzle.«

*Die stille Hochzeit*! Jahn hatte einen Teil von Brarens Meisterwerk entdeckt. Es war kaum zu glauben. Braren war über der Arbeit gestorben, das Bild war Torso geblieben. Er hatte es nicht auf eine einzige große Leinwand gemalt, sondern auf einzelne Blätter aus Papier, die am Schluß zusammengeklebt werden sollten.

»Hat es dir die Sprache verschlagen?«

»Du hast also einen Teil der *Stillen Hochzeit* gefunden?« sagte Anselm zögernd. Noch stand nichts fest. Es konnte sich immer noch um einen Irrtum oder eine Verwechslung handeln.

»Als Laie kann ich das natürlich nicht beurteilen«, sagte Jahn achselzuckend. »Stille Hochzeit bedeutet doch, soviel ich weiß, daß die Trauung nicht in der Kirche, sondern im Haus der Brauteltern oder in der Studierstube des Pastors stattfand?«

»Wenn die Braut schwanger war ...«

»Dann ist die Braut auf Brarens Bild also schwanger?«

»Nein, das kann sie nicht sein. Sie trägt eine Brautkrone. Das ginge nicht, wenn sie schwanger wäre.«

»Warum dann die ganze Aktion mit der stillen Hochzeit?«

»In bestimmten Gegenden, beispielsweise auf Föhr, galt so eine stille Hochzeit als besonders vornehm. Manchmal wurde die Trauung so geheim gehalten, daß nicht einmal die nächsten Verwandten davon wußten.«

»Komische Sitte.«

»Deswegen wird Braren die Szene gemalt haben.«

»Ja dann.« Jahn trank seinen Rum in einem Zug aus und schlug mit der flachen Hand auf den Tisch, daß die Gläser schepperten. »Laß uns zur Autopsie schreiten. Ich habe uns für heute nachmittag bei Jenny Brodersen angemeldet.«

Nachdem Jahn es geschafft hatte, Scipio, der sich bereits, erwartungsvoll hechelnd, vor dem Volvo postiert hatte, mit Hilfe einer Wasserpistole zu vertreiben, fuhren sie nach Oldsum, Oluf Brarens Geburtsort. Das Dorf lag wenige Kilometer nordöstlich von Utersum, die Fahrt dauerte nur ein paar Minuten. Sie hielten vor einem alten Friesenhaus in der Mitte des Dorfes.

»Jenny Brodersens Elternhaus«, erklärte Jahn. »Seit über zweihundert Jahren in Familienbesitz.«

Die Haustür verfügte über keine Klingel, sie war nicht abgeschlossen. »Hätte nicht gedacht, daß es das noch gibt«, sagte Anselm erstaunt. In der Zeit seiner Kindheit war es in den Dörfern selbstverständlich gewesen, die Häuser unabgesperrt zu lassen.

»Das gibt es eigentlich auch nicht mehr«, seufzte Jahn. »Aber die Brodersens sind noch vom alten Schlag.«

»Hallo, Jenny, wir sind da!« rief Jahn, als sie in der Diele standen.

»In der Küche«, antwortete eine Frauenstimme aus dem Inneren des Hauses. »Gehen Sie man in die Stube, Herr Pastor. Ich komme gleich!«

Ein Duft von frischgebackenem Kuchen durchströmte die Diele. Irgendwie brachte Jahn es fertig, seine Stimme überhaupt nicht geheuchelt klingen zu lassen, als er Richtung Küche rief: »Ich hoffe, Sie haben nicht extra für uns Kuchen gebacken?«

Nach allem, was Jahn über sie erzählt hatte, mußte Jenny Brodersen ungefähr sechzig Jahre alt sein, sie wirkte jedoch weit jünger. Sie hatte ein waches, freundliches Gesicht, ihr kaum ergrautes Haar trug sie modisch kurz. Jenny mußte einmal recht hübsch gewesen sein.

Der Pastor erkundigte sich nach ihrem Mann.

Frau Brodersen verdrehte die Augen. »Ach, Boy sitzt wieder in seiner Vogelkoje. Den ganzen Tag hockt er da. Na, dann hat er wenigstens was zu tun.«

Sie setzten sich an den Kaffeetisch. Anselm war noch satt von dem überreichlichen Mittagessen. Aber Jahn griff zu, als hätte er zwei Tage lang gehungert, und ließ sich immer wieder Kaffee nachschenken.

Natürlich hatte Frau Brodersen Anselms Großeltern gekannt und begann nun in aller Ausführlichkeit, die Beziehungen zwischen ihrer und seiner Familie zu erörtern. Dabei stellte sich heraus, daß sie irgendwie miteinander verwandt waren, sogar in einer, wenigstens für Föhringer Verhältnisse, einigermaßen überschaubaren Weise. Die Insulaner waren allesamt miteinander verwandt, nicht selten sogar doppelt und dreifach. Jenny Brodersen kannte sich bestens aus. All diese Verzweigungen und Überkreuzungen im Kopf zu behalten bedeutete eine fast übermenschliche Gedächtnisleistung, für die man sicherlich ein Leben lang trainieren mußte. Anfangs hatte Jahn, der als Pastor schließlich mit allen Familien mehr oder weniger bekannt war, noch mitzuhalten versucht. Aber seine Kenntnisse beschränkten sich nur auf die Lebenden. Jenny Brodersens Wissen erstreckte sich dagegen über mehrere Generationen, zwischen denen sie mühelos hin- und herwechselte, wobei es ihr gleichgültig zu sein schien, ob sie über noch lebende oder bereits längst verstorbene Personen sprach.

»Ich glaube, ich habe sogar ein Bild, auf dem dein Opa zu sehen ist«, sagte sie plötzlich und forderte ihre Gäste auf, ihr zur gegenüberliegenden Wand des Zimmers zu folgen, die über und über mit gerahmten Schwarzweißbildern behängt war.

Sie wies auf ein großformatiges Gruppenfoto.

Auf einer Art Bühne oder Podium stand vor einem heruntergelassenen Vorhang ungefähr ein Dutzend halberwachsener Männer in Schlips und Kragen. Hinter ihnen, etwas erhöht, noch einmal so viele Mädchen oder junge Frauen in der aufwendigen Föhringer Festtracht. Alle schienen sich um eine würdevolle Haltung zu bemühen, festliche Vorfreude auf zukunftsgewissen Gesichtern. Links und rechts hingen hinter Schalen mit gewaltigen Blumensträußen zwei Flaggen herab. Rechts eine Trikolore. Die linke Flagge zeigte ein Hakenkreuz im weißen Kreis. Was war das für einen Veranstaltung? Für eine Konfirmation oder Schulentlassungsfeier waren die jungen Männer und Frauen eigentlich zu alt.

»Das ist im Saal vom Gasthof hier in Oldsum«, erklärte Frau Brodersen. »Vor dem Tanz in den Mai. – Der da ist dein Opa.«

Der junge Mann, der Anselms Großvater sein sollte, unterschied sich in nichts von den anderen. Er trug die gleiche mit Pomade gebändigte und streng gescheitelte Frisur, in seinem Gesicht lag die gleiche sonderbare und irgendwie unheimliche Mischung aus Kindlichkeit und Ernst, die Anselm auf Fotos aus dieser Zeit immer auffiel und von der er sich jedesmal fragte, wie sie zustande kam. Diese jungen Männer waren ihm unendlich fremd. Sie wirkten nicht wie echte Jugendliche, sondern wie unfertige Erwachsene. Dabei mußte Opa auf dem Bild jünger sein, als er selbst jetzt war. Anselm suchte nach irgend etwas Vertrautem in diesem Gesicht, etwas, das er wiedererkannte. Die Züge stimmten überein. Kein Zweifel, das war sein Großvater. Und doch blieb ihm der junge Mann verschlossen. Wie wäre es, ihm zu begegnen? Es fiel Anselm schwer zu glauben, daß dies derselbe Mensch sein sollte, mit dem er zusammen am Strand nach angespültem Holz gesucht hatte, der daraus die unglaublichsten Sachen gebastelt und sich dazu die wunderbarsten Geschichten ausgedacht hatte.

Einmal, Anselm mochte damals fünf oder sechs Jahre alt gewesen sein, hatte er sich in den Kopf gesetzt, am Strand eine Flaschenpost zu finden. Aber sooft sie am Saum des Meeres entlang gewandert waren, sie hatten keine finden können, bis sie eines Tages eine Flasche aus dunklem Glas, halb im Sand verborgen, entdeckt hatten, in der ein aufgerolltes Blatt Papier lag. Der Bogen war alt und vergilbt gewesen und an den Rändern angesengt, eine echte Schatzkarte. Wahrscheinlich, hatte Opa gemeint, war sie im letzten Augenblick von einem Seeräuber vor seiner Gefangennahme über Bord geworfen worden. Auf dem Blatt waren mit schwarzer Tinte die Umrisse einer Insel eingezeichnet, die leicht als Föhr zu identifizieren war. Ein rotes Kreuz markierte die Stelle, wo der Schatz vergraben sein sollte. Es stellte sich heraus, daß dieser Ort kein anderer als der Garten seiner Großeltern war. Sie fanden tatsächlich an bezeichneter Stelle eine Holzschachtel vergraben, die nach Opas Zigarren duftete. Sie war mit Golddukaten gefüllt – aus Schokolade. Anselm war damals schon klar gewesen, daß sein Großvater das alles ins Werk gesetzt hatte. Aber es hatte nichts ausgemacht, die Geschichte mit den Seeräubern war dadurch nicht unwahrer geworden.

»Von wann ist denn das Foto?« fragte Jahn.

»Das kann ich genau sagen«, sagte Frau Brodersen. »Das war im Jahr 1936, der erste Tanz, auf den ich durfte. Ich weiß noch, wie mein Vater erst dagegen gewesen ist. Ich war ja auch erst sechzehn. Aber dann durfte ich doch.« Sie zeigte auf ein Mädchen ganz am rechten Rand. »Das bin ich. Kaum zu glauben, nicht wahr!«

Auf den ersten Blick unterschieden sich auch die jungen Frauen in ihrer Tracht kaum voneinander, aber Jenny wirkte doch kindlicher als die anderen. Als einzige hatte sie nicht diesen stieren Blick aufgesetzt. Sie lachte, strahlte vor Freude, auf den Ball zu dürfen.

»Tanz in den Mai mit Hakenkreuzfahne!« kommentierte Jahn.

»Ja, damals mußte immer geflaggt sein«, sagte Jenny Brodersen. »Wir haben uns dabei nichts gedacht. Es war eine Feier, und da wurde eben auch die Fahne aufgehängt.«

»Und was ist das für eine Fahne auf der anderen Seite?« fragte Anselm. »Es müßte doch eigentlich Schwarz-Weiß-Rot sein. Aber das kann nicht sein, die obere Farbe ist die hellste.«

»Das sind ja auch die nordfriesischen Farben: Gold-Rot-Blau«, erläuterte Frau Brodersen. »Am Abend vor dem ersten Mai haben sie immer die Verlobungen bekanntgegeben.«

»Deine auch?«

»Nicht auf diesem Tanz in den Mai, erst ein Jahr später.«

»Wo ist denn dein Mann, ist er nicht auf dem Ball gewesen?«

Jenny Brodersen schüttelte den Kopf. »Nein, gerade in dem Jahr mußte er zur Wehrmacht.«

Frau Brodersen erzählte, wie sie und ihr Mann sich kennengelernt hatten, wie er drei Jahre später in den Krieg hatte ziehen müssen und erst nach Jahren aus russischer Gefangenschaft nach Hause gekommen war.

Jahn schien sich sehr dafür zu interessieren. Anselm hörte nur mit einem Ohr zu und betrachtete die anderen Fotos an der Wand. Neben der Aufnahme vom Tanz in den Mai hing eine braunstichige, anscheinend sehr alte Fotografie. Sie zeigte eine Anzahl älterer Menschen, fünf Männer und vier Frauen, vor einer Hauswand gruppiert. Vier der Männer hatten sich auf einer Bank niedergelassen. Offenbar bot sie nicht genug Platz, denn ein fünfter hatte sich auf einen Stuhl daneben gesetzt. Die Frauen, wohl die Ehefrauen der Greise, trugen die schmucklose Alltagstracht. Die Männer blickten teils mißtrauisch, teils amüsiert in die Kamera, die Frauen eher gleichgültig, beinahe, als fiele ihnen die Prozedur lästig. Ihre Männer taten wahrscheinlich ohnehin den ganzen Tag nichts anderes, als auf der Bank vor dem Haus zu sitzen, aber *sie* waren aus ihrer Arbeit gerissen worden. Im Gegensatz zum Gruppenbild vom Tanz in den Mai wirkte das Bild nicht gestellt. Weder hatten sich die Abgebildeten besonders herausgeputzt noch in Positur gestellt. Die Aufnahme war nicht geplant gewesen. Irgend jemand hatte gerade einen Fotografen im Haus, wenn der schon einmal da war, konnte er auch schnell ein Foto mit allen Nachbarn machen. Fast alle Männer trugen Schiffermützen, einige waren in Hemd und Weste, andere trugen eine Art Kittel, einer hatte nur Pantoffeln an den Füßen. Alle hielten lange Gehstöcke in der Hand. Die beiden mittleren Plätze auf der Bank waren von einem etwas breiten Mann mit einem weißen Kinnbart besetzt. Er rauchte aus einer Pfeife, deren langer Holm in einem weißen Porzellankopf steckte. So hätte er auch in einem arabischen oder türkischen Café sitzen können. Zur Linken des Pfeifenrauchers war ein schmächtiger Mann zu sehen. Er hatte beide Beine lässig vor sich ausgestreckt. Als einziger trug er keine Schiffermütze, sondern einen Strohhut, auch war er der einzige Brillenträger. Die schmalen Schultern, das hagere, fast filigrane Gesicht, die unscheinbare Nase, der dünne, langgewachsene Schnauzbart, die kleinen, länglichen Augen: Der Mann sah aus wie ein Chinese! Was machte ein Chinese auf dem Foto? Wie er da zwischen den alten Seebären auf der Bank saß, war er ganz offensichtlich kein Fremder.

»Und was sind das für Leute«, unterbrach Anselm Frau Brodersen. Das war unhöflich, aber es war ihm so herausgerutscht.

Frau Brodersen schien nicht beleidigt. Sie erklärte, daß das Bild vor ihrem Elternhaus aufgenommen sei, in dessen Stube sie sich jetzt befanden.

»Dieser Mann da.« Anselm zeigte auf den Chinesen. »Wer ist denn das?«

»Das Foto ist irgendwann in den zwanziger Jahren entstanden, denke ich. Den du meinst, das ist Cornelis Boysen, der Eskimo.«

»Der *Eskimo*?« Natürlich, kein Chinese, ein Eskimo!

»Ja, so haben wir ihn als Kinder genannt. Aber das durften wir nicht. Einmal habe ich von meinem Vater sogar eine Ohrfeige deswegen gekriegt.«

»Ein echter Eskimo?«

Frau Brodersen zuckte mit den Achseln. »Cornelis ist in Oldsum geboren. Er hat immer nur hier gelebt und ist auch hier gestorben. Ich bin sogar mit ihm verwandt. Cornelis war Junggeselle und ein bißchen komisch.«

»Eine Art Dorftrottel?«

»Nein, das kann man eigentlich nicht sagen. Aber er war sehr gutgläubig. Wir Kinder haben ihn eigentlich gemocht, aber auch ab und zu zum Narren gehalten.« Frau Brodersen blickte nachsinnend auf das Foto. »Das ist alles furchtbar lange her. Aber ich glaube, ihr wollt endlich das Blatt sehen, das aus Amerika gekommen ist.«

Sie nahm eine Mappe zur Hand, die schon die ganze Zeit über auf einem Beistelltisch gelegen hatte. Darin lag ein ungefähr fünfzig mal vierzig Zentimeter großes Blatt Papier. Die Farben waren merkwürdig blaß. Das Papier war stark vergilbt und erschien brüchig, es machte einen fast schäbigen Eindruck. Es waren drei Köpfe im Dreiviertelprofil zu sehen, zwei Männer und eine Frau. Das war eindeutig ein Teil der *Stillen Hochzeit*! Hinter den Figuren war eine blaue Holzwand gemalt wie auf den bekannten Bögen. Das fertige Bild hätte aus fünfzehn Blättern bestehen sollen. Es war unklar, wie viele Oluf Braren davon tatsächlich vollendet hatte, nur sechs waren bekannt. Von den Körpern der Figuren war nur wenig zu sehen, sie waren kurz unter dem Kragen abgeschnitten. Die Gesichter richteten sich nach links zur Bildmitte hin, also auf das Hochzeitspaar. Dieses Blatt gehörte also zur rechten Hälfte der *Stillen Hochzeit*. Die Frau trug den auffälligen turbanartigen Kopfputz, der vor zweihundert Jahren zur Föhringer Tracht gehört hatte. Das Gesicht der Frau zeigte keinen besonderen Ausdruck, sie schien ins Leere zu blicken. Der linke der beiden Männer war ein älterer, würdevoll blickender Herr mit kahlem Schädel. Vom zweiten war außer dem Kopf nur ein Stück seines Oberkörpers erkennbar. Er trug dunkelblondes, nach der Mode der Zeit ins Gesicht gekämmtes Haar, seine Gesichtszüge waren kantig, die Lippen kräuselten sich ein wenig skeptisch. Er hielt seine Arme vor dem Körper verschränkt. Es war ohne jeden Zweifel Oluf Braren! Er sah genauso aus wie auf den bekannten Selbstporträts. Aber wer war der andere Mann? Auch ihn hatte Anselm schon einmal gesehen, ihm wollte nur nicht einfallen, wo.

»Und kannst du damit was anfangen?« fragte Frau Brodersen.

»Ja, mit Sicherheit kann ich das so nicht sagen.« Anselm wollte nicht zu aufgeregt erscheinen. Dennoch stotterte er ein bißchen. »Aber es sieht ganz so aus wie ein Stück aus der *Stillen Hochzeit*. Was es wert ist, kann ich aber nicht sagen.«

»Das interessiert mich auch nicht«, sagte Frau Brodersen in scherzhaft gemeintem Ton, in dem jedoch unüberhörbar Empörung mitschwang. »Wenn wir es weggeben, dann höchstens an ein Museum.«

»Ja, das ist klar«, sagte Anselm beschwichtigend. »Aber wie seid ihr überhaupt an das Bild gekommen?« Er wollte die Geschichte noch einmal aus Jennys Mund hören.

»Meine Schwester Göntje ist in Amerika gestorben«, sagte sie stockend. »Fünfzig Jahre lang haben wir gar nichts von ihr gehört, und dann kommt dieses Bild … Zu Hause ist nie von ihr gesprochen worden, fast so, als ob sie tot gewesen wäre – als wenn sie nie gelebt hätte.« Jenny Brodersen schwieg einen Augenblick. »Meine Mutter ist kurz nach dem Krieg gestorben«, fuhr sie dann fort. »Einmal, das war so Ende der sechziger Jahre, habe ich meinen Vater nach Göntje gefragt. Er ist nur aufgestanden und zur Tür herausgegangen.«

»Und das Bild?« fragte Anselm. »Wo hatte Göntje das her?«

Frau Brodersen schüttelte den Kopf. »Ich habe das Bild niemals vorher gesehen.«

»Ich habe in New York angerufen und versucht, mehr herauszubekommen«, sagte Jahn. »Aber der Anwalt konnte oder wollte mir nichts sagen.«

»Das ist ja wirklich eine seltsame Geschichte.«

»Ja, ich hätte gerne gewußt, warum meine Schwester damals ausgewandert ist«, sagte Frau Brodersen. »Unsere Verwandten in Amerika wissen auch nichts. Göntje hatte mit ihnen keinen Kontakt.«

Frau Brodersen sah schrecklich erschöpft aus. Sie sollten jetzt wohl besser gehen. Jahn schien dasselbe zu denken, er räusperte sich schon die ganze Zeit überlaut.

Anselm deutete noch einmal auf das Bild. »Um Genaueres sagen zu können, müßte ich mir die Reproduktionen der anderen, also der bekannten Teile ansehen. Wir könnten dann sagen, wie sich das Bild in die Komposition einordnet.«

»Ich denke, die einschlägige Literatur habe ich im Pastorat«, sagte Jahn. »Jenny, können wir das Blatt wohl bis morgen mitnehmen? Ich übernehme die Verantwortung.«

Frau Brodersen überlegte nicht lange. »Ja gerne – das heißt«, unterbrach sie sich, »eigentlich geht das doch nicht. Der Vorstand vom *Föhringer Verein* wollte sich das Bild auch noch gerne angucken, morgen vormittag. Da können Sie beide ja auch kommen.«

Jahn redete etwas von Terminen und daß es auf einen Tag nicht ankäme. Sie verabschiedeten sich und vereinbarten, das Blatt am nächsten Nachmittag abzuholen.

Auf der Rückfahrt grummelte Jahn mißgelaunt vor sich hin.

»Was ist denn los?«

»Ach nichts, aber immer kommt mir dieser *Föhringer Verein* in die Quere.«

»Wieso, was hast du gegen den *Föhringer Verein*?«

»Was ich gegen die habe? Das ist eine ganz reaktionäre Bagage, sage ich dir. Betreiben Heimatpflege oder was die dafür halten.«

»Du hast doch sonst nichts gegen das Volkstümliche.«

»Hat damit nichts zu tun!« sagte Jahn schroff. »Lassen wir das jetzt. Wirst schon sehen.«

Magister Schomaker war in schweres Unheilsbrüten verfallen. Was er seit langem gefürchtet hatte, war nun eingetreten. Immer zahlreichere Anzeichen hatten sich zu unleugbarer Gewißheit verdichtet, und alles Klagen und Wüten änderte nichts an der Malaise: Braren trug sich mit Heiratsplänen. *Where there is a quarrel, there is always a lady in the case.* Freilich, kampflos würde er das Feld nicht räumen. Denn sollte es, was man am Ende immerhin nicht ausschließen konnte, doch einen Herrgott geben und müßte er, Jacob Fürchtegott Schomaker, vor den Richterstuhl treten, was sollte er für einen Rapport geben? *Nein, George Dandin!* Du bist nicht all die Jahre Zuchtmeister der Jugend gewesen, um, wenn es einmal hart auf hart kömmt, schmählich zu retirieren und die Fahne zu streichen! Der aufwallende Zorn half ihm ein wenig aus der Verzweiflung auf. Kotz Donner, er würde Braren die Grillen schon austreiben! Ein Schulmeister war wie ein lahmes, hungerndes Pferd, das bei knapper Kost einen schweren Lastwagen auf einem Heidewege schleppen mußte. Damit er es nicht allzu gut und zu bequem habe, wurden ihm dazu Gebiß und Hemmschuhe angelegt und der Wagen immer mehr mit Kindern und neuen Lehren und Forderungen bepackt, bis er umstürzte und das arme Schulpferd krepierte. Schomaker wußte es wohl: Er war zerschunden, verbraucht, am Ende. Er hörte schlecht, seine Augen waren trüb, und seine Gedanken gingen oft abseitige Wege. Die Autorität war dahin, die Schüler lachten über ihn. Man duldete ihn um Brarens willen. Schomaker machte sich nichts vor.

Was lag an seinem eigenen Schicksal? Mochte er im Armenhaus enden. Er würde bald Staub sein wie alles. In einem lichten Augenblick noch einmal den Mark Aurel zur Hand, den einzig wahren Trost, und dann hinüber. *Mors ultima linea rerum.* Sehnsüchtig erwartete er den Jüngling mit der umgekehrten Fackel. Er mußte nur noch diesen Kampf ausfechten. O ja, auch Braren würde die Pflicht einmal sauer ankommen, auch er würde einmal marode sein und es verwünschen, daß er ohne Not diesen Beruf gewählt. Braren, war er denn nicht, wenn schon nicht von seinem Fleisch und Blut, von seinem Geiste? Nicht in fleischlicher Lust gezeugt, sondern durch das Wort geschaffen! Im Anfang war das Wort, und das Wort war bei Magister Schomaker, und Schomaker war das Wort (dasselbe war im Anfang bei Schomaker). War er nicht der Bringer des Lichts in Brarens barbarischer Finsternis gewesen! Hatte der Junge denn nichts begriffen? *Braren, Er muß lernen, sich der Notwendigkeit zu unterwerfen. Das heißt: nicht wollen, was Er nicht kann, aber alles wollen, was Er kann!* Sein Reden von der Resignation, der Mäßigung der Begierden – alles vergeblich, Perlen vor die Säue! Braren hatte dieses Gefühl widerstrebender Kraft in sich, das auch er, Schomaker, dereinst in seiner Jugend gespürt hatte. Und er hatte gedacht, die Unform gerichtet, die abweichenden Kräfte gelenkt zu haben. Grauenhafter Irrtum! Er hatte ihn schon lange nicht mehr im Zaum. Aber, *ὦ πρὸς τῶν θεῶν*, noch einmal, ein letztes Mal, sollte Braren in ihm seinen Meister erkennen! Noch einmal wollte er in die Schranken des Für und Wider treten, noch einmal den Witz blankziehen. Dazu mußte er Worte finden schärfer als ein Schwert, Worte, die Braren durch Seele und Geist und seinetwegen auch durch Mark und Bein schnitten:

Setzt uns nicht der Philosoph auseinander, welch große Nachteile den Spartanern daraus erwachsen sind, daß die Weiber bei ihnen (wie leider auch gegenwärtig auf unseren Inseln hier in der Westsee) die größte Ungebundenheit genossen und wie dieses zum Verfall ihres Staates beigetragen hat? War nicht der wachsende Einfluß der Weiber Schuld am allmählichen Verderben des französischen Hofes, welches die Revolution herbeiführte, deren Folge alle nachherigen Umwälzungen gewesen sind?

Allein, der Magister hatte schon verloren, bevor die Bataille recht angegangen war. Oluf Braren heiratete Marret Wilhelms aus Ackerum auf Sylt. *Sie* hatte die Sache schließlich in die Hand genommen und *ihm* einen Antrag gemacht. Die Familie hatte nichts dagegen. Braren galt als tüchtig. Und Marret mußte endlich unter die Haube. Sie war, wie man sagte, ein spätes Mädchen.

Mit Leichenbittermiene gab auch Schomaker am Ende seinen Segen. Der Hochzeit blieb er fern: die Galle.

Oluf Braren bekam die Lehrerstelle in Midlum auf seiner Heimatinsel Föhr. Trotz seiner Jugend verfügte er als Schulmeister über einen außerordentlichen Ruf. Man setzte große Hoffnungen in ihn. Schon ein Jahr darauf sollte er den Dienst in Utersum antreten.

»Die Geschichte mit der Erbschaft ist ja wirklich merkwürdig«, sagte Anselm, während Jahn seine Bibliothek nach Büchern über Malerei durchstöberte.

»Das kann man wohl sagen. Jenny macht das alles ziemlich zu schaffen. Ich glaube nicht, daß sie sonst mit jemandem darüber sprechen kann.«

»Was ist mit ihrem Mann?«

Jahn blies den Staub vom Deckel eines großformatigen Buches. »Boy Brodersen? Ganz komischer Vogel. Wie Jenny das mit dem aushält. Sitzt die ganze Zeit in seiner Vogelkoje.«

»Was ist da wohl los gewesen? Ich meine damals. Warum ist ihre Schwester, diese Göntje, Hals über Kopf ausgewandert? Warum hat ihr Vater nichts mehr von ihr wissen wollen?«

»Hm, hast ja recht«, sagte Jahn, einen Stapel Bücher auf dem Schreibtisch abladend. »Hört sich alles ziemlich dramatisch an.« Er überlegte einen Augenblick. »Ich kenne einen bei den *Föhrer Nachrichten,* Carsten Boethius. Wenn einer was über die Geschichte weiß, dann der. Carsten hat sich jahrelang mit der Nazizeit hier auf der Insel beschäftigt, ist sozusagen sein Hobby. Wir besuchen ihn bei Gelegenheit. Aber was hältst du nun von dem Bild?«

»Erinnerst du dich an die Figur im blauen Rock, ganz im Hintergrund?«

»Der mit den verschränkten Armen?«

»Das war Oluf Braren.«

Anselm schlug den Bildband auf, den Jahn vorsorglich bereitgelegt hatte: *Oluf Braren. Der Maler von Föhr. Eine Lebensbeschreibung und Würdigung des vergessenen Künstlers von Wilhelm Niemeyer,* eine antiquarische Kostbarkeit von 1920 mit aufwendigen Reproduktionen aller bis dahin bekannten Bilder Oluf Brarens.

Jahn runzelte die Stirn. »So? Und wer war die Gestalt neben ihm? Ein älterer Mann, er hat sich irgendwie von den anderen Figuren unterschieden.«

»Du hast recht, das habe ich auch gedacht. Er paßte nicht recht in die Szene.«

»Aber es sah nicht so aus, als wäre er nachträglich hineingepinselt worden oder so.«

»Nein, bestimmt nicht. Der Mann wirkte wie eine Respektsperson, ein Amtsträger vielleicht. Außerdem war er irgendwie heller gemalt als die anderen Gestalten. Sein Gesicht strahlte geradezu – und irgendwie kommt er mir bekannt vor!«

Jahn blinzelte ihn über seine Brillengläser hinweg an. »Er kommt dir bekannt vor?«

»Hast du irgendwas zur Malerei um 1800?«

Jahn tippte mit dem Zeigefinger auf das Buch, das er eben gefunden hatte. Es war ein Ausstellungskatalog der Hamburger Kunsthalle: *Malerei des Klassizismus.*

Schon nach den ersten Seiten hielt Anselm inne. Es war die Schwarzweißkopie eines Porträts, das einen Mann mittleren Alters zeigte. Er war fast vollständig kahl, erst sehr weit hinten am Kopf war ein langgewachsener, dünner Haarschopf zu erkennen. Die Gesichtszüge waren glatt und ebenmäßig, die Nase etwas hervorstechend. Seine Augen blickten groß und rund in die Ferne. Der Mann hielt eine Hand vor die Brust, die Finger waren merkwürdig gespreizt. Darin hielt er locker einen Pinsel. Ein Maler bei der Arbeit: »Johann Heinrich Wilhelm Tischbein (1751–1829), Selbstbildnis, Öl auf Leinen, ca. 1810.«

»Gehe ich recht in der Annahme, daß es sich um den Goethe-Tischbein handelt?« fragte Jahn ungläubig.

»So ist es. Wir haben ihn eindeutig identifiziert!«

Tischbein auf Föhr! Aber wenn man sich auf den Gedanken einließ, war er gar nicht so abwegig. Da würde sogar Hartmann die Ohren spitzen.

»Hättest du vielleicht die Freundlichkeit, mir zu erklären, was Goethe-Tischbein auf Föhr zu suchen hat?«

»Warum soll er nicht auf Föhr gewesen sein?«

»Du glaubst also, Tischbein ist mal eben ans Ende der Welt gereist, um, entschuldige, einem Föhrer Sonntagsmaler auf die Schulter zu klopfen?«

»Warum nicht? Tischbein war selbst nicht gerade ein überwältigendes Genie. Aber er konnte ein Talent erkennen und fördern.«

»Du meinst, Oluf Braren ist sein Schüler gewesen? Und wie bitte soll der große Meister auf ihn aufmerksam geworden sein?«

»Undenkbar wäre das nicht. Es gibt durchaus eine Verbindung zwischen Oluf Braren und Tischbein.«

»Da bin ich ja mal gespannt.« Jahn zog die Augenbrauen nach oben. Das sollte ironisch wirken, aber es war klar, daß Jahn sich darüber ärgerte, einmal nicht den Experten spielen zu können.

»Also, unser guter Tischbein hat sich eine Zeitlang als reisender Zeichenlehrer und Porträtmaler über Wasser gehalten«, erklärte Anselm. »Er ist viel herumgekommen, Holland, Italien …«

»Aha«, platzte Jahn dazwischen. »Am Ende hat der Geheime Rat Goethe höchstpersönlich seinen olympischen Fuß auf dies öde Eiland gesetzt?«

»Warum nicht? Das wäre für die hiesige Lokalgeschichtsschreibung doch eine kolossale Sensation. Aber ich fürchte, wenn Goethe jemals nach Föhr gereist wäre, wüßten wir davon. Ich finde, wir sollten uns Gedanken über den alten Tischbein machen. Es ist tatsächlich alles andere als ausgeschlossen, daß Braren und er sich gekannt haben.«

»Meinetwegen, und wie ist das zugegangen?«

»Irgendwann hat Tischbein die Bekanntschaft des Herzogs Peter von Oldenburg gemacht. Damit hatte er das große Los gezogen. Der Herzog kaufte ihm nämlich alle seine Gemälde ab und machte ihn zu seinem Hofmaler, mit Sitz in Eutin. Da hat Tischbein dann eine Mal- und Zeichenschule aufgemacht.«

»Na und? Die Residenzstadt Eutin und die Insel Föhr, da lagen doch Welten dazwischen.«

»Paß auf: Tischbein hatte einen Schüler, der von der Insel stammte: Nahmen Peter Matthiessen. *Die Grablegung Christi,* die in deiner Kirche hängt, ist von ihm. Matthiessen ist bei Oluf Braren hier in Utersum auf die Dorfschule gegangen. Er wird Tischbein von seinem ersten Lehrer erzählt haben.«

»Der ist neugierig geworden, hat sich auf die Post gesetzt und ist nach Föhr gereist.«

»Für Braren muß das eine unglaubliche Bestätigung gewesen sein. Schließlich hat er, wie wir jetzt mit eigenen Augen gesehen haben, Tischbeins Besuch in der *Stillen Hochzeit* verewigt.«

»Wenn es denn so gewesen ist«, sagte Jahn skeptisch.

»Es paßt doch alles zusammen! Der arme Braren, er hätte natürlich selbst den Malunterricht viel besser gebrauchen können als Matthiessen. Nahmen Matthiessen ist dann auch kein Kunstmaler geworden, sondern hat sich lieber einen Brotberuf gesucht. Aber da ist noch was.«

»Ich höre.«

»Matthiessen war der Bruder von Ing Matzen!«

»Wer ist das nun wieder?«

»Jahn, Ing Matzen war Oluf Brarens Geliebte.«

»Entzückend. Erst die stillen Hochzeiten und nun so was.«

»Na, erstens bist du dafür nicht mehr zuständig, und zweitens hatte die Geschichte Konsequenzen für Oluf Braren. Er ist degradiert worden. Dein damaliger Amtsvorgänger hat sich übrigens für ihn eingesetzt.«

Jahn blickte noch einmal auf Brarens Selbstbildnis. »Was ist denn nun mit seiner Malerei? Ist da Tischbeins Einfluß festzustellen?«

»Ganz eindeutig sogar, bei einigen Bildern auf jeden Fall. Braren hat allerhand mythologische Figuren in Aquarell gemalt, Helena, Agamemnon und so, auch christliche Thematik.«

Mit gespielter Kennermiene besah sich Jahn Oluf Brarens Aquarelle. »Der Apostel Thomas sieht aus wie ein schwachsinniger Neandertaler, und der Agamemnon …«

»Na ja, das sind nicht gerade Glanzstücke«, gab Anselm zu. »Aber alles nach Tischbein. Vermutlich hat ihm Matthiessen Zeichnungen oder Vorlagen von Tischbeins Gemälden gezeigt. Braren hat seine Technik geübt, indem er die Sachen abgemalt hat. So gesehen, ist es schon allerhand, was er zustande gebracht hat.«

»Das da, das gefällt mir nicht schlecht!«

Jahn zeigte auf ein Bild, auf dem sich ein blonder und ein braunhaariger Junge umarmten, ZWILLINGSPAAR stand daneben.

»Niemeyer identifiziert Brarens Zwillinge als Walt und Wult aus Jean Pauls *Flegeljahren*.«

»Daß ich nicht von selbst darauf gekommen bin!« rief Jahn in jäher Begeisterung. »Vergessen wir Goethe. Oluf Braren hat natürlich eine original Jean-Paulsche Existenz geführt. Ein Leben als armes, aber vergnügtes Schulmeisterlein und all das. Nur die Geschichte mit dem Ehebruch paßt natürlich nicht so gut.«

»Na, wenn du meinst.«

»Ich meine! Aber jetzt«, Jahn entkorkte eine der Rotweinflaschen, von denen er eine ganze Batterie auf den Tisch gestellt hatte, und schenkte ein.

»Prost. Auf Oluf Braren!«

Anselm fühlte die Kälte des Steinfußbodens langsam von den nackten Sohlen seine Beine heraufkriechen. Aus der Stube hörte er das Ticken der Wanduhr, die eigentlich abends angehalten wurde, damit ihr stündliches Schlagen die Schlafenden nicht weckte. Er hörte den Wind, der sich an den Halmen des Reetdaches brach, das Knirschen im alten Balkenwerk. Dann fing er an, das Haus Kammer für Kammer zu durchschreiten. Jeder Winkel, jeder Einrichtungsgegenstand war ihm vertraut, als wäre er niemals fort gewesen. Schließlich gelangte er in den ehemaligen Stall, den Opa sich als Werkstatt eingerichtet hatte. Von dort führte eine steile hölzerne Treppe, eher eine Leiter, auf den Dachboden hinauf und endete an einer Luke.

Der Dachboden. Nur an der Hand seines Großvaters hatte er sich da hinaufgewagt. Auf dem Boden herrschten andere Ordnungen und Gesetze als in den bewohnten Räumen. Er erstreckte sich über die gesamte Grundfläche des Hauses und stand voll mit alten Schränken, Kisten und allen möglichen Gegenständen, Dingen, die nicht mehr gebraucht, aber aus irgendeinem Grunde nicht weggeworfen wurden. All das hatte damals seine Neugier erregt, aber die Furcht vor diesem finsteren Reich über ihren Köpfen war stets stärker gewesen. In diesem Traum war er wieder das Kind von früher, zugleich aber auch der, der er jetzt war. Und diesmal siegte nicht die Angst, sondern die Neugier. Entschlossen stieg Anselm die Treppe hinauf und drückte die Luke nach oben. Sie war unglaublich schwer. Er vermochte sie nur wenige Zentimeter anzuheben, so daß sich bloß ein schmaler Spalt auftat. Anselm blickte hindurch, aber er konnte nicht das geringste erkennen. Auf dem Boden war es vollkommen dunkel. Die Luke wurde unterdessen immer schwerer, sie drückte ihn nach unten. Er mußte loslassen. Mit einem dumpfen Knall schlug die Holzklappe zu, als wäre jemand von oben daraufgesprungen. Er hörte ein eiliges Trappeln. Waren das Schritte? Anselms Magen krampfte sich zusammen. Eilig kletterte er die Leiter herunter. Auf einmal hob und senkte sich der Boden im Rhythmus der anrollenden Wogen. Das Gebälk ächzte und knarrte. Es war, als säße er im Bauch eines alten Segelschiffs. Der Sturm tobte mit einer Wucht, als wollte er die Wände eindrücken. Es herrschte eine Finsternis, die mehr war als die Abwesenheit von Licht, eine Schwärze von nahezu eigener Körperlichkeit. Wieder hörte er Schritte, nun ein unregelmäßiges, schwerfälliges Stapfen, das von einer Art nassem Klatschen begleitet war. Die Geräusche kamen von oben. Über ihm, auf dem Dachboden, ging jemand umher. »Es geht um.« Seine Großmutter hatte das manchmal gesagt, und Opa hatte sie mit ungewohnter Strenge zurechtgewiesen, wenn sie mit »dem dummen Zeug« anfing, als ginge es um etwas, das nicht einmal ausgesprochen werden durfte. Oder das erst Wirklichkeit wurde, wenn man es aussprach. Das Schlurfen und Rumoren wurde lauter. Es kam näher, bewegte sich auf ihn zu. Es hörte sich an, als ginge jemand durch tiefe Pfützen. Etwas schlug auf seinen Kopf, schwer und kalt. Dicke schwarze Tropfen drangen durch die Decke. Ein lautes Klopfen dröhnte von oben herab und fuhr ihm durch alle Glieder.

»Was ist los?« Jahn blinzelte ihn aus geröteten Augen an.

Anselms Herz raste. Er war schweißgebadet.

»Ich habe angeklopft«, sagte Jahn entschuldigend, »aber du hast nicht geantwortet.«

Die Sonne schien ins Zimmer. Es war schon heller Tag.

»Ich«, stammelte Anselm. »Ich habe komisch geträumt.«

Er versuchte sich an den Traum zu erinnern. Aber alles war verschwunden. Nur das furchtbare Klopfen klang noch in seinem Schädel nach und ging allmählich in ein dumpfes Pochen über. Anselm litt unter entsetzlichen Kopfschmerzen. Sein Mund war trocken und von einem widerlich süßlichen Geschmack erfüllt. Ihm war speiübel.

»Schlecht geträumt oder was?« krächzte Jahn, der mit zerzaustem Bart und in einem schiefgeknöpften Schlafanzug vor ihm stand. »Eben hat Jenny Brodersen angerufen. Das Bild ist weg!«

Spuren eines Einbruchs gab es nicht. Nach ihrem gestrigen Besuch hatte Jenny Brodersen das Blatt in der Mappe liegenlassen, am nächsten Tag war es nicht mehr dagewesen. Das war alles. Boy Brodersen war auch diesmal nicht zu Hause. »Ist besser so«, sagte Frau Brodersen. »Er verträgt die Aufregung nicht.«

Dafür saß ein anderer im Wohnzimmer, ein hochgewachsener Mann mit sorgfältig nach hinten gekämmtem hellgrauen Haar, das rötlich glänzte. Sein Gesicht war mit bräunlich-roten Flecken bedeckt, von denen nicht zu sagen war, ob es Sommersprossen oder Altersflecken waren. Auf seiner Nasenspitze balancierte eine übergroße Brille mit Goldrand. Anselm kannte ihn. Es war der pensionierte Volksschullehrer und Vorsitzende des *Föhringer Vereins* Uwe Vanini. Damals war er mit seiner Tochter befreundet gewesen. Elke. Es war wohl das gewesen, was man eine Kinderliebe nannte – oder doch mehr. Immerhin waren sie damals schon dreizehn oder vierzehn Jahre alt gewesen. Elke war von ihren Eltern mit krankhafter Ängstlichkeit behütet worden, man hatte sie geradezu vor der Außenwelt abgeschirmt und insbesondere vom Treiben der gleichaltrigen Dorfjugend ferngehalten. Ihm, Anselm, hatten die Vaninis jedoch einen gewissen Kontakt mit ihrer Tochter erlaubt. Die Gewährung dieses Privilegs war allgemein damit erklärt worden, daß seine Eltern auch Lehrer gewesen waren, er galt sozusagen als standesgemäßer Umgang. Allerdings hatte sich das eines Tages schlagartig geändert. Gerade als sich ein Kuß hatte anbahnen wollen, hatte der alte Vanini vor ihnen gestanden, in voller Jagdmontur. Zwei Ohrfeigen hatte es gesetzt, für jeden eine, hart, präzise, routiniert. Auch in der Schule war Vanini ein ums andere Mal »die Hand ausgerutscht«. Als Lehrer war er Anselm allerdings erspart geblieben, und wenn an den Geschichten, die über ihn damals erzählt wurden, auch nur die Hälfte gestimmt hatte, konnte er seinem Herrgott dafür danken. Volli Hasenscharte war Vaninis bevorzugtes Opfer gewesen. Dann Hausverbot. Bald darauf war Anselm ins Internat gegangen. – Elke. Ein paar Briefe hatten sie noch gewechselt. Irgendwann war der Kontakt eingeschlafen. Was war aus ihr geworden?

Vanini erinnerte sich sofort an Anselm. »Der junge Herr Olufs! Wieder in der alten Heimat? Das ist ja eine Überraschung!« Er klopfte ihm auf die Schulter.

»Ja, beruflich, sozusagen«, sagte Anselm und ärgerte sich über den zaghaft geratenen Tonfall. Der Alte hatte ihn mit seiner aufdringlichen Jovialität überrumpelt. Außerdem litt Anselm an einem fürchterlichen Kater. So sehr sich Jahn mit Rum auskannte, so wenig verstand er von Wein. Wie viele Flaschen *Schwarze Mädchentraube* hatten sie gestern überhaupt vernichtet?

Vanini drückte ihm die Hand und durchbohrte ihn mit seinem stahlharten Blick. Immer noch dieselbe Masche wie früher. Trotzdem mußte Anselm zugeben, daß von diesem Blick immer noch eine seltsam bezwingende Wirkung ausging. Uwe Vanini hatte erstaunlich blaue Augen. Sein Großvater oder Urgroßvater war irgendwann aus Italien eingewandert, daher der Name. Ansonsten waren die Vaninis bis ins Mark hinein germanisiert. Angesehene Leute. Uwe Vanini hatte sich als Heimatforscher einen Namen gemacht und war auch Vorsitzender des Jägervereins. Elkes Mutter war schon einige Zeit, bevor Anselm die Insel verlassen hatte, gestorben.

»Habe schon gehört, Sie sind Kunsthistoriker geworden«, sagte Vanini. »Alle Achtung. So etwas hätte ich auch gerne gemacht, aber früher war das nicht möglich. Ich hätte meine Tochter sofort so etwas studieren lassen, Kunstgeschichte, Literatur.«

»Was macht Elke denn so?«

Obwohl die Frage eigentlich logisch war und Vanini sie selbst provoziert hatte, schien sie ihn unangenehm zu berühren. Er schaute einen Augenblick eindeutig pikiert aus der Wäsche. Aber sogleich setzte er eine gleichmütige Miene auf. »Abitur hat Elke noch gemacht, darauf haben meine Frau und ich bestanden.« Vanini stockte. »Dann hat sie einen Landwirt geheiratet«, sagte er knapp. »Sie wohnen in der Marsch.«

Ganz offenbar hatte Anselm einen wunden Punkt erwischt. Daß seine kleine Prinzessin einen Bauern geheiratet hatte und zum Kühemelken und Stallausmisten auf einen Aussiedlerhof gezogen war, machte dem Alten natürlich zu schaffen. Andererseits konnte auch Anselm es sich nicht recht vorstellen.

Vanini stieß ein stakkatohaftes Räuspern aus, nahm die Brille ab und legte kurz die Hand über die Augen: »Es gibt sehr ernste Dinge zu besprechen«, sagte er mit Grabesstimme. »Als ich heute morgen zusammen mit Hark Ketels und Theodor Rickmers zu Frau Brodersen gekommen bin, war das Bild verschwunden.«

Niemand sagte etwas.

Anselm wandte sich an Jenny Brodersen, der die Situation ziemlich unangenehm zu sein schien: »Frau Brodersen, haben Sie schon die Polizei gerufen?«

»Nein, die Polizei kommt mir nicht ins Haus. Was sollen die Leute denken?« antwortete sie entrüstet.

»Wieso? Ihr habt doch nichts verbrochen. Im Gegenteil, Ihnen ist was gestohlen worden!«

»Junger Freund«, sagte Vanini streng, »das ist nicht so einfach bei uns. Wir müssen an die Sache anders herangehen.«

Warum sagte Jahn nichts? Ach so, mit der Polizei hatte der nichts am Hut, seit er einmal bei irgendeiner Anti-Atom-Aktion hart angefaßt worden war. Das steckte ihm noch in den Knochen.

»Im Grunde haben Sie natürlich recht«, räumte Vanini plötzlich ein. »Der Diebstahl des Bildes ist für unsere Heimatinsel ein unvorstellbarer Verlust. Oluf Braren ist der einzige Künstler von Rang – ein Genie, wie ich zu behaupten wage –, den unsere Heimatinsel je hervorgebracht hat. Leider sind, wie Sie wissen, die meisten seiner Werke in dem schrecklichen Museumsbrand vernichtet worden.«

»Aber wenn wir nicht die Polizei rufen dürfen, was schlagen Sie dann vor?«

»Es gibt andere Mittel und Wege, junger Freund«, sagte Vanini herablassend. »Der Vorstand des *Föhringer Vereins* ist jedenfalls der Ansicht, daß man abwarten sollte, bevor die Polizei alarmiert wird.«

»Und«, mischte sich erstmals Jahn in die Diskussion, »wie stellen Sie sich vor, daß wir das Bild zurückbekommen?« Er war mißgelaunt, offenbar laborierte er ebenfalls an seinem Kater. Außerdem hatten sie vorhin in der Eile das Frühstück ausfallen lassen. Katharina hatte heute morgen mit den Kindern die erste Fähre genommen, so daß Jahns gewohnter Lebensrhythmus ohnehin empfindlich gestört war.

»Herr Dr. Jahn«, erwiderte Vanini devot. »Ich meine ja nur, daß wir zunächst einmal abwarten sollten und uns umhören. So ein Diebstahl geschieht hier in Oldsum doch nicht, ohne daß irgend jemand etwas weiß. Früher oder später wird uns ein Hinweis zu Ohren kommen.«

Damit war das Gespräch beendet. Jahn schützte irgendein Amtsgeschäft vor, obwohl allgemein bekannt war, daß der Montag sein freier Tag war. Sie verabschiedeten sich knapp.

Vanini blieb bei Frau Brodersen.

Der Pastor brauste wie ein Verrückter über die Landstraße. Anselm spürte Übelkeit in sich aufsteigen, die Kopfschmerzen dröhnten unvermindert in seinem Schädel. Er versuchte, einen klaren Gedanken zu fassen. Das Bild war weg! Vielleicht hatte Jenny Brodersen es nur verlegt? Unsinn, so vergeßlich war sie nicht. Aber wer sollte es gestohlen haben? Anselms Bestürzung schlug in Wut um. Es kam ihm vor, als hätte der Dieb, wer immer es war, das Bild allein deswegen weggenommen, um ihm, Anselm, zu schaden. Wer interessierte sich denn in Gottes Namen für so ein altes Stück Papier? Außer ihm höchstens dieser Hippel, aber der wußte von nichts. Warum wollten Jenny Brodersen und Vanini nicht die Polizei einschalten?

»Verdammt«, stöhnte Anselm. »Was machen wir jetzt? Wo fährst du überhaupt hin?«

Jahn antwortete nicht, geistesabwesend starrte er auf die Straße.

»Jahn, ich rede mit dir!«

»Ganz ruhig!« Jahn hatte einen Tonfall aufgesetzt, als redete er mit einem Selbstmordgefährdeten.

»Ganz ruhig! Verdammt, das Bild ist weg!«

»Wir müssen überlegen«, sagte Jahn bedächtig. »Wer kann das Blatt weggenommen haben?«

»Na, jeder! Die Haustür steht doch bei den Brodersens immer offen. Wenn Jenny in der Küche ist, kann da jeder ein und aus gehen.«

»Gut, aber derjenige muß erstens wissen, daß es das Bild überhaupt gibt, und zweitens muß er einen Grund haben, es zu stehlen. Ist das Blatt eigentlich sehr wertvoll?«

»Glaub' nicht. Für mich ja.«

»Jedenfalls wird man es nicht so ohne weiteres zu Geld machen können.«

»Wohl kaum.«

»Nein, das ist es nicht«, sagte Jahn mehr zu sich selbst. »Ich sage dir, das hängt irgendwie mit dieser verschollenen Schwester zusammen.«

»Du meinst, Jenny hat uns nicht alles gesagt, was sie weiß?«

»Gut möglich, aber ich glaube das eigentlich nicht. Die Frau hat in ihrem ganzen Leben bestimmt noch nie gelogen. Wer auch immer das Bild genommen hat, will verhindern, daß irgendwas ans Tageslicht kommt, das steht fest.«

»Und jetzt?«

»Wenn uns einer weiterhelfen kann, dann mein alter Freund Boethius. Und den besuchen wir jetzt. Ich denke, um die Zeit ist er noch nicht in der Redaktion. Am besten, wir fahren gleich zu ihm nach Hause.«

Zweimal im Jahr, im April und im Oktober, fand eine öffentliche Schulprüfung statt. Dem Examen wohnten neben der Schulkommission mit dem Pastor als Vorsitzenden auch Eltern und Geschwister der Prüflinge bei. Hier konnte sich ein Schulmeisterschicksal entscheiden. Oluf Braren hatte seine Zöglinge entsprechend präpariert. Die Aufführung kann man sich ungefähr wie folgt denken:

*Oluf Braren:* »Bekanntlich verabscheuen und bedauern die Katholiken die anderen Religionsgemeinschaften als Ketzer. Was ist in Ansehung der Heiligen Schrift, wie wir sie kennen, von einer solchen Auffassung, die auch bekanntlich unter den Lutheranern nicht selten sich findet, zu halten?«

*Schüler:* »Da man, wo man auch in der Welt hinkommt, viel mehr gute als böse Menschen antrifft, die doch eine ganz andere Religion als die lutherische und christliche haben, sollte der liebevolle Gott sie bloß ihres andern Glaubens wegen verdammen? Dagegen sträubt sich die menschliche Natur und Vernunft.«

Das klingt natürlich auswendig gelernt. Und das war es auch und sollte so sein. Immerhin haben diese Schüler das Hochdeutsche als eine Fremdsprache lernen müssen. Auch später als Erwachsene werden sie, falls sie es einmal benötigen sollten, ein sonderbar poliertes, aus schulgerechten Phrasen komponiertes Deutsch sprechen. Aber die Befragung geht weiter …

*Oluf Braren:* »Wo finden wir eine solche Auffassung in der Schrift bekräftigt?«

*Schüler:* »Apostelgeschichte im zehnten Kapitel Vers 34 und 35. Der Jünger Jesu und Apostel Petrus sagt: *Nun erfahre ich mit der Wahrheit, daß Gott die Person nicht ansiehet, sondern in allerlei Volk, wer Gott fürchtet und recht tut, der ist ihm angenehm.*«

*Oluf Braren:* »Weitere Beispiele?«

*Anderer Schüler:* »Den barmherzigen obgleich ungläubigen Samariter zog Jesus dem rechtgläubigen Priester und Leviten vor, und die, welche Hungrige speisten, Kranke erquickten, Durstige tränkten, Nackte kleideten, Fremde beherbergten, denjenigen, die bloß Herr! Herr! rufen und sich ihres Glaubens rühmen.«

So geht das noch Stunden fort.

Schulkommission und Pastor waren beeindruckt. Genauso stellte man sich einen vernünftigen Unterricht vor. Inzwischen hatte sich nämlich auf der Insel allgemein die Auffassung durchgesetzt, daß die alte Religionslehre beruhigend und hinreichend sein mochte für Menschen, die nie weiter von zu Hause wegkamen, als sie ihren Schornstein rauchen sehen konnten und so still vor sich hin lebten, jedoch für Leute, die in der Welt umher mußten, ihr Brot zu verdienen, durchaus ungenügend war. Auch die Erziehungsmethoden hatten sich geändert. Hatten die alten Schulhalter den Tampen nicht geschont, durfte nun die Züchtigung für jüngere Schüler nur noch mit einer kleinen Rute erfolgen, für die älteren befand die Obrigkeit ein dünnes Tau ohne Knoten für ausreichend. Ohrfeigen, Stöße und Schläge mit der Hand zu geben, Schüler zu kneifen oder Scheltworte gegen sie zu gebrauchen, war dagegen verboten; ebenso durften weder Schandbank noch Schandwinkel eingerichtet werden. Der Lehrer sollte sich, wie es in der königlichen Anordnung hieß, *überhaupt keiner entehrenden Strafen bedienen, welche dazu dienen könnten, des Kindes Ehrgefühl zu quälen und es mehr verhärten als verbessern würde.*

Oluf Braren unterrichtete einundsechzig Mädchen und Jungen unterschiedlichen Alters. Die Schule umfaßte zwei Klassen. Bei durchschnittlicher Leistung wechselten die Zehnjährigen von der ersten in die zweite Klasse. Mäßige Schüler blieben mitunter bis zur Entlassung in der ersten Klasse, während Schüler mit sehr guten Leistungen bereits mit neun Jahren in die zweite Klasse versetzt werden konnten. Brarens wichtigste Aufgabe bestand darin, den friesischen Kindern so viel Deutsch beizubringen, daß sie zunächst Bibel, Gesangbuch und Predigt verstanden, dann aber auch Konversation treiben und einen Brief aufsetzen konnten. Wer avancieren wollte, mußte Sprachrichtigkeit und Stil einigermaßen beherrschen. Alles andere war eher nebensächlich. Das Rechnen war als Vorbereitung und Begleitung zum Unterricht der Navigationsschulen gedacht, welche die Schüler, wenn sie zur See fahren sollten, ohnehin besuchten. Ebenso bildeten Religion und biblische Geschichte eine Ergänzung zum Konfirmandenunterricht, den Küster und Pastor erteilten. Dazu kam ein bißchen Geographie, Weltgeschichte und vor allem Naturkunde.

Braren behängte die kahlen Wände des Klassenzimmers mit selbstgezeichneten Sternenkarten. Später kamen Tierbilder hinzu, die er aus Naturkundebüchern abzeichnete: *Der Leopard, Die englische Dogge* und natürlich *Der Walfisch – Cetus, Hval, Wal, Whale, Baleine*: Der große Leviathan!

Zweihundert Jahre zuvor hatten die Holländer auf der Suche nach Indien in dem nördlichen Meere zwischen Spitzbergen und der Insel Jan Mayen riesige Bestände an Robben und Walen entdeckt. Sie brauchten Mannschaften für ihre Walfangschiffe und fanden sie auf den friesischen Inseln. Wie Zugvögel verließen die Föhringer im Frühjahr ihre Insel und kehrten im Herbst wieder in die Heimat zurück. Sie fuhren von Hamburg, Kopenhagen, Amsterdam, Dordrecht, Zaandam, Hoorn, Vlissingen, Middelburg, hoch in den Norden, nach Grönland, den Wal zu jagen.

*Der Harpunier, wann er kann, wirfft den Wallfisch mit der Harpunen hinter das Blaseloch. Sobald das Thier die Harpune im Leibe empfindet, so laufft er wie ein Pfeil niederwerts. Der Fisch fängt an zu wüthen und zu toben, daß die See wie ein Seiffwasser und lauter Schaum davon wird. Die zweite und dritte Schaluppe schießen fest, und nun raset er davon mit Schaluppen und etliche tausend faden Leinen oder Stricke, schneller als ein Schiff segelt, bis der Fisch müde wird und matt im Wasser liegt. Die Harpuniers werffen alßdann die Lanzen auf ihn. Wann er sich nun verbluetet, wird die ganze See daherumb davon gefärbet. Wenn der Wallfisch einige Lensenstiche erhalten, dann bläst er armdick Blut aus seinen beiden Nasenlöchern. Er röchelt dann sehr laut und stirbt bald, und wenn er todt ist, rollt er um auf seinen Rücken, so daß der Bauch über dem Wasser zu liegen kommt.*

Aus dem Leib des Riesen kommt der Brennstoff, der die Dunkelheit selbst in der Nacht vertreiben kann:

*Der* WALRAT (Sperma Ceti, Blanc de Baleine) *ist eine weiße, fettige, brüchige Masse von talgartigem Geruch, die in dem Kopfe des Pottfisches* (Physeter macrocephalus) *gefunden wird. Sie liegt zwischen der weichen und harten Haut des Gehirns sowohl als des Rückenmarks dieses Fisches in solcher Menge, daß man dem von einem einzigen Tiere gesammelten oft mehrere Tonnen anfüllen kann. Vorzüglich dient er als Zusatz zum Wachs bei den Lichtern, die dadurch eine sehr schöne Weiße erhalten, nicht so brüchig sind als die Wachslichter, und dabei nicht allein heller, sondern auch ratsamer brennen.*

Glanz vergangener Tage! Der Leviathan hatte sich längst zurückgezogen. Es fuhren nur noch wenige hinaus, die Restbestände zu jagen. Die Föhringer verlegten sich mehr und mehr auf die Handelsschiffahrt. Die Männer blieben nun lange Monate, gar Jahre weg. Doch wenn der Pastor in seiner Predigt die bekannten Worte las, trat noch immer atemlose Stille ein. »*Aber der HERR verschafft einen grossen Fisch / Jona zuuerschlingen / Vnd Jona war im leibe des Fisches / drey tag vnd drey nacht.* – Liebe Gemeinde, wir fühlen, wie die Fluten über uns zusammenschlagen. Wir tauchen mit ihm auf den kalten Grund der See. Doch was lehrt uns die Geschichte des Jona? Jonas Sünde ist es, Gottes Befehl zu mißachten. *Mache dich auff / vnd gehe in die grosse stad Nineue / / vnd predige drinnen / Denn jire bosheit ist er auff komen fur mich.* Amittais Sohn aber hat dem Wort des Herrn nicht gehorcht und floh den Herrn, weil ihn der Befehl zu hart dünkte. Aber ist nicht alles, was Gott von uns fordert, schwer und bitter? Ja, Gott gehorchen heißt, sich selbst nicht zu gehorchen. Diese Selbstverleugnung ist es, welche es uns so schwer macht, Gott zu gehorchen.«

Und so weiter.

Auch der Lehrer profitierte von der Reformation des Schulwesens. Er sollte nicht mehr auf das kümmerliche Schulgeld angewiesen sein, das früher dem Schulhalter eher als ein Almosen gewährt wurde. Ein Fonds wurde gegründet, aus welchem der Lehrer bezahlt und die Schulhäuser und Schulmeisterwohnungen unterhalten werden sollten. Außerdem erhielt Oluf Braren zu seiner Ernährung einiges Schulland, das die Bauern des Schuldistrikts unentgeltlich für ihn beackerten. Für einen Betrag von 1.030 Mark Courant wurde dem Utersumer Schulhaus eine Lehrerwohnung angebaut. Braren verdiente zusätzlich 700 Mark im Jahr. Das war alles in allem auskömmlich und ging jedenfalls weit über alles hinaus, was ein Schulmeister alten Schlages zu träumen gewagt hätte. Selbst Brar Brarens Verachtung für die Schulmeisterei wandelte sich allmählich in anerkennende Zustimmung. Sein Sohn galt beinahe für einen Gelehrten, er war eine Respektsperson. Warum sollte es Oluf nicht eines Tages zum angesehenen Küsteramt bringen? Er war gerade einmal zweiundzwanzig Jahre alt.

Oluf Braren hatte viel Zeit. Obwohl allgemeine Schulpflicht bestand, konnte von einem regelmäßigen Schulbesuch nicht die Rede sein. Wenn die Eltern auf den Mitverdienst ihrer Kinder angewiesen waren, durfte im Namen des Königs ein zeitweiliger Dispens vom Unterricht erteilt werden, und das geschah reichlich oft. Wegen Influenza, Scharlach, Masern etc. blieb die Schule mehrmals im Jahr geschlossen, während der Saat und der Ernte waren ohnehin Ferien. Allmählich fing Oluf Braren ernsthaft mit dem Malen an. Unter Schomakers Anleitung hatte er ein wenig gezeichnet. Jetzt begann er, die Umrisse mit Farben auszufüllen. Zunächst verfertigte er Porträts, die er an seine Geschwister verschenkte. Das sprach sich herum. Seit die meisten Männer so lange unterwegs waren, gab es einen riesigen Bedarf an Porträts. Die Föhrer waren versessen auf die kleinen Anhänger mit Bildern ihrer Ehefrauen und Ehemänner.

So kam Oluf Braren zur Malerei.

Mit ihrem abblätternden lindgrünen Anstrich und dem bemoosten Dach fügte sich Boethius' kleine Villa derart in die sie umgebende Natur ein, daß man denken konnte, das Haus sei an dieser Stelle gewachsen wie die hohen Bäume und die wildwuchernden Sträucher, hinter denen es beinahe ganz verborgen lag. »Verwunschen« erschien Anselm keine unzutreffende Beschreibung der Wirkung, die von dem Haus ausging.

»Die Villa ist in den zwanziger Jahren von einem jüdischen Ärzteehepaar gebaut worden«, erklärte Jahn. »Später, nachdem sie emigriert waren, haben die Nazis ein Ferienheim für Parteibonzen daraus gemacht. Nach dem Krieg sind deutsche Flüchtlinge da untergebracht worden, die haben jahrelang in der Bruchbude gehaust. Dann hat das Haus lange leergestanden. War schon beschlossene Sache, daß es abgerissen werden sollte, als Carsten die Hütte entdeckt hat.«

»Boethius wohnt ganz allein in dem Haus?«

»Ja. Irgendwie hat er die Stadt Wyk bequatscht, ihm den Schrott für einen symbolischen Preis zu verkaufen, allerdings mit der Auflage, alles restaurieren zu lassen.« Jahn stieß ein flüchtiges Lachen aus. »Daraus ist natürlich nie was geworden. Carsten hat nur das Allernötigste machen lassen. Und das war wohl auch schon teuer genug. Aber er wollte unbedingt in so einem maroden Kasten wohnen. Entsprach irgendwie seinem Lebensgefühl. Tja, die Stadt war davon nicht gerade begeistert. Aber wenn Carsten sich mal was in den Kopf gesetzt hat. Irgendwann hat er dann mit der Stadt seinen Frieden gemacht. Frag mich nicht, wie er das gedeichselt hat, aber er durfte da wohnen bleiben.«

Sie kämpften sich durch den dschungelartig verwilderten Garten zur Haustür vor. Obwohl es eine Klingel gab und außerdem einen enormen Türklopfer in Form eines Elefantenkopfes, traten sie, ohne sich bemerkbar zu machen, ein. Die Tür knarrte dabei so erbärmlich, daß es einer Klingel ohnehin nicht bedurfte. Aber niemand empfing sie. »Liegt bestimmt noch in der Koje, der Sack«, murmelte Jahn.

Das Innere der Villa entsprach in jeder Hinsicht ihrem verfallenen Äußeren. Es sah aus, als wäre in jedem Zimmer eine Granate explodiert. Über die ganze Wohnung waren Aschenbecher in allen Farben und Formen verteilt. Teure Kristall-Aschenbecher waren darunter, Aschenbecher als Totenschädel, und vor allem Aschenbecher in Tiergestalt, bevorzugt Elefanten. Carsten Boethius hatte einen wirklich ausgeprägten Sinn fürs Groteske. Er hatte allerdings auch gewöhnliche Untertassen oder Blumenvasen als Aschendeponie verwendet. Der erkaltete Zigarrenrauch war allgegenwärtig. Über alle Räume erstreckte sich eine riesige Bibliothek.

Jahn berichtete, daß er und Boethius sich über ihre gemeinsame Büchersucht nähergekommen waren. Weil ihre jeweiligen Interessensgebiete weit voneinander entfernt lägen, kämen sie sich glücklicherweise kaum ins Gehege.

»Was hat denn Boethius für Interessen?« wollte Anselm wissen.

Lächelnd forderte Jahn ihn auf, sich in der Bibliothek umzusehen.

Auf den Bücherrücken las Anselm Titel wie: *Der Glaube der Nordmark, Rassenkunde des deutschen Volkes* und so weiter. Offenbar hatte Boethius systematisch eine Fachbibliothek für Volkskunde, Germanentum, Rassentheorie und Ariosophie aufgebaut. Anselm nahm wahllos ein Buch in die Hand. Es war ein Bildband: *Das germanische Volksgesicht Band 1: Nordseemenschen.* Jede Seite zeigte eine schwarzweiße Porträtaufnahme: harte Bauerngesichter aus Dithmarschen und verwitterte Köpfe nordfriesischer Fischer, gelegentlich war auch eine Frau abgebildet. Während die Männer mit einem merkwürdig gekünstelten Blick irgendeinen Punkt in der Ferne zu fixieren schienen, schauten ihre weiblichen Gegenstücke eher willenlos ins Leere. Auf einem Bild identifizierte Anselm die Föhringer Tracht. Daneben stand ein kurzer Text: »Edle menschliche Reife und reine Form der Rasse erheben sich in dieser Frau zur Persönlichkeit.« Es war allerdings reichlich Fantasie nötig, um im Gesichtsausdruck der *Föhringer Friesin* etwas zu erkennen, das irgendwie mit »Persönlichkeit« zu tun hatte.

»Weißt du, was das ist?« Jahn blätterte in einem unscheinbaren Buch, auf dessen farblosem und abgegriffenem Deckel einige eckige Schriftzeichen zu sehen waren, die entfernt an Hakenkreuze erinnerten.

»Was hast du da?«

Jahn schob sich die Brille auf seine Nasenspitze. »Ich habe mich doch ein bißchen mit Apokalyptik beschäftigt. Mein guter Johann Albrecht hat sich über das Ende der Welt seinen klugen Kopf unendlich zerbrochen, aber auch die Jungs von der Blut-und-Boden-Fraktion waren ganz versessen auf alles, was mit dem Weltuntergang zu tun hat.«

»Du meinst Götterdämmerung und so?«

»Ich habe mich nur spaßeshalber und am Rande damit befaßt. Alles unglaublicher Stuß.«

»Ja, und was ist das nun für ein Buch?«

»Also«, dozierte Jahn, »es handelt sich um die Heilige Schrift der Arier, leider nur auszugsweise und in Übersetzung: Die *Ura Linda Chronik.*«

»Nie davon gehört.«

»Mach dir nichts draus. Der Text soll Altfriesisch sein, in Wirklichkeit ist er eine Mischung aus Niederländisch, Friesisch und sonst noch was. Die Chronik ist natürlich eine Fälschung, sie stammt wahrscheinlich von einem gewissen Dr. Eelco Verwijs, Archivar in der Provinzialbibliothek von Friesland. Muß ein echter Sonderling gewesen sein. Einmal hat er einen Band mit mittelniederländischen Gedichten herausgegeben, ein paar selbsterfundene Sachen hineingeschmuggelt und sich dann öffentlich belustigt, daß das keinem Gelehrten aufgefallen ist. Dem wäre so ein Scherz also zuzutrauen. Wir haben hier allerdings nur eine stark gekürzte deutsche Übersetzung der Chronik, die ein gewisser Professor Herman Wirth 1933 herausgegeben hat. Er hat damit eine richtige wissenschaftliche Kontroverse ausgelöst. Gestandene Linguisten haben sich allen Ernstes darüber gestritten, ob der Schwachsinn echt ist oder nicht.«

»Und was steht nun in dieser Chronik drin?«

»Ach, alles mögliche. Es soll eine Sammlung verschiedener Schriften sein.«

»Wie die Bibel!«

»Na ja«, sagte Jahn widerwillig. »Diese *Ura Linda Chronik* ist erwiesenermaßen eine Fälschung aus dem neunzehnten Jahrhundert, angeblich in altfriesischen Runen geschrieben. Heinrich Himmler soll dafür geschwärmt haben. Das Buch erzählt von einer frühen Hochkultur atlantischer Nordeuropäer vor mehr als 15.000 Jahren.«

»15.000 Jahre? Ist das nicht ein bißchen übertrieben?«

»Und wie! Aber es geht natürlich darum, die herkömmlichen frühen Kulturen, Ägypter, Mesopotamier, Chinesen und so weiter auszustechen. Die Germanenverehrer hatten da einen kleinen Minderwertigkeitskomplex.«

»Verstehe.«

»Der wird mit dem angeblichen Alter der germanischen Kultur ausgebügelt. Aber leider schweigen die Quellen, nämlich weil es sie gar nicht gibt.«

»Also erfindet man sie! Wie läuft das nun? Die Vorfahren der Germanen sind die Atlanter …«

»Ja, genauer gesagt, erzählt die *Ura Linda Chronik* die Urgeschichte der Friesen. Die Friesen sind die Erben der atlantischen Kultur, die in einer riesigen Flutkatastrophe untergegangen ist. Nun müssen sich die Reste des Edelvolkes gegen Horden heimtückischer Untermenschen wehren, die die Welt unterjochen wollen. Das läuft ein bißchen wie im *Herrn der Ringe*.« Jahn las mit übertriebenem Pathos irgendeine Stelle vor:

*Den ganzen Sommer über war die Sonne hinter den Wolken versteckt, als wollte sie die Erde nicht sehen. Der Wind ruhte in den Niederungen, so daß Rauch und Dampf gleich Säulen über den Niederungen und Gewässern standen. So war es dämmerig, und die Luft war schwer, und den Menschen fehlte Freude und Frohsinn. Inmitten dieser Stille begann die Erde zu beben, als wenn ihr Ende gekommen wäre. Berge splissen auseinander und spieen Feuer und Lohe, andere versanken in der Erde, und wo Felder gestanden hatten, erhoben sich Berge. Altland, von den Seeleuten Atland geheißen, sank nieder, und die wilde Flut brandete so lange über Berge und Täler, bis alles in der See versunken war. Viele Menschen wurden in der Erde verschüttet und viele, die dem Feuer entronnen waren, kamen in den Fluten um. Nicht nur in den Landen Findas spieen die Berge Feuer, sondern auch im Twiskland. Wälder brannten hintereinander weg, und als der Wind von dort kam, wehte er unser Land voll Asche. Flüsse änderten ihren Lauf, und an ihren Mündungen entstanden neue Inseln. Drei Jahre war die Erde also leidend; als sie wieder zur Ruhe kam, konnte man ihre Wunden sehen. Viele Länder waren versunken, andere waren aus der See emporgestiegen, und Twiskland war zur Hälfte entwaldet. Scharen des Findavolkes kamen und besetzten die leeren Räume. Unsere Flüchtlinge wurden vertilgt, oder sie wurden den Findas untertan. Da wurde uns Wachsamkeit doppelt notwendig, und die Zeit lehrte uns, daß Eintracht unsere stärkste Burg ist.*

»Danke, puh, das reicht«, unterbrach ihn Anselm.

»Hm, stimmt«, pflichtete Jahn ihm bei.

Anselm wies auf eine Regalreihe. »Diese Titel klingen auch nicht gerade nach harmlosen Heimatromanen: *Landvolk in Not*, *Die Macht des Blutes*, *Der Werwolf*. Oder das hier: *Friesenblut* von – *Hinrich Vanini*! Ist das –«

»Das ist er, ganz recht!« krächzte eine Stimme in ihrem Rücken.

Sie drehten sich um. In der Tür stand ein verlebt aussehender Mann Ende vierzig mit einem wildwuchernden Vollbart und einer dicken Hornbrille im Gesicht. Er trug einen abgewetzten Bademantel. Sein Kopf wirkte im Verhältnis zu seinem kleinen Körper zu groß. Zwischen seinen braungelben Zähnen klemmte ein Zigarillostummel.

»Aha, der rasende Reporter bei der Arbeit! – Anselm, das ist Carsten Boethius.« Jahn fing zu husten an. »Boethius, wenn ich dich beerdigt habe, stinkt der ganze Friedhof nach dem Kraut.«

In der Tat war das Zimmer von einem widerwärtigen Mief aus Schweißgeruch und Zigarilloqualm erfüllt.

Der Gescholtene nuckelte genüßlich an dem Zigarillorest. »Wat willste, ick bin nur 'n kleener Lokalredakteur. Wat Besseres kann ick mir eben nich leisten.« Boethius versuchte zu berlinern. Es klang entsetzlich unecht.

»Mir kommen die Tränen. Aber ich habe Arbeit für dich, Carsten. Wie man sieht, bist du davon ja nicht gerade überhäuft.«

»Hast du eine Ahnung«, seufzte Boethius. »Ich hab nur 'ne Lokalredaktion, aber das Geschäft ist überall das gleiche. Du mußt nur einmal in der Woche eine Predigt halten, ich jeden Tag.« Glücklicherweise hatte er jetzt zu berlinern aufgehört.

»Ach was«, sagte Jahn verächtlich, »den Mantel für euer Käseblatt kriegt ihr doch aus Flensburg. Eure zwei Seiten stopft ihr voll mit Todesanzeigen und schmiert dann noch ein paar Zeilen über –«

»– den berühmten Kleintierzüchterverein, ich weiß.« Boethius rückte seine Brille zurecht. »Also was willst du?« Er wandte sich an Anselm. »Und wer sind Sie, bitte?«

»Ein Freund von der Uni, Kunstexperte. Um genau zu sein, ist er Fachmann für Oluf Braren«, sagte Jahn.

»Aha.« Boethius zündete sich wieder einen Zigarillo an. »Los, wir gehen in die Küche. Muß einen Happen essen.«

Jahn und Anselm folgten Boethius in seine vor Schmutz starrende Küche. Zwischen waghalsigen Pagoden unabgewaschenen Geschirrs zog der Reporter eine schmierige Pfanne hervor. Irgendwoher hatte er drei Eier aufgetrieben und machte sich daran, sie zu braten. Dazu rührte er sich einen Becher Nescafé an.

Während Boethius sich der Zubereitung seines Frühstücks widmete, erzählte Jahn von dem Bild und seinem Verschwinden.

Boethius stieß einen anerkennenden Schnalzlaut aus. »So, und ich soll das in der Zeitung bringen?«

»Untersteh dich, Boethius!« raunzte Jahn ihn an. »Ich weiß, daß du scharf auf die Geschichte bist, und du sollst die Story auch haben – nur noch nicht jetzt. Wir wollen erst wissen, wie Göntje Riewerts an das Bild gekommen ist, und vor allem, warum es gestohlen wurde.«

Die Spiegeleier waren fertig, Boethius aß sie direkt aus der Pfanne. »Tja, und was erwartet ihr von mir?« fragte er schmatzend.

Jahn tippte sich an die Stirn. »Nimm mal den Fuß von der Leitung, Boethius! Du hast dich doch mit der Nazizeit hier auf der Insel beschäftigt. Dafür gibt es ja nicht allzu viele Experten.«

Boethius hatte seine Eier verschlungen und leckte nun genüßlich sein Messer ab. »Stimmt, als ich damals hier anfing, wollte ich ein paar Leichen aus dem Keller zerren. Na ja, man war noch jung und motiviert.« Er kicherte kurz vor sich hin. »Aber, wie du weißt, habe ich mir damit keine Freunde gemacht.«

»Gab es denn Leichen im Keller?« fragte Anselm.

»Die gibt es immer. Was die Nazizeit angeht, ist es hier nicht anders gelaufen als anderswo.«

»Aber man wird nicht gerne daran erinnert.«

»Hm.« Boethius schien nachzudenken. »Wir haben damals Nachforschungen angestellt«, sagte er langsam, indem er in einer Tasche seines Bademantels nach der Zigarilloschachtel fischte. »Wir, das heißt ich und ein paar Lehrer vom Gymnasium. Ist schon ein paar Jährchen her. Die waren damals auch alle neu hier. Offiziell lief das als Schulprojekt. Haben Zeitzeugen befragt und so weiter. Wollten herauskriegen, was hier am 9. November 1938 passiert ist.«

»In der Reichskristallnacht!«

»Ja, der sogenannten.«

»Und was ist da auf der Insel gewesen?«

»Na ja, Juden waren nicht so viele da, außer im Sommer als Badegäste. An denen hat sich aber keiner so richtig gestört, haben ja Geld gebracht. Wyk war kein traditionell antisemitisches Seebad. Aber als die Nazis dann hier das Sagen hatten, war man sofort tausendprozentig.«

»Und was ist am 9. November passiert?«

»In Wyk haben sie einen Fackelzug organisiert. Eine Synagoge zum Anzünden gab es ja nicht – aber dafür ein jüdisches Kindererholungsheim.«

»Das haben die niedergebrannt?«

Boethius machte eine abwehrende Bewegung. »Das Heim war schon ein paar Monate vorher abgebrannt. Ein Unfall, fahrlässige Brandstiftung. Wenigstens stand das so in der Zeitung. Es ist niemand zu Schaden gekommen, weil der Unfall, oder was es war, während der Unterrichtszeit passiert ist. Die Kinder sind dann woanders untergebracht worden. Nein, die Nazis haben sich was anderes ausgedacht: Am Abend des 9. Novembers wurden die jüdischen Kinder von der Wyker SA und einigen, sagen wir, Freiwilligen aus dem Haus getrieben und zum Hafen geführt. Sie sollten mit der Fähre aufs Festland geschafft werden, damit die Insel endlich judenfrei wurde.«

»Das wird ja wohl nicht ohne irgendwelche Schweinereien abgegangen sein«, bemerkte Jahn.

»Kann man nicht behaupten«, sagte Boethius. »Die Lehrer der Föhrer Schulen haben ihre Klassen ein Spalier bilden lassen, durch das die jüdischen Kinder mußten, bevor sie in ein offenes Boot gepfercht und nach Dagebüll geschafft wurden. Sie wurden bespuckt und wohl auch geschlagen. Spießrutenlaufen. Die Zeitungen haben jubelnd darüber berichtet.« Boethius drückte seinen Zigarillo auf einer Untertasse aus und zündete sich sofort den nächsten an. »Als wir die Geschichte recherchiert haben, waren noch viele der damals Beteiligten am Leben. Aber die Leute haben kaum was gesagt, keiner wollte sich so recht erinnern. Wir mußten uns die Ereignisse mehr oder weniger zusammenreimen. War dann sowieso bald Schluß damit.«

»Wieso Schluß?« fragte Anselm.

»Einigen Schülern, die wir losgeschickt hatten, ist Prügel angedroht worden. Es ist auch tatsächlich zu Handgreiflichkeiten gekommen. Die Schulleitung wollte das nicht verantworten und hat das Projekt gestoppt. War natürlich ein Vorwand.«

»Na gut«, sagte Jahn. »Aber was war damals mit Göntje Riewerts? Wie ist die an das Braren-Bild gekommen?«

»Schon in den zwanziger Jahren haben sich alle möglichen Leute für Braren interessiert«, erklärte Anselm.

Boethius nickte. »Damals sind jede Menge Fachleute auf die Insel gekommen, echte und selbsternannte. Die Einheimischen wollten davon erst nichts wissen, Braren war ihnen immer noch irgendwie peinlich, glaube ich. Aber die hatten natürlich schnell kapiert, daß da was zu holen war. Also haben sie ihre Dachböden durchforstet.«

»Es ist also nicht ausgeschlossen, daß Göntje Riewerts bei so einer Suchaktion das Bild gefunden hat«, meinte Jahn. »Nur warum hat sie es dann nicht zu Geld gemacht, wenn doch alle so scharf auf einen echten Braren waren?«

»Stimmt«, sagte Anselm, »wenn das Blatt, das wir gesehen haben, tatsächlich ein Teil der *Stillen Hochzeit* ist, wäre der Fund schon damals eine Sensation gewesen, besonders mit Tischbein.«

Boethius setzte eine ernste Miene auf. »Meine Herren«, sagte er feierlich. »Ihr habt mich überzeugt! Ich werde mich hinter die Sache klemmen. – Aber dafür kriege ich die Story!«

»Kriegst du«, sagte Jahn. »Aber bis dahin kein Wort über das verschwundene Bild!«

Boethius schwor hoch und heilig.

Einen Tag nach Ostern stand ein rotblonder Riese mit einer Schubkarre vor der Utersumer Schulmeisterwohnung. Auf der Karre war mit einem Tampen eine Holzkiste befestigt. »Mojn, wäs'sgo«, grüßte der Mann auf jütisch. Er war ganz außer Atem. »Skomache …«, keuchte er. Dann schien dem Knecht einzufallen, daß man sein Plattdänisch auf Föhr wohl nicht verstand. »Den gamle skolemester …«, probierte er es in steifem Hochdänisch. »De oole Schoolmester is dø«, sagte er schließlich. Als Oluf Braren keine Antwort gab, wiederholte der Bote die Nachricht, indem er seine Aussprache abwandelte und versuchsweise ein jütisches durch ein niederdeutsches oder friesisches Wort austauschte: »De ual skuulmester as dood – is duad – dø – de malle schoolmester fra Eydum.«

Die Sprachversuche schienen den Jüten mehr anzustrengen als die Plackerei mit der schweren Truhe. Aber er hätte gar nicht zu sprechen brauchen. Im Augenblick, als Oluf Braren ihn auf sein Haus hatte zustapfen sehen, war ihm der Anlaß seines Kommens klar gewesen: Magister Schomaker hatte das Zeitliche gesegnet. Der verrückte Schulmeister von Eidum! Soweit war es mit ihm gekommen.

Oluf Braren bat den Knecht herein, indem er Sylter Friesisch mit ihm sprach, das er noch leidlich beherrschte. Der Mann verstand, wenn er auch selber bei seiner babylonischen Mischung blieb. Marret bereitete gerade das Mittagsmahl: Fliederbeersuppe, wie beinahe jeden Tag. Sie murrte, als sie erfuhr, daß sie heute zu dritt essen würden. Oluf Braren sagte nichts dazu. Sie konnte nicht anders. Unter ihren anklagenden Blicken schenkte er dem Knecht ein Glas Branntwein ein. Den Schluck hatte sich der Mann redlich verdient.

Mit ungläubigem Staunen sah Knut, so hieß der Knecht, zu, was der Utersumer Lehrer aus dieser Kiste hervorholte, mit der er sich einen vollen Tag abgeplagt hatte. Es waren Bücher darin. In den Sylter Tagen hatten Schomaker und Oluf Braren jeden dieser

Quartanten mehrfach gemeinsam gelesen, der einzige Luxus ihres diogenischen Lebens.

Da waren sie alle wieder: der Vossische Homer, die ersten vier Bände von *Sophiens Reise von Memel nach Sachsen,* die Schriften des verehrten Professor Gellert, die Klopstocksche Messiade, *Benjamin Franklins Leben,* die Romane des vergötterten Jean Paul (»wunderbar Salomonis Teppichen gleich«), Gottwalt Peter Harnischs *Hoppelpoppel* und einiges vom guten Wieland. Aus dem *Peregrinus Proteus* fiel ein Blatt heraus. In Schomakers ausschweifender Handschrift stand da:

*Wer nicht von Brosamen und Almosen zu leben weiß, ist nicht geschickt zum Dienst der Wahrheit. Der werde frühe! ein vernünftiger, brauchbarer, artiger Mann in der Welt, oder lerne Bücklinge machen und Teller lecken: so ist er für Hunger und Durst, für Galgen und Rad sein Lebenlang sicher.* Auri sacra fames, *von welchem Satan stammst du her?*

*Homme de lettre*

Betreten las Oluf Braren das Geschriebene noch einmal. War das an ihn gerichtet? Sollte das Schomakers Vermächtnis an ihn sein? Übergoß er ihn noch aus dem Grab heraus mit neidischem Spott? Oder war das eine Warnung?

Die Rückseite des Blattes war so dicht beschrieben, daß kaum noch das weiße Papier durchschimmerte. Mit Mühe entzifferte Oluf Braren den wirren Buchstabenwald. Er las:

*Kakophonischer Schlußaccord meiner tumultarischen Pneumographia*

DENIQUE COMOEDIA FINITA ERIT

*Es begab sich, daß der alte Scholarch dem Herrn Pastor Arafastus Leeghwater anläßlich dessen eigner Amtseinführung auf den theologischen Zahn zu fühlen nicht unterlassen konnte. Verehrtester, donnerte mit einem Male der Magister aus der trophonischen Höhle seines Kröpelstuhls heraus, in dem er zuvor Stunden ohne ein Wort zu sagen ruhig gesessen hatte. Im Anfang war bekanntlich das Wort, und das Wort war bei Gott, und Gott war das Wort.* Ergo: *Im Anfang war das Wort, und das Wort war selbst der Anfang. Wollen Sie mir darin freundlichst zustimmen? Leeghwater aus nicht geringer Confusion sich befreiend: Ey freylich, lieber Herr Magister, wie im Evangelio nach Johannes 1, 1 zu lesen: Und Gott war das Wort. Dasselbige war im Anfang bei Gott. Der sel. Schomaker meinte aber: Wenn man sich doch die Trinität als eins dächte, so könnte auch das Vierte der Einheit nicht schaden, und der Lehrbegriff leide nicht darunter, wenn man sich den alleserhaltenden Vater, den allesbeherrschenden Sohn, den allesbelebenden Geist, und das allesverknüpfende Wort wie den unerschütterlichen Kubus dächte, der in sich selber ruhend, die rollenden Sphären trägt. Das alles trug der brave Magister mit jener autodidaktischen Unduldsamkeit vor, die den gewöhnlichen Gelehrten ohnfehlbar zur Weißglut treibt. Arafastus glühte aber noch nicht; er begann eben erst zu glimmen (er war auch kein helles Licht). Da gewahrte er schreckensbleich das Menetekel, das ihm der verwünschte Klipplehrer an die Wand malte: nämlich für alle Zeiten vor seiner Gemeinde entweder als Esel oder Hämmling dazustehen. Er kramte in seinem theologischen Thesaurus und schlug, nach seinem bewährten Prinzip* multa non multum, *Schomaker die ganze Polemik aus den Heften, welche er ehemals in Halle selbst nachgeschrieben, um die Ohren, während ein spanischer Ernst sein Antlitz verfinsterte. Der Schulmann hörte sich indeß den staubigen Salbader in Gelassenheit an und replicirte ruhig: Der Vater wäre freylich nicht der Vater, wenn der Sohn nicht wäre. Der Vater muß durch den Sohn erkannt werden wie der Gedanke durch das Wort. Das Wort ist das Kleid, das den Gedanken umhüllet, aber ohne das Wort wäre der Gedanke nichts. Das Wort ist allmächtig, es war im Anfang, und es war bei Gott, und Gott war das Wort, und durch das Wort ist alles gemacht, was gemacht ist. Verehrter Pastor, unser ganzes Leben und Sein drängt sich in ein großes Wort zusammen. Dieß Wort hat den Himmel gewölbet, es hat aus der dunklen Mitternacht die Morgensterne hervorgerufen. Es gehet aus vom Vater, Sohn, und Geist, so wie der Geist vom Vater und Sohn, und der Sohn vom Vater allein ausgehet. Viere sind's, die da zeugen im Himmel! Schoma-*

*ker sprach wahrhaftig von einer Quadrivität, und das war entschieden* quantum satis superque. *Als aus des Schulmeisters Munde solche Rede hervorbrach, da brach auch bei Leeghwater etwas, nämlich alle Dämme, die der Stoizismus in ihm gegen die Gefühlswallungen errichtet hatte.* Ne sutor supra crepidam! *schrie er und, dies Anathema zu consecriren, schüttet er dem Scholarchen sein Glas erkalteten Punsches – der Pastor war ein Erzabaccheut – ins Angesicht. Der erwiderte nur ruhig: Das, Herr, war eine Abschweifung. Ich warte auf Ihre Argumente!*

## La fin couronne les œuvres

Magister Schomakers Geist war Oluf Braren stets wie eine mächtige Maschine vorgekommen, in der irgendein obskurer Fehler steckte. Bisweilen arbeitete, allen Gesetzen der Vernunft Hohn sprechend, diese Maschine plötzlich und ohne ersichtliche Ursache falsch. Der Magister hatte in solchen Fällen selbst nicht zu sagen vermocht, woran es lag. Aber wenn es geschah, wenn der Mechanismus einmal falsch lief, dann machte er durch seine unbändige Kraft die Folgen verheerend.

Schon vor einem Jahr hatte Oluf Braren davon gehört, daß es zwischen dem Magister Schomaker und dem neuen Pastor von Eidum zu einem Zerwürfnis gekommen war. Dabei sollte es weit weniger gesittet zugegangen sein, als Schomakers Niederschrift zu entnehmen war. Schon früher hatte der alte Magister, der sonst der friedvollste Mensch der Welt war, zu derartigen Paroxysmen geneigt und aus heiterem Himmel jeden, der das Unglück hatte, sich in seiner Nähe aufzuhalten, auf das unflätigste beschimpft und beleidigt. Die Anfälle hatten in letzter Zeit zugenommen. Jacob Fürchtegott Schomaker hatte wegen jenes angezettelten Streites mit dem neuen Pastor seine Stellung verloren und den geringbemessenen Rest seiner Tage als Schwachsinniger im Armenhaus zugebracht. Wie viele Jahrzehnte hatte er mit übermenschlicher Geduld und Gewissenhaftigkeit die Sylter Jugend unterrichtet? Den Fischerkindern hatte er mehr beigebracht, als sie auf der Husumer Gelehrtenschule je hätten lernen können. Was blieb von ihm? Die Erinnerung an einen verkommenen, halbwahnsinnigen Halunken. »Den alten Sünder«, hatten sie ihn zuletzt genannt.

In einem unbeachteten Augenblick drückte Oluf Braren Knut einen ganzen blanken Schilling in die Hand.

»Dunnewedde! Mange tak, Heer Skolemester«, lallte der Riese überrascht.

Am Himmel ballten sich dunkle Wolkenmassen, aber es schien trocken bleiben zu wollen. Anselm fuhr mit Rückenwind durch die Marsch. Er brauchte kaum in die Pedale zu treten, um vorwärts zu kommen. Jahns altes Holländerfahrrad knirschte und knarrte unter ihm. In weniger als einer Dreiviertelstunde war er schon am Ziel. Er wollte mit Boy Brodersen sprechen, der sich nicht nur tagsüber in seiner Vogelkoje aufhielt, sondern, wie Jenny Anselm erzählt hatte, dort sogar gelegentlich übernachtete.

Boy Brodersen schien Besuch nicht besonders zu schätzen. Seine Vogelkoje war von einem Graben umgeben, der gerade ein Stück zu breit war, als daß man ihn überspringen konnte. Ein Steg war nirgends zu sehen.

»Hallo, Herr Brodersen?« rief Anselm hinüber.

Keine Antwort.

Anselm rief noch einmal.

Nichts.

Als beim dritten Versuch keine Antwort kam, gab er es auf.

Anselm hatte schon das Fahrrad wieder aufgehoben, da hörte er von drüben eine feindselige Stimme:

»Kein öffentlicher Zutritt!«

Auf der anderen Seite des Grabens stand ein Mann in einem blaugrauen Drillich, einer Art Zwischending aus Gefängniskluft und Mao-Jacke. Auf dem Kopf trug er eine grüne Schirmmütze, unter der eine große rote Nase hervorstach. Sonst war von seinem Gesicht nicht viel zu sehen.

»Herr Brodersen?«

»Snaakest dü fering?«

Ein Schibboleth. Brodersen war Friese der strengen Observanz. Anselm mußte schnell antworten. »Ik kön't nooch ferstun«, rief er zögernd. »Ich kann es verstehen«.

Seine Aussprache war etwas ungelenk, aber es mußte halbwegs verständlich geklungen haben. – Nein, Boy Brodersen drehte sich weg. Das war es dann wohl, Anselm hatte den Test nicht bestanden. Aber Brodersen ging nicht fort, er machte sich am ufernahen Gebüsch zu schaffen. Dann wandte er sich Anselm wieder zu. Er hatte eine lange Stange aufgehoben, die er spielerisch von der einen Hand in die andere fallen ließ. »Gar nicht so schwer«, sagte Brodersen jetzt auf deutsch und rammte die Stange in die Mitte des Wassergrabens. Das Ding steckte nur zu ungefähr einem Drittel im Wasser, der Graben war also nicht allzu tief. Dann stieß Brodersen das obere Ende der Stange an, so daß sie langsam auf Anselms Seite herüberkippte. Jetzt begriff er: Das Ding war ein »plomperstook«, eine Art Springstab, um über die vielen Gräben zu kommen, früher das übliche Fortbewegungsmittel in der Marsch.

»Na!« ermunterte ihn Brodersen. »Wenn ich alter Knochen das schaffe, ist das für dich doch ein Klacks.«

Boy Brodersen sah allerdings noch ziemlich drahtig aus, was Anselm von sich nicht gerade behaupten konnte. Ungute Erinnerungen an die Turnstunde wurden wach, Stabhochsprung war da außerdem nicht vorgekommen.

»Hat mit Kraft nichts zu tun, brauchst nur ein bißchen Schwung«, dozierte Brodersen.

Also los. Einfach springen. So breit war der Graben auch wieder nicht, ein geübter Springer schaffte das locker ohne Springstab. Anselm nahm die Stange in die Hand. Sie war schwerer, als er gedacht hatte. Noch ehe er einen sorgenvollen Gedanken fassen konnte, begann er, sich über den Graben zu schwingen. Er hob ab. Schon war die Hälfte geschafft, da ging es nicht mehr weiter! Als hielte jemand sie von oben fest, blieb die Stange kerzengerade genau in der Mitte des Grabens stecken. Er hatte einfach keinen Schwung mehr. Unaufhaltsam rutschte Anselm nach unten. Noch bevor er die trübe Wasseroberfläche erreicht hatte, kippte er langsam zur Seite weg. Anselm merkte, wie seine Kleidung die schlammige Brühe aufsog. Dann spülte ein fauliger Geschmack in Nase und Mund.

Auf einmal fühlte er sich gepackt und hochgezogen. Brodersen lachte aus vollem Hals. »Nicht schlecht!« Der Alte bekam kaum Luft vor Lachen. »Meine Herren, das war Weltklasse!« Anselm bekam einen Niesanfall. »Letztes Jahr im Sommer ist der Landwirtschaftsminister an ungefähr derselben Stelle zu Wasser gegangen«, plauderte Brodersen weiter. »Mein Großvater hat sogar mal einen echten preußischen General in den Graben geschickt. Hier darf nicht jeder reinplumpsen.«

Anselm wollte sprechen, aber er brachte nichts heraus. Jetzt spürte er die Kälte, die sich wie ein schwerer Mantel um seinen Körper legte. Seine Zähne schlugen hart aufeinander, daß es weh tat.

»Wird Zeit, daß wir dich trockenlegen«, sagte Brodersen. »Sonst erkältest du dich noch.« Mit einer beiläufigen Handbewegung wies er in irgendeine Richtung und ging los. Brodersen hatte einen schnellen Schritt, Anselm vermochte kaum zu folgen. Jede Bewegung war schwer und unangenehm, sein Kopf fühlte sich merkwürdig geschwollen an.

Brodersen führte ihn zu einem winzigen reetgedeckten Haus. Mit dem Fuß stieß er die Tür auf. Eine Mischung aus Moder und irgendeinem scharfen Geruch, Desinfektionsmittel oder ähnlichem, drang Anselm in die Nase. Er mußte niesen. »Ge-sundheit!« rief Brodersen. In dem kleinen Raum drängte sich eine Unzahl ausgestopfter Vögel, Silbermöwen, Lachmöwen, Dreizehenmöwen, Austernfischer, Kiebitze, Fischreiher, Graugänse, Kanadagänse, die ganze heimische Vogelwelt.

»Das ist immer noch eine Vogelkoje«, sagte Brodersen stolz. »Nur daß denen der Hals schon umgedreht ist, wenn sie zu mir kommen.«

»Sie sind Tierpräparator!«

»Ist nur so ein Hobby. Aber ich habe mir alles selbst beigebracht«, sagte Brodersen. Er gab Anselm eine Hose und eine Mao-Jacke, wie er selbst sie trug. Dann bereitete er Tee in einer großen Blechkanne. Er benutzte dazu einen Tauchsieder, den er aus einer der vollgestopften Schubladen über seinem Arbeitstisch hervorgewühlt hatte. Das Ding war ganz schön verrostet. Jetzt hatte Brodersen seine Kappe abgenommen, so daß Anselm sein Gesicht betrachten konnte. Er war ein ganzes Stück älter als seine Frau. Um seine Glatze hielt sich ein dünner, grauer Haarkranz, der sich in alle Richtungen sträubte. Sein Gesicht war ein wenig aufgeschwemmt, auf den Wangen war ein Geflecht violetter Adern zu erkennen. Die Nase leuchtete dunkelblau. Obwohl Brodersen keinen Bart trug und auch keine Pfeife rauchte, erinnerte er Anselm blöderweise an einen alten Seebären.

Brodersen füllte zwei Blechbecher mit Tee, der inzwischen die Farbe von Holzbeize angenommen hatte. Dann schenkte er aus einer Flasche ohne Etikett jeweils ein erhebliches Quantum einer klaren Flüssigkeit dazu.

»Du bist wegen dem Bild hier?« Das klang nicht wie eine Frage, sondern wie eine Feststellung. Immerhin duzte er ihn schon. Der Sprung schien Brodersen tatsächlich beeindruckt zu haben.

»Ja, haben Sie eine Ahnung, wer das Blatt gestohlen haben könnte?«

»Klar«, erwiderte Boy Brodersen, als verstünde sich das von selbst. »Aber weißt du eigentlich«, er nahm einen mächtigen Schluck seines Teegemischs, »weißt du denn, daß Föhr eigentlich zu Dänemark gehört?«

Was sollte das jetzt? Wußte Boy Brodersen nun, wo das Bild geblieben war, oder nicht? Er sollte sich lieber keine übertriebenen Hoffnungen machen. Verschroben war ja noch eine beschönigende Beschreibung von Brodersens Verfassung. Na ja, wenn er hier Tag für Tag einsam hockte mit seinen toten Vögeln, und dann der selbstgebrannte Köm oder was es war. Auf jeden Fall war es jetzt besser, Brodersen reden zu lassen.

»Nein, daran erinnert sich kein Mensch mehr«, sagte Brodersen bitter. »Und doch haben wir über tausend Jahre zum alten Königreich Dänemark gehört, bevor wir zu Deutschland gekommen sind. Es sind nicht die schlechtesten Zeiten gewesen.«

Nach der Niederlage 1864 gegen Preußen und Österreich hatte Dänemark alle seine schleswig-holsteinischen Besitzungen verloren. Danach Preußen gegen Österreich. Moltke. Königgrätz. Die Länder im Norden gehen an Preußen und dann 1871 vermutlich automatisch an das Deutsche Reich.

»Herr Brodersen, das ist doch alles sehr lange her«, sagte Anselm vorsichtig. »Weit über hundert Jahre. Ich meine …«

»Hundert Jahre«, rief Brodersen mit einer Stimme, in der sich Resignation und Spott mischten. »Hundert Jahre! Mein Vater ist noch als Untertan des dänischen Königs geboren. Niemand hat ihn gefragt, ob er Preuße oder Deutscher werden will.« Brodersen trank von seinem Teepunsch. »Mein Junge, Unrecht vergeht auch nicht nach hundert Jahren. Nach dem Ersten Weltkrieg hat es eine Chance gegeben, daß wir wieder zu Dänemark kommen. Eine Abstimmung hat es gegeben unter internationaler Aufsicht, das weißt du vielleicht. 1920 war das. Aber die Preußen haben dafür gesorgt, daß Deutschland die meisten Stimmen bekommen hat. Nach dem zweiten Krieg, als Deutschland in Trümmern lag, ja, da wollten sie auf einmal alle den Anschluß. Aber da wollten die Dänen nicht mehr: Grænsen ligger fast. Na ja, kann es ihnen nicht verdenken.«

»Sie meinten eben, daß Sie wissen, wer das Bild von Oluf Braren gestohlen hat.«

Brodersen sah Anselm geradewegs ins Gesicht. Dabei kniff er die Augen zusammen, als müßte er angestrengt über etwas nachdenken. Dann lächelte er. »Junge, das ist doch ganz egal, ob ich dir das erzähle oder nicht.«

»Verstehe ich nicht. Warum soll das egal sein?«

»Ich weiß, was die Leute reden: Brodersen spinnt. Kann sein. Will nicht behaupten, daß sie unrecht haben. Aber was ich weiß, das weiß ich!« Damit leerte er seinen Becher und schenkte sich sofort wieder nach, diesmal nur Köm. »Weißt du, mein Ururgroßvater ist beim *Königlichen Grönlandhandel* gewesen und hat lange mit seiner Familie auf Grönland gelebt. Als er nach Föhr zurückgekommen war, haben zwei von seinen acht Kindern wie Eskimos ausgesehen.«

»Ich habe bei Ihnen zu Hause ein Foto gesehen, da war ein Mann, der sah wie ein Eskimo aus!«

»Wenn man mit den Eskimos Handel treiben wollte, mußte man sich eben ihren Sitten anpassen.«

»Sie meinen Frauentausch?«

Brodersen lachte. »Tja, muß ja wohl so gewesen sein. Jedenfalls waren solche Eskimos früher auf Föhr keine Seltenheit. Hat sich keiner darüber aufgeregt. In ein paar von uns fließt echtes Eskimoblut, ha.«

»Herr Brodersen, Sie haben doch gerade gesagt, daß Sie wissen, wer das Bild gestohlen hat.«

Brodersen nickte heftig. Er hatte schon wieder seinen Becher geleert und langte nach der Flasche. Jetzt hatte er richtig einen im Kahn. Wollte er nicht reden? Oder war Brodersen schon zu versoffen und verrückt, um noch einen klaren Gedanken zu fassen? Im

Augenblick waren von ihm jedenfalls keine brauchbaren Informationen mehr zu erwarten.

»Frauentausch …«, Brodersen lachte aus vollem Halse. »Die rassereinen Friesen! Nicht einmal unser Oberfriese, der Herr Vanini, ist einwandfrei. Aber das sind immer die schlimmsten, sage ich dir.«

»Warum, was ist mit Vanini? Ich habe ihn gestern erst bei Ihnen zu Hause gesehen.«

Brodersen horchte auf. Sein Gesicht hatte die Färbung seiner Nase angenommen. Er starrte Anselm mit weit aufgerissenen Augen an. Dann spuckte er auf den Fußboden. »*Der* hat seine Beine unter meinen Tisch gestreckt?« preßte Brodersen vor Zorn bebend hervor. Plötzlich sank er in sich zusammen. Er hatte die Augen geschlossen. War er eingenickt? Brodersen hatte sicher einiges intus, aber nachdem er sich gerade derartig aufgeregt hatte … Der Alte hatte doch keinen Herzanfall oder so etwas erlitten? Zu Anselms Erleichterung rührte sich Brodersen wieder. Er nahm einen tiefen Zug von seinem Köm. »Traut sich nur in mein Haus, wenn ich nicht da bin«, sagte er verächtlich. »Sieht ihm ähnlich, dem Hundsfott. Und meine Frau ist einfach zu gutmütig.«

»Ja, dann will ich mal weiter«, sagte Anselm. Er wollte möglichst aufbrechen, bevor Boy Brodersen ihm jetzt auch noch die vermutlich nicht eben kurze Geschichte seiner Feindschaft mit Uwe Vanini erzählte. »Vielen Dank für den Tee.«

Brodersen schien von seinem plötzlichen Aufbruch keineswegs enttäuscht oder auch nur überrascht. Er hob nur leicht die Hand zum Abschiedsgruß.

»Meine Klamotten …«, fiel Anselm ein.

»Die nehme ich nachher mit«, lallte Brodersen. »Kannst du morgen bei meiner Frau abholen.«

Dann erklärte er Anselm, so gut es ging, wie er ohne Springstab über den Graben gelangen konnte.

Tatsächlich fand Anselm neben dem »plomperstook« ein großes Brett, das man bequem über den Graben legen und als Steg benutzen konnte.

Und jetzt? Wenn er schon in der Marsch herumfuhr, konnte er eigentlich auch bei Elke vorbeischauen. Nur, was sollte er ihr erzählen? Sein Lebenslauf war nicht besonders vorzeigbar, sechzehn Semester Kunstgeschichte. Andererseits hatte sie es auch nur in die Marsch geschafft. Die auf einem Aussiedlerhof, er konnte es sich wirklich nicht vorstellen.

Anselm fuhr den Siedlerweg in östlicher Richtung weiter. Irgendwie würde er das Anwesen schon finden, allzu dicht waren die Höfe nicht gesät.

Vor ihm lag die Weite der Marsch, eine einzige grüne Fläche, die sich vom Deich bis zu den Dörfern am Geestrand erstreckte, Schwemmland, dem Meer abgerungen. Heute vertraute man den Deichen, aber noch zu Brarens Zeiten hatten die Menschen hier wie unter einem Damoklesschwert gelebt. Zu jeder Stunde hatte das Wasser wie Sintflut und Jüngstes Gericht in einem über Land und Menschen hereinbrechen können. Die Insulaner hatten damals gar nicht anders gekonnt, als gläubig und fromm zu sein. Das war eine Welt, die es schon lange nicht mehr gab. Seine Suche nach dem Bild war ein Abstieg in eine Vergangenheit, die nur noch in ein paar Bildern lebte, die ein armer Schulmeister mit Wasserfarben gemalt hatte. Das Blatt aus der *Stillen Hochzeit*. Wer konnte so daran interessiert sein, daß er es aus dem Haus der Brodersens stahl? Es wollte Anselm erscheinen, als ob der Diebstahl des Bildes an Unausgesprochenes und Ungesühntes rührte, an irgend etwas, das keineswegs vergessen und vergeben war. Was waren hundert Jahre?

Nahe der Straße brachte ein Bauer die Drahtabzäunung seiner Fenne in Ordnung. Anselm fragte ihn nach Hinrichsens Hof. Der Mann machte eine vage Bewegung Richtung Osten, was wohl

»immer der Nase nach« heißen sollte. Er wollte gerade weiterfahren, da sagte der rotgesichtige Mensch doch noch etwas: »Dritter Hof auf der linken Seite.«

Anselm bedankte sich höflich.

Das Fahren wurde mühsam, weil die Straße nun mit einer dicken Schicht getrockneten Schlamms bedeckt war, in der sich die Spuren von Traktorreifen abzeichneten. Es roch säuerlich, nach Silage. Die Aussiedlerhöfe standen in großzügigen Abständen zu beiden Seiten der Straße, auf den Plätzen vor den modernen Wohnhäusern und Ställen waren Maschinen und Traktoren meist neuester Bauart geparkt. Nur der dritte Hof auf der linken Seite entsprach nicht dieser herausgeputzten Beschaulichkeit. Wohnhaus, Stall und Scheune waren am Rande der Baufälligkeit, es standen einige verrostete Geräte herum, die anscheinend seit langem nicht mehr benutzt worden waren.

Langsam fuhr Anselm auf das Wohnhaus zu.

Plötzlich blaffte es dicht neben ihm los. Ein ohrenbetäubendes Gebell. Vor Schreck fiel er beinahe vom Fahrrad. Nur wenige Meter von ihm entfernt war ein Jagdhund aus seiner Hütte geschossen und tobte und fletschte die Zähne. Zum Glück wurde er von einer Kette festgehalten, die sich allerdings bedrohlich spannte. Der Hund starrte Anselm aus gelben, vereiterten Augen an. Das Tier sah entsetzlich verwahrlost aus. Sein Fell war struppig, und mit einem Hinterlauf schien etwas nicht in Ordnung zu sein, er humpelte.

»Nickels, ruhig!« Eine Stimme aus der Richtung des Wohnhauses.

Der Köter beruhigte sich tatsächlich ein bißchen, jedenfalls hörte er mit dem Gekläff auf.

Eine Frau in einem blauen Overall trat aus dem Haus.

Es war Elke Hinrichsen, geborene Vanini.

Anselm bewegte sich, den Hund ängstlich beobachtend, zu ihr hin. Im Eingang stellte sie sich ihm in den Weg.

»Wer sind Sie, und was wollen Sie?«

Anselm sah sie an. Sie hatte nicht mehr diese fremdartige Blässe von früher. Als wäre sie aus Porzellan, hatte er manchmal gedacht. Ihr dunkles Haar, in dem einige graue Strähnen zu erkennen waren, hatte sie zu einem Knoten gebunden. Elke war immer noch schlank, aber wirkte nicht mehr so zerbrechlich wie damals.

»Wer sind Sie?«

»Elke, kennst du mich noch?«

Sie musterte ihn feindselig. Anselm fiel ein, daß er Brodersens merkwürdigen Arbeitskittel trug. Er mußte darin absolut lächerlich aussehen.

»Anselm? Was machst du denn hier?« fragte sie ungläubig.

Ja, was machte er eigentlich hier? »Ich, also ich bin gerade auf Föhr, und da dachte ich, ich besuche dich mal. Dein Vater sagte mir, daß du jetzt in der Marsch wohnst.«

»Meinen Vater hast du getroffen?«

»Zufällig.«

»Hat er dir zufällig auch erzählt, daß wir nicht mehr miteinander sprechen, seit Jahren schon nicht mehr?«

»Das wußte ich nicht.«

»Na, komm erstmal rein.«

Das Wohnzimmer sah ziemlich abgewetzt und ärmlich aus.

»Ja, bei uns ist Kraut und Rüben, hast du ja schon gemerkt«, sagte Elke entschuldigend. »Aber einen Kaffee oder Tee kann ich dir anbieten.« Sie hielt einen Moment inne. »Bevor du fragst, sage ich dir lieber gleich, was los ist. Weiß sowieso jeder, wie es um uns steht.«

»Läuft es nicht mit der Landwirtschaft?«

Sie lachte bitter. »Der Hof gehört schon lange der Bank. Wir stecken so tief im Dreck, wir leben nicht mal mehr von der Hand in den Mund.«

Anselm wollte etwas sagen, aber ihm fiel schlicht nichts ein.

»Das hättest du nicht gedacht, was? Die Tochter von Uwe Vanini auf dem Aussiedlerhof. Das geht nicht gut, haben alle gedacht. Sie hatten ja nicht unrecht.«

»Was ist denn passiert?«

»Ich habe Hanno Hinrichsen geheiratet. Gut, ich war schwanger, aber ich hätte das nicht unbedingt tun müssen. Mein Vater hat mir angeboten, das Kind bei sich und meiner Mutter zu lassen, damit ich studieren kann. Das wollte ich aber nicht, und nun – na, siehst du ja.« Elke steckte sich eine Zigarette an. »Zuerst lief eigentlich alles ganz gut. Ich habe getan, was ich konnte, auf dem Hof. Aber Hinrichsen konnte den Betrieb nicht führen. Schulden machen alle, die Maschinen kosten ein Heidengeld. Aber er hat einfach drauflosgewirtschaftet. Ich habe viel zu spät gemerkt, daß was nicht stimmte. Wenn was schiefgeht, kriegst du das selber als letzter mit. Und dann hat Hinrichsen mit dem Saufen angefangen.«

»Und jetzt?«

»Die Kinder sind bei meinen Schwiegereltern. Ich habe die Scheidung eingereicht.« Elke berichtete das alles sachlich, als würde sie irgendeinen Fall schildern. »Laß uns von was anderem sprechen!« sagte sie plötzlich. »Was machst du inzwischen? Warum bist du auf Föhr?«

Anselm erzählte es ihr.

Sie sah ihn verwundert an. »Dann bist du so eine Art Heimatforscher?«

»Also, eigentlich versuche ich klarzustellen, daß Oluf Braren nicht bloß ein naiver Volkskünstler gewesen ist, verstehst du?«

»Ich habe oft an dich gedacht«, sagte sie auf einmal. Dann lächelte sie. »Vielleicht liegt es daran, daß danach – danach alles so gekommen ist.«

»Ich denke auch oft daran«, stotterte Anselm. »Wenn ich mich erinnere, kommt es mir vor, als wäre das gar nicht wirklich gewesen, als hätte ich es vor langer Zeit geträumt.«

Wieder lächelte sie ihn an, diesmal befreiter. »Du hast dich überhaupt nicht verändert.«

Plötzlich drang ein lautes Getucker durch das Fenster herein.

»Das ist Hinrichsen! Besser, wenn er dich hier nicht sieht.« Elke klang nicht besonders aufgeregt, aber ihre Stimme war seltsam angerauht. Auf ein Zusammentreffen mit Hinrichsen konnte Anselm allerdings ganz gut verzichten.

Der Hund schlug an. Egal, ob sich ein Fremder oder sein eigener Herr dem Hof näherte, das Vieh schien sich immer gleich zu gebärden. Das Traktorengeräusch war jetzt verstummt. Ein scharfer Befehl, Fluchen, ein Winseln. Der Hund gab Ruhe.

»Was passiert, wenn er mich hier sieht?« Anselm konnte ein ängstliches Tremolo in seiner Stimme kaum unterdrücken.

»Keine Ahnung. Wenn er voll ist, kann man das nie wissen. Und *voll* ist er. Er ist überhaupt nicht mehr nüchtern in letzter Zeit.«

»Äh, soll ich mich irgendwo verstecken?« fragte Anselm und schämte sich sofort für den jämmerlichen Vorschlag.

Elke lächelte, es sah schrecklich mitleidig aus. Machte sie sich über ihn lustig? Gab sie gleich Entwarnung? »Dein Fahrrad steht an der Tür. Hinrichsen ist ein Säufer, aber ein Idiot ist er nicht. Wenn er erst Verdacht geschöpft hat, fängt er an zu suchen, und wenn er dich dann findet ...« Nein, sie traute ihrem Mann alles zu. »Besser, du bleibst hier im Wohnzimmer. Vielleicht geht er gleich zu Bett.«

Jetzt ging die Tür. Schwere Schritte in der Diele. »Elke!« dröhnte es betrunken. »Elke! Verdammt, wo steckst du wieder?«

»Im Wohnzimmer. Wir haben Besuch«, rief sie mit fester Stimme.

»Besuch?«

Hanno Hinrichsen stand schwankend in der Tür. Er trug eine schmutzverkrustete Jeans – er mußte mehrmals hingefallen sein, um sich so einzudrecken – und ein rotschwarzkariertes Holzfällerhemd, das ihm halb aus der Hose hing. Er war nicht groß, vielleicht sogar einen ganzen Kopf kleiner als Anselm, aber stämmig und offenbar sehr kräftig. Sein Kopf glühte rot und bildete einen komischen Kontrast zu den schütteren flachsblonden Haarbüscheln, die vereinzelt darauf wuchsen. Aus seinen verquollenen Schweinsäuglein starrte er Anselm giftig an.

»Seid ihr schon wieder da, ihr verdammten Aasgeier!« brüllte er. »Ihr habt doch schon alles – ihr habt doch schon alles weggeholt. Meine Viecher, meine Kinder und meine Frau. Meine liebe Frau, die zu mir steht in guten wie in schlechten Tagen. Ist doch so Elke, oder?« Hinrichsen setzte eine widerliche Lache auf.

Anselm mußte was sagen, irgend etwas, um nicht als kompletter Feigling dazustehen.

»Tag, Herr Hinrichsen, ich bin mit Ihrer Frau zur Schule gegangen und –«

Im selben Augenblick fand Anselm sich mit einem tauben Gefühl im Gesicht auf dem Teppich wieder. Er hatte den Geschmack von Blut im Mund. Er sah, wie Elke Hanno Hinrichsen in den Arm fiel. Der fluchte und schrie nach seinem Jagdgewehr. »Ich hab' nichts mehr zu verlieren. Dann nehm' ich eben einen von euch mit. Du Schwein, ich bring' dich um!«

»Mach', daß du wegkommst! Ich komme schon klar!« Das war Elkes Stimme.

Anselm raffte sich auf. Konnte er sie mit Hinrichsen allein lassen? Die Polizei rufen? Bis die da war, das konnte dauern.

»Mach endlich, sonst passiert noch was! Ich komme hier schon klar, wirklich!«

Benommen stürzte Anselm aus dem Haus, nahm sein Fahrrad und fuhr einfach los, nach Westen, der Richtung, aus der er gekommen war. In seinem Kopf rauschte es, er zitterte am ganzen Leib. Verprügelte er sie jetzt? Zurückfahren? Sie wußte schon, was sie tat. Er fuhr weiter, immer weiter.

Inzwischen verfinsterte sich der Himmel, und es begann, heftig zu regnen.

Am nördlichen Horizont schien ein blasses, rosig aufglimmendes Licht. War das schon die Morgendämmerung? Jetzt flutete es vom Osten her tiefrot über das Land und trieb den Nebel auf das Meer hinaus. Anselm stand auf dem Deich. Von hier aus konnte er die ganze Insel überblicken. Er sah alle Dörfer, die drei großen Kirchen. Im Westen lagen die Nachbarinseln zum Greifen nahe. Er betrachtete die Sternbilder, die sich in kristallener Helligkeit am Himmel abzeichneten. Dann schritt er los, ohne Ziel. Von ferne erkannte er eine Gestalt. Jemand kam ihm auf dem Deich entgegen. Anselm fühlte keine Angst, nicht einmal Scheu, statt dessen eine seltsame Vertrautheit. Er wußte, wer ihm da entgegenging.

Der Mann blieb stehen und schaute ihn gedankenvoll an. Sein dunkelblondes Haar war kurz geschnitten und ins Gesicht gekämmt. Das Gesicht wirkte auf sonderbare Weise kindlich, er war nicht sehr groß, eher stämmig. Er trug einen blauen Rock, helle Hosen und grobe, klobige Stiefel, um den Hals eine sorgfältig geknotete Binde. Dann neigte Oluf Braren seinen Kopf ein wenig zur Seite und öffnete langsam die Lippen.

»Das ist bald ausgestanden!« sagte eine fremde Stimme.

»Er ist wach«, hörte er plötzlich Jahn. »Anselm, was machst du für Sachen!«

»Gut, dann braucht ihr mich nicht mehr«, sagte wieder der andere. »Ein paar Tage Bettruhe, dann ist er wieder wie neu. Ich muß jetzt weiter.«

»Wir haben uns Sorgen gemacht!« Das war Jahn.

Allmählich erwachte Anselm aus seiner Bewußtlosigkeit. »Ich, ich bin in den Regen gekommen …«

»Von der Traufe in den Regen, was? Lieber Freund, wenn es nicht ganz und gar unwahrscheinlich wäre, würde ich sagen, du warst bei einer Klopperei! Und was hast eigentlich für Klamotten an?«

Was war mit Elke? Anselm versuchte, Jahn klarzumachen, was geschehen war. Aber die Gedanken ließen sich nicht fassen und zu Worten formen. Er hörte sich selbst unverständliches Zeug faseln.

Jahn drückte ihn in das Bett zurück. »Du hast Fieber, Anselm. Jetzt schlaf dich erst mal aus. Morgen sieht die Welt schon anders aus, dann reden wir über alles.«

Anselms Gedanken gerieten in einen Wirbel. Wirkliche Erlebnisse und Träume gingen ineinander über. Elke, seine Großeltern, Volli Hasenscharte, Oluf Braren, Hanno Hinrichsen, Boy Brodersen trieben ihm als nebelhafte Gestalten entgegen.

## *II. Kapitel:*

# NEKYIA

Süß ist es, in den Wohnstätten der Vorfahren zu leben und sich was die Alten gesagt und getan ins Gedächtnis zu rufen.

Hegesippus

Wollte und dürfte ich die Geheimnisse der Föhrer und namentlich der Föhrer Nachtschwärmer und Finsterlinge aufdecken, so müßte ich lange Kapitel schreiben.

C. P. Hansen: *Das Schleswig'sche Wattenmeer*

Nils Kloppenborg-Skrumsager hatte ein ungutes Gefühl. Er mochte den kleinen Rechtsanwalt. Aber einer wie Andersen schrieb Zeitungsartikel, verhandelte in Ausschüssen, wirkte jedenfalls hinter den Kulissen. Hier und jetzt waren andere Qualitäten gefragt, Qualitäten, die er selbst, Kloppenborg, in reichlichem Maße aufwies: mächtige Statur, bierzelterprobte Stimme und ein derber Humor. Andersen dagegen hatte noch niemals vor einer größeren Menschenmenge gesprochen, und er sah aus, als würde er beim leisesten Gegenwind zusammenklappen. Doch Kloppenborgs Einwendungen waren auf taube Ohren gestoßen. Vor allem die Föhrer, Brodersen und Riewerts, hatten an Andersen einen Narren gefressen. Sie waren ebenso naiv wie verbohrt. Niemand konnte ihm, Kloppenborg, nachsagen, daß er nicht zu Kompromissen bereit wäre – wenn es der Sache nützte. Aber heute stand zuviel auf dem Spiel. Vielleicht entschied dieser Abend die ganze Abstimmung. Er beschloß, sich bereitzuhalten. Man mußte mit allem rechnen. Falls die Stimmung kippte und Bierkrüge flogen, würde er eingreifen und mit Stentorstimme die Ordnung wieder herstellen.

Marten Andersen betrat das Podium, stellte sich hinter das Rednerpult und blinzelte über seinen Kneifer hinweg in die Versammlung hinein. Er zögerte. Vielleicht hatte Kloppenborg doch recht gehabt, als er ihn vorhin noch hatte umstimmen wollen. Im Saal des Amtsgerichts herrschte eine ganz andere Atmosphäre. Auch wenn es dort einmal hitzig zuging, blieb eine Gerichtssitzung doch immer von der Gewißheit bestimmt, daß hier das Recht galt, an seiner Wirksamkeit bestand kein Zweifel. Bei Gericht wurde nach bestimmten Regeln verfahren, in denen er sich auskannte, sehr gut auskannte. Aber hier und heute wurden keine kleinen Betrügereien oder Beleidigungen verhandelt, hier ging es um die Zukunft seines Volkes. Die Friesen konnten zum ersten Mal in ihrer Geschichte selbst entscheiden, zu welcher Nation sie gehören wollten. Und es war an ihm, Marten Andersen, eine richtige Entscheidung herbeizuführen und nach der historischen Entgleisung vor sechsundfünfzig Jahren die Geschichte noch einmal zum Guten zu kehren!

In dem überfüllten Saal herrschte noch immer eine erwartungsvolle Stille. Kloppenborg und seine Freunde bedeuteten Andersen mit aufgeregten Gesten, endlich anzufangen. Andersen nickte kurz zu ihnen hinüber. Dann begann er zu sprechen:

»Die Friesen sind weder deutsch noch dänisch, sie sind etwas Eigenes für sich. Doch von alters her haben sie zu Dänemark gehört und sind damit immer zufrieden gewesen.« Andersens Stimme war nicht laut, aber von eindringlicher Klarheit. »Warum sind die Friesen bei Dänemark immer zufrieden gewesen?« fuhr er mit kräftigerer Stimme fort. »Dafür hat es gute Gründe gegeben: Die Dänen haben ihnen eine weitgehende Selbstverwaltung gewährt, und sie sind vom Militärdienst befreit gewesen. Wir mußten keine Soldaten sein!« Beim letzten Satz hatte sich seine Stimme ein wenig überschlagen. Es war gewiß kaum zu hören gewesen, aber Andersen wußte um die lächerliche Wirkung einer vor Aufregung überschnappenden Stimme. Das durfte nicht noch einmal passieren. Er sammelte sich einen Augenblick, um dann ruhig weiterzusprechen: »Wir alle können uns allzugut daran erinnern, was dagegen bei den Preußen der Brauch war. Drei Jahre zum Barras, hieß es da!« Gelächter. Zustimmendes Gemurmel. Er war auf dem richtigen Weg. »Und was – was, frage ich, hat die preußische Obrigkeit damit in ihrer unergründlichen Weisheit erreicht? Ich weiß, nicht wenige unter euch haben lieber die Heimat verlassen, sind lieber nach Amerika gegangen, wo sich gutes Geld verdienen ließ, als drei Jahre Feldwebelgeschrei zu hören und im Schlamm herumzukriechen!« Wieder Gerede, gelegentliches Auflachen. Wahrscheinlich Austausch von Erinnerungen. Andersen wartete ab, bis die Gespräche verstummt waren. Dann sprach er langsam, die Erregung, die ihn selbst zu erfassen begann, unterdrückend: »Die Dänen haben uns in Ruhe gelassen mit diesem menschenverachtenden Zwang, dem Militärdienst, der den Friesen so ungemäß ist. Ihnen hat es genügt, daß wir auf ihren Schiffen fuhren und daß wir unsere Deiche instand hielten. Die dänische Regierung hat also nicht nur gerecht, sondern auch in Einsicht unserer Bedürfnisse gehandelt.« Er blickte in die Menge. Die Zuhörerschaft wirkte konzentriert. Immerhin hatte er ihre Aufmerksamkeit geweckt, ihr Interesse gewonnen. »Ich erzähle euch nichts Neues, wenn ich sage, daß vor weniger als fünfzig Jahren auf dieser Insel die große Mehrheit dänischgesinnt war. Eure Väter wußten, warum sie es waren. Aber hat man uns gefragt, ob wir Preußen sein wollen? Nein! Ein Federstrich, und die Friesen, die tausend Jahre lang der dänischen Krone treu gedient haben, werden Preußen! Wohin das geführt hat, liebe Freunde, haben wir alle am eigenen Leibe erfahren und erfahren es noch: Deutschland hat diesen Krieg vom Zaune gebrochen und verloren. Nun muß es dafür bezahlen. Und wir bezahlen mit! Aber ich sage euch: Wir haben genug bezahlt! Nicht nur unser Vermögen haben wir hingegeben für dieses größenwahnsinnige Reich. Wie viele eurer Väter, Brüder und Söhne liegen in russischer, in französischer Erde? Für was oder für wen sind sie gefallen?« Niemand sagte etwas, völlige Stille im Saal, nicht einmal das übliche Stühlerücken oder Gläserklirren war zu hören. »Ich will davon nicht weiter sprechen, um keine Wunden aufzureißen, die noch kaum verheilt sind. Aber es mußte einmal so gefragt werden.« Andersen steigerte wieder Tempo und Lautstärke. »Denn eines muß selbst der überzeugteste Schleswig-Holsteiner oder, wenn ihr wollt, auch der eingeschworenste Preuße erkennen: Auf der einen Seite, unter dem Danebrog, tausend Jahre Frieden und Freiheit, auf der anderen Seite, unter dem preußischen Adler, nach nicht einmal einem halben Jahrhundert Krieg und Elend!« Andersen hatte an der Stelle Applaus oder irgendwelche Äußerungen der Zustimmung erwartet, aber nichts geschah – allerdings auch kein Unmut oder Protest. Jetzt wollte er schnell zu einem Ende kommen: »Ich will gar nicht weiter von der

Politik sprechen. Davon haben wir alle wahrhaftig genug gehört. Nur diese einfache historische Wahrheit führt euch vor Augen: Dänemark bedeutet Frieden und Wohlstand, Deutschland Not und Krieg. Das alte Dänemark, wann hat es denn überhaupt einmal Krieg geführt? Deutschland dagegen ist aus dem Kriege geboren, aus Blut und Eisen haben sie es erschaffen. Daraus konnte nichts Gutes erstehen. Denn so wie es aus dem Krieg geschaffen war, mußte dieses Deutschland auch wieder im Kriege untergehen. Was uns gelehrt wurde, war falsch, grundfalsch. Der Machtkoloß, den wir anbeteten, zerfiel in nichts. Und eines ist vollkommen gewiß: Wenn dieses Deutschland in diesem schrecklichsten aller Kriege nicht ganz untergegangen ist, wird es wieder einen Krieg anzetteln, sobald es dazu in der Lage sein wird. Dänemark aber wird uns mit offenen Armen aufnehmen, und der dänische Staat wird tun, wozu Deutschland nicht fähig ist. Er wird die Währungsprobleme lösen und uns wieder in Arbeit und Brot bringen. Nutzen wir diese einmalige Möglichkeit, und die preußische Zeit wird eine dunkle, aber kurze Episode unserer jahrtausendealten Geschichte sein!« Einzelne Jawohls. Klatschen. Nun war es an der Zeit, endgültig zum Abschluß zu kommen. »Wer das nicht einsehen mag«, rief Andersen, »der soll wenigstens diese einfache Tatsache anerkennen: nämlich, daß das dänische Volk den Friesen in einem weit größeren Maße ähnelt als den Deutschen. Die Dänen sind ein viel ruhigeres Volk als die Deutschen. Sie mischen sich nicht so sehr in Dinge draußen in der Welt, sie leben lieber im stillen und sind zufriedener als die Deutschen. Das wird mir jeder zugeben, der einmal mit ihnen zu tun gehabt hat. Die Dänen trachten nicht nach äußerer Macht und Pracht. Als Volk sind sie uns viel eher verwandt. Darum ist es nur natürlich, jetzt für Dänemark zu stimmen! Das ist es, was ich sagen wollte.«

Andersen nahm den Kneifer ab und schaute wie ernüchtert in das Parkett hinein, als könne er gar nicht glauben, eben zu einer so großen Menschenmenge gesprochen zu haben.

Dort unten herrschte wieder Stille.

Als Andersen sich umdrehte, um das Podium zu verlassen, brach der Beifall los, ein mächtiges, anhaltendes Klatschen. Das konnte nicht allein von den wenigen Dänischgesinnten kommen, da applaudierten auch die Deutschen!

Marten Andersen stellte sich neben das Pult. Er verbeugte sich kurz und setzte sich auf die erste Bank vor dem Podium. Seine Mitstreiter waren aufgesprungen und beglückwünschten ihn. Kloppenborg schlug ihm so heftig auf die Schulter, daß der kleine Rechtsanwalt beinahe zusammenbrach. Das war ein besserer Anfang, als sie je zu träumen gewagt hatten. Nein, das war ein echter Erfolg, ein wahrhafter Triumph!

Dr. Tadsen wartete ab, bis der Beifall endgültig verebbt war. Dann stand er auf. Aber er stieg nicht auf das Podium, sondern blieb im Parkett vor dem Rednerpult stehen. Tadsen blickte in die Runde. »Meine Freunde«, rief er. Seine Stimme erinnerte fatal an den Kasernenhofton, von dem Andersen gesprochen hatte. »Meine Freunde«, wiederholte Tadsen in etwas abgemildertem Ton. »Ihr kennt mich. Als einem geborenen Föhringer und Mann, der sich für Erhaltung und Pflege unserer geliebten Sprache einsetzt, behagt es mir wenig, zu euch nicht in unserer Muttersprache zu sprechen. Ich unterlasse es aus Rücksicht auf meine politischen Gegner, denn Herr Advokat Andersen und Herr Kloppenborg-Skrumsager sind meines Wissens des Friesischen nicht mächtig.« Er räusperte sich. »Wenn ich also nicht für Friesland auf friesisch sprechen kann und wenn diese Herren nicht für Dänemark auf dänisch sprechen – aber warum eigentlich nicht, meine Freunde? Warum sprechen die Dänischgesinnten nicht für Dänemark in dänischer Sprache? Die Antwort ist klar wie der helle Tag: Weil wir auf Föhr kein Wort Dänisch verstehen!« Wieder räusperte er sich, es klang gekünstelt. Er hatte es sich irgendwann im Unterricht angewöhnt. »Nun also«, fuhr Tadsen fort, »so will ich für Deutschland auf deutsch reden! – Ich drücke mich nicht davor, die Behauptungen des Herrn Andersen im einzelnen zu widerlegen. Aber zuerst laßt mich zum Kern der Sache kommen, damit ihr einmal wißt, woran ihr seid.« Tadsen begann, die Arme hinter dem Rücken verschränkt, den Gang zwischen den Bänken entlangzuschreiten. Er sprach mit überdeutlicher Betonung: »Dänemark kann nicht bezahlen, und Dänemark wird nicht bezahlen. Wer nur einen Funken Ahnung hat von Volkswirtschaftslehre, wird das nicht bezweifeln.« Mit diesen Worten wandte er sich plötzlich Andersen zu. Der machte prompt das Gesicht eines unvorbereiteten Schülers, der überraschend aufgerufen wurde. Tadsen wechselte schnell die Richtung, um es wie einen Zufall aussehen zu lassen. »Dänemark ist ein kleines Land«, sagte er beiläufig, »das ausschließlich von der Landwirtschaft lebt, es hat keine Industrie. Woher soll also das Geld kommen, um uns wieder auf die Beine zu helfen? Worauf stützen sich die vollmundigen Versprechungen, die uns von dänischer Seite gemacht werden?« Tadsens Miene verdüsterte sich. »Es ist wahr, das deutsche Reich liegt am Boden. Aber Deutschland ist ein großes Land, und es wird wieder auf die Beine kommen, daran besteht überhaupt kein Zweifel. Das nur einmal zu den wirtschaftlichen, zu den rein materiellen Gründen, die für unseren Verbleib bei Deutschland sprechen. Seht: Ich rede von Tatsachen. Es ist leicht, Wunschträume in schönen Worten vorzubringen, aber schöne Worte sind nicht immer wahre Worte! Ich sage euch keine rosige Zukunft voraus, wenn wir bei Deutschland bleiben. Aber ich verspreche euch auch nicht das Blaue vom Himmel herab!« Tadsen sah prüfend auf sein Publikum. »Ebenso wie die Behauptung, daß der dänische Staat uns aus der Not helfen wird, ist es ein Märchen, daß die Friesen unter dänischer Herrschaft jemals glücklich gewesen sind, um jetzt einmal die historischen Fakten zu erörtern. Was war mit der angeblichen Befreiung vom Militärzwang? Im vorigen Jahrhundert haben die Friesen im Krieg gegen England auf dänischen Kriegsschiffen Dienst tun müssen. Das ist eine geschichtliche Tatsache. Weiter ist es eine Tatsache, daß viele Friesen 1848 in die schleswig-holsteinische Armee eingetreten sind. 1870 haben auch wir am Krieg gegen Frankreich teilgenommen – ebenso wie 1914. Föhringer, wir gehören zu Deutschland. Daran kann, daran *darf* kein Zweifel bestehen! Dänemark kann uns schlicht nicht bieten, was deutsche Kultur aus uns gemacht hat, was Luther, Goethe, Schiller und unsere schleswig-holsteinischen Landsleute Friedrich Hebbel, Klaus Groth und Theodor Storm uns geworden sind. Ein Volk, welches einen Schiller und einen Bismarck hat, kann nicht untergehen!« Verhaltener Beifall. »Nennt mir auf unseren alten Friedhöfen einen Grabstein in dänischer Sprache! Alle tragen deutsche Inschriften. Könnt ihr euch erinnern, daß in der Kirche je dänisch gesprochen wurde? Haben unsere Vorfahren dänisch gesprochen? Sie haben deutsch gelernt. Warum? Weil ihnen niemand erzählen mußte, daß die Friesen ein deutscher Stamm sind. Unsere Bräuche und unsere Sprache, die unser kostbarstes Erbe ist, wollen wir bewahren, das ist unsere heilige Verpflichtung. Aber wir wollen niemals vergessen, daß wir Schleswig-Holsteiner und Deutsche sind!« Starker Applaus. Tadsen kostete ihn nicht aus. »Herr Advokat Andersen hat davon gesprochen, daß wir Friesen für Deutschland geblutet haben. Er hat darin einen Grund gesehen, Deutschland den Rücken zu kehren. Das, Kameraden, finde ich, mit Verlaub, eine merkwürdige Haltung. Ich jedenfalls sehe es genau umgekehrt: Gerade jetzt, da Deutschland am Boden liegt, sollen wir uns abwenden, sollen um unserer hungrigen Mägen willen wieder Dänen werden? Ich nenne das einen jämmerlichen Verrat, das sage ich frei heraus! Man hat uns einmal Deutschlands Ehrenvolk genannt. Wie werden wir wohl nach einem solchen Verrat genannt werden? Ich würde mich schämen, ein Friese zu heißen! Horcht auf die Sprache eures Blutes und auf den reinen Klang eurer Friesensprache! Für uns gibt es nichts zu entscheiden: Wer ein echter Friese ist, der stimme für Deutschland!«

Tadsens letzte Worte gingen im Beifallssturm unter. Die Menschen klatschten nicht nur, sie trampelten mit den Füßen, klopften mit ihren leeren Bierkrügen rhythmisch auf die Tische. Es war ein einziges Lärmen und Rufen. Einige begannen, das Schleswig-Holstein-Lied zu singen. Nur allmählich ging der wilde Taumel in geordneten Gesang über. Dann stimmte Tadsen *Deutschland, Deutschland über alles* an. Die geeinte Menge folgte ihm begeistert.

Das Fieber und die Erkältung, die Anselm sich bei seinen Abenteuern in der Marsch eingefangen hatte, waren bald auskuriert. Jahn hatte sich telefonisch bei Katharina Rat geholt und ihn unerbittlich mit heißen Umschlägen, Kräuterbädern und vor allem einem Hustensaft traktiert, der wie eingekochter Jägermeister schmeckte. Die unselige Begegnung mit Hanno Hinrichsen ließ Anselm keine Ruhe. Da gab es nichts zu beschönigen: Er hatte Elke im Stich gelassen und sich als erbärmlicher Feigling erwiesen. Immerhin war ihr nichts geschehen. Jahn hatte einen Tag später bei ihr angerufen. Hanno hatte sich gleich nach dem Vorfall friedlich zu Bett begeben. Elke hatte sich um *ihn*, Anselm, gesorgt, ob er es wohlbehalten zurück nach Utersum geschafft hätte. Sonst tat sich nichts. Die Brodersens lehnten es nach wie vor ab, die Polizei einzuschalten. Wenn nicht bald etwas geschah, mußte Anselm wieder abreisen. Dann hieß es zu Kreuze kriechen. Hartmanns öliges Grinsen. Anselm wurde übel bei der Vorstellung.

Seit seinem Ausflug in die Marsch hatte es nicht mehr aufgehört zu regnen. Anselm saß in Jahns Studierzimmer und blätterte in Hinrich Vaninis *Friesenblut*. Boethius hatte ihm den Roman leihweise überlassen. Allerdings hatte Jahn dafür seine ganze Überredungskunst aufbringen und dem Reporter als Sicherheit eine Erstausgabe von Christian Peter Hansens *Chronik der Friesischen*

*Uthlande* übergeben müssen. Boethius hatte ihnen noch erzählt, daß Uwe Vaninis Vater als ein nicht ganz unbedeutender Dichter plattdeutscher Sprache galt und erst vor zehn Jahren hochbetagt gestorben sei.

Der Roman besaß einen fleckigen Einband und roch nach getrocknetem Leim und Staub. Er war nicht besonders dick, nicht einmal dreihundert Seiten. Sein vollständiger Titel lautete: *Friesenblut. Ein Nordseebuch von Schutz und Trutz.* Als Anselm mit der Hand über den Einband strich, fühlte er ein unangenehmes Jucken auf der Haut. Bei jedem Wenden der Seiten knackte es im Rücken des Buches. Nach der Lektüre würde es wahrscheinlich völlig auseinandergefallen sein. Boethius würde das nicht gefallen – ebensowenig wie Jahn, der an seinen Büchern nicht weniger hing als der spleenige Reporter. Anselm würde es so vorsichtig wie möglich behandeln.

Das Motto des Romans lautete: GOTT WOLLE UNS BEHÜTEN, DASS WIR FRIESEN NICHT WERDEN JÜTEN. Offenbar hatte Vanini das selbst gedichtet. Wenigstens wußte der Leser sofort, woran er war. Der Autor hatte noch ein zweites, eher persönliches Motto hinzugefügt: ES GIBT BÜCHER, DIE MIT BLUT GESCHRIEBEN WERDEN MÜSSEN. Darüber hinaus war *Friesenblut* mit einer Widmung versehen. Auf plattdeutsch stand da: MIEN LÜTTEN UWE TODACHT. Hinrich Vanini hatte das Buch seinem Sohn gewidmet!

Anselm schlug das erste Kapitel auf. *Friesenblut* begann recht harmlos. Der Erzähler erging sich zunächst in Naturschilderungen: die silberne See, der blaue Himmel, die Lerche im Feld. Ein Frühlingssonntag auf Föhr. Anselm überschlug einige Seiten. Es war immer noch Sonntagmorgen. Die Kirchenglocken läuteten. Der Inselpastor bat um eine gute Ernte für die Bauersleute, die in den langen Bänken des alten Gotteshauses saßen und andächtig zuhörten. Dann kündigte er für den kommenden Sonntag die Taufe eines Kindes an. Aber ein Murren ging durch die Gemeinde, als der Name des Täuflings genannt wurde. Was treibt die frommen Insulaner so auf die Palme? Das Kind sollte *Jens Salvini* heißen. Seine Mutter hatte einen Fremdländer geheiratet, nicht bloß einen vom Festland, sondern einen richtigen Ausländer, einen Italiener. Die Föhrer hielten nicht viel von solchen Hochzeiten, weil ihr Blut dadurch verwässert wurde. Der Kindsvater hatte sich, wie nicht anders erwartet, als Windbeutel herausgestellt und sich beizeiten davongemacht. Die Mutter wurde nun wegen ihres Mißgriffs geschnitten, von ihrem Vater war sie sogar verstoßen worden. Der Roman sollte nun Jens Salvinis Schicksal erzählen.

Salvini – Vanini. Der Zusammenhang war nicht schwer zu erraten. War die Geschichte autobiografisch?

Im zweiten Kapitel sah es erst einmal so aus, als behielten der Großvater und die rassebewußten Föhrer recht. Zwar erwies sich Jens als begabt und wurde auf das Lehrerseminar geschickt. Aber als Seminarist gab er sich, von zwielichtigen Gestalten verführt, einem Bummelleben hin. Der Großvater erfuhr davon und sah sich gezwungen, seinen nicht ganz rassereinen, aber doch immerhin einzigen Nachkommen zu enterben. Das unstete Blut seines Vaters hatte in Jens Salvini die Oberhand gewonnen. Das Schicksal schien unabänderlich seinen Lauf zu nehmen. Doch schon ein Kapitel nach Jens Salvinis moralischem Absturz erfolgte die Umkehr. Am Grab seiner Mutter, die inzwischen vor Kummer gestorben war, schwor er unter Tränen, seinem Leben eine andere Richtung zu geben. Allerdings kam es noch nicht zur endgültigen Aussöhnung mit dem Großvater. Jens sollte erst beweisen, daß er etwas taugte. Also kehrte er aufs Festland zurück, büffelte fleißig für das Examen, widerstand allen Versuchungen – da bot sich ihm eine ganz andere Möglichkeit der Bewährung: Der Weltkrieg brach aus. Salvini meldete sich ohne zu zögern freiwillig. Der Heldenkampf des deutschen Heeres gegen den übermächtigen Feind zog sich über mehrere Kapitel hin. Jens kämpfte an vorderster Front und vollbrachte eine Großtat nach der anderen. Der Sieg stand kurz bevor, da wurde das deutsche Heer aus der Heimat verraten und ein schmachvoller Frieden geschlossen. Der Dolchstoß!

Jens Salvini kehrte, zum Manne gereift, auf die Insel zurück. Aber dort fand er nur Not und Elend vor – und wieder Verrat! Auf Föhr stand es nicht zum besten. Die frechen Dänen rissen die Grenzpfähle aus. Es kam zum harten »Blutkampf«. Die Insulaner sollten abstimmen, ob sie bei dem hungernden und gedemütigten Deutschland verbleiben oder lieber zum reichen Dänemark gehören wollten. Dänische Agenten schlichen durchs Land und hetzten die Menschen gegeneinander auf. Jens Salvini organisierte den Widerstand, er versammelte eine Anzahl deutschgesinnter Friesen um sich. Auf der Heide schwor Jens Salvini seine Mitstreiter auf ihr Deutschtum ein. Seit Jahrhunderten wohne hier kerndeutsche Gesinnung in einem urdeutschen Geschlecht, begann Salvini seine Ansprache. Das Fremde drohe in die Köpfe, die Herzen der Föhringer einzudringen, sie liefen Gefahr, sich ihrer Heimat und den Sitten ihrer Vorfahren zu entfremden. Einige Friesen wären bereits vom Gift der Fremde infiziert und damit zu Feinden des eigenen Blutes geworden. Diese Verräter müßten unbarmherzig ausgerottet werden. »Faule Äste mögen fallen, unsere Wurzeln sind tief und gesund.« Bevor der Krieg gegen den äußeren Feind beginnen könne, müsse erst dieser innere Kampf gekämpft werden.

Damit endete der Roman. Der Kampf selbst wurde nicht mehr beschrieben. Aber es sah so aus, als rettete Salvini sein Volk vor der Überfremdung und Verwässerung des Blutes. Salvini, der Retter – der Erlöser! Jens Salvini war eine Art arischer Messias. Dieser Hinrich Vanini hatte jedenfalls einen Sockenschuß, aber ganz gewaltig.

Bei der Abstimmung 1920 hatte sich tatsächlich eine Mehrheit für Deutschland entschieden. Boy Brodersen hatte behauptet, daß es dabei nicht mit rechten Dingen zugegangen sei. Was hatte Hinrich Vanini damit zu tun? Wieviel Wirklichkeit steckte in *Friesenblut*? Oder: Wieviel Erdichtung steckte in der Wirklichkeit?

Hinrich Vanini mußte besessen gewesen sein von dem Gedanken, daß es kein Entrinnen gab vor der ererbten Art des Blutes. Aber die Geschichte war doch reichlich widersprüchlich: Einerseits sollte alles von der Herkunft, vom Blut abhängen, andererseits war Jens Salvini selbst das Ergebnis einer unzulässigen Rassenvermischung. Wenn Jens Salvini Hinrich Vanini war, wie konnte er an dieser Figur seinen eigenen rassischen Makel bloßstellen? Am Schluß redete Salvini davon, daß die Friesen ein deutscher Stamm seien: »Sie zwingen uns, darüber abzustimmen, ob wir überhaupt Deutsche seien. Ebenso gut könnten sie fragen: Seid ihr Tiere oder Menschen?« Der Nachkomme italienischer Einwanderer hielt ausgerechnet die germanischen Dänen für rassisch minderwertig. Jens Salvini hatte sein privates Rasseproblem elegant gelöst: Er selbst war der lebende Beweis dafür, daß der gute Anteil des Blutes den Sieg davontragen konnte. Er war die große Ausnahme von der Regel. Er hatte den Kampf gegen den verderbten Anteil seines Blutes gewonnen und seinen Makel korrigiert.

Was dachte wohl Uwe Vanini darüber? Immerhin schien er ungern an seinen Vater erinnert zu werden. Hinrich Vanini hatte sich in der Abstimmungszeit für Deutschland stark gemacht. Der alte Brodersen hing noch immer an Dänemark. Und er war auf Uwe Vanini nicht besonders gut zu sprechen. Gingen sich Brodersen und Vanini noch immer aus dem Weg, weil ihre Väter vor sechzig Jahren verschiedener Meinung gewesen waren? Zumindest war das nicht undenkbar, auf der Insel blieben alte Feindschaften ewig lebendig. Bei dieser war immerhin noch die Ursache bekannt. Oluf Brarens Bild war aus der Vergangenheit aufgetaucht. Sein plötzliches Erscheinen hatte etwas ausgelöst. Nur was?

Jahn hatte nach seinem Gespräch mit Elke berichtet, daß sie wieder in ihr Elternhaus gezogen sei, um dem Alten den Haushalt zu führen. Hatte sie mit Uwe Vanini ihre Frieden gemacht? Und hieß das, sie hatte Hanno Hinrichsen endgültig den Laufpaß gegeben? Anselm mußte noch einmal mit Elke reden. Bei dem unglückseligen Zwischenfall neulich hatte sie einen falschen Eindruck von ihm bekommen. Irgendwie mußte er die Scharte wieder auswetzen. Sobald das Wetter sich einigermaßen beruhigte, würde er sich aufs Fahrrad schwingen und zu Vanini nach Oldsum radeln.

Pastor Simon Petersen betrat die Diele der Schulmeisterwohnung. »Nett habt ihr es, Meetje.« Es drängte ihn, ihr etwas Freundliches zu sagen, aber er dachte: Ihr habt es still hier, zu still. Es fehlen die Kinder. Marret bot ihm eine Tasse Kaffee an. Petersen lehnte ab, ihm stand der Sinn nicht nach Gemütlichkeit. »Ich muß mit deinem Mann sprechen, Mettje!« Sie machte ein erschrockenes Gesicht. »Eine dienstliche Angelegenheit«, sagte Petersen beschwichtigend. »Wo steckt Oluf denn?« Wußte sie nicht, was vorging? Nein, so dumm war sie nicht. Sie verschloß die Augen vor dem, was nicht sein konnte, was nicht sein durfte. Aber die Angelegenheit ging nicht allein sie etwas an, schon längst nicht mehr. »Oluf ist im Pesel«, antwortete Marret. »Wieder bei seiner Kleckserei.«

Braren saß vor seiner Staffelei, die er sich aus Strandholz gezimmert hatte. Er schien den Pastor nicht zu bemerken. Petersen trat näher und hüstelte. Oluf Braren sah von seiner Arbeit auf. Sein ernstes Gesicht erhellte sich: »Petersen, soviel Glanz in meiner geringen Hütte?« Er machte es ihm wirklich nicht leicht, dieser Oluf Braren. Wenn Petersen sich das Muster eines vorbildlichen Menschen hätte denken sollen, er wäre ohne weiteres auf den Utersumer Schulmeister gekommen, der im Laufe der Zeit sein Freund geworden war. Ihm wurde übel bei dem Gedanken an das, was bevorstand.

»Dein neues Steckenpferd?« Petersen wies auf die Staffelei.

»Steckenpferd ist zuviel gesagt. Ich versuche dies und das.«

»Oluf, dein wahres Talent besteht darin, dein Licht unter den Scheffel zu stellen.«

Simon Petersen betrachtete das Bild. Es zeigte eine junge Frau. Als Bekleidung, wenn davon die Rede sein konnte, trug sie einen durchsichtigen Schleier um die Schulter.

»Ich stelle dir die schöne Helena vor«, sagte Braren.

Petersen erwiderte nichts. Zu seiner Erleichterung stellte er keine Ähnlichkeiten fest, es war kein Porträt. Brarens Helena war keine schöne Frau, ihre Haltung war steif, die weiße Haut wirkte wie Marzipan. Das Profil sollte griechisch sein, aber es war eine friesische Helena herausgekommen.

»Ich weiß, sie ist nicht die erste unter den Weibern«, kritisierte Oluf Braren seine eigene Arbeit. »Aber in der Malerei bin ich nun einmal nicht nur mein eigener Lehrer, sondern auch mein eigener Schüler.«

»Ich weiß nicht, ob sich unsere Föhringer für sie erwärmen könnten, selbst wenn Raffael sie gemalt hätte.«

»Helena soll nur ein Traumbild gewesen sein.«

Wo hatte er das nun wieder her? Woher kannte Oluf Braren die Variante des Stesichoros, wonach Helena nur ein Trugbild gewesen sei? Er verstand es doch immer wieder, ihn in Erstaunen zu versetzen. »Nichtsdestotrotz hat sie Zwietracht gesät und damit ganze Völker gegeneinander gehetzt«, sagte Petersen.

»Ich weiß, Nausikaa will mir auch besser gefallen«, erwiderte Braren. »Nausikaa war aus Fleisch und Blut.«

»Aber sie lebte auf Scheria, der märchenhaften Insel der Phäaken, auch nur ein Traum.«

Braren nickte gedankenverloren. »Ja, bei den Phäaken ist mir nie ganz behaglich gewesen«, sagte er. »Ihre Insel ist eine Art Paradies, aber irgend etwas Unheimliches ist daran. Scheria ist eine Toteninsel.«

»Ich bin nicht gekommen, um mich über heidnische Mythologie zu unterhalten.«

»Nein.«

»Verstehe mich recht: Ich komme, weil ich dein Freund bin. Oluf, du mußt die Liebschaft mit Ing beenden!«

Oluf Braren blickte zu Boden. Langsam schüttelte er den Kopf. »Simon, ich weiß, was du auf dich genommen hast, so lange zu schweigen.«

»Oluf, besinne dich, besinne dich doch auf deine Pflicht, als Lehrer, als Ehegatte, als Christ! Das sechste Gebot lastet schwer!«

»Laß es gut sein, Simon!« Braren sah ihn an, sein Blick war seltsam entrückt. »Ich verlange nicht, daß du mein Tun billigst. Aber ich will nicht, daß meinetwegen dein Amt Schaden nimmt. Wir müssen ab heute geschiedene Leute sein.«

»Oluf, so nimm doch Vernunft an!« schrie Petersen, packte und schüttelte ihn. »Ualew, faan aanj uf uun hed ik 'et ei tuleet skulen!« – »Von Anfang an hätte ich es nicht zulassen sollen.« Vor Erregung war er ins Friesische verfallen. Aber vielleicht war es noch nicht zu spät: »Man et as ferlicht noch ei tu leed.«

»Ik witj.« – »Ich weiß«, sagte Oluf Braren leise. »Ich weiß, daß es falsch ist, daß es eine Sünde ist und daß daraus nichts Gutes werden kann. Aber ich kann nichts dagegen tun. – Ik kön er nant bi du.«

Ing Matzen schaut den Betrachter geradeheraus an, in ihrem Blick liegt Gelassenheit und Stolz. Sie trägt ein blaues Kopftuch um den Kopf geschlungen, aus dem kostbaren Stoff, den die Ostindienfahrer aus Madras mit in die Heimat brachten. Ihre Tracht ist bunt, die Ärmel von großgemustertem grünen Brokat, das Bruststück mit feuerroten Rosen bestickt. Darüber hängen reiche Silberketten. Um die Schultern hat sie ein blasses graurosa Tuch gelegt. Auf ihrem Schoß hält Ing den kleinen Matthies. Sein Schädel wirkt übermäßig groß, beinahe mißgestaltet. Hatte das Kind einen Wasserkopf? Von links schaut die kleine Tochter Gardina Christina ins Bild, mit einem ebensolchen Kopfputz angetan wie ihre Mutter. Ihr Blick ist neugierig und keck. Sie sieht Ing unglaublich ähnlich. Die Farben leuchten auf dem schieferschwarzen Grund und heben sich doch weich davon ab. Zeichnung und Farbgebung gehen ineinander über, so daß eine einzige geschlossene Fläche ohne jeden ausgleichenden Schatten entsteht. Ing gemeinsam mit ihren und seinen Kindern.

Die Szene ist ein Wunschtraum, mit fotografischer Genauigkeit gemalt, das Porträt einer Familie, die es so nie gegeben hat, nie hat geben dürfen. Oluf Braren hat sie ungefähr zehn Jahre später aus dem Gedächtnis gemalt. Der Sohn Matthies stirbt, bevor er das zweite Lebensjahr erreicht hat. Gardina Christina wird mit achtzehn Jahren verheiratet. Es ist eine gute Partie, ihre zweifelhafte Abkunft scheint dabei nicht im Wege gestanden zu haben. Oluf Braren hat die Verheiratung seines einzigen Kindes noch erlebt. Gardina schenkt drei Söhnen und vier Töchtern das Leben. Ing Matzen sollte Oluf Braren um siebenundzwanzig Jahre überleben.

Diese Beziehung gibt Rätsel auf. Sie war bei ihm zur Schule gegangen. *Ing Peter Matzen aus Heddehusum ist beym letzten Herbst-Schulexamen im Lesen sehr gut, im Schreiben sehr gut, im Rechnen sehr gut, in der Religion vorzüglich, in Rücksicht ihres Fleißes und Verhaltens sehr gut, und also würdig befunden worden, unter die Zahl der Confirmanden aufgenommen zu werden.* So hatte es Simon Petersen auf Oluf Brarens Empfehlung in ihr Abschlußzeugnis geschrieben. Natürlich war sie ihm schon damals aufgefallen. Er hatte ihre Eltern überredet, Ing am Rechenunterricht teilnehmen zu lassen. Mädchen lernten nur ausnahmsweise rechnen, es reichte, wenn sie die Lieder im Gesangbuch und die auf deutsch gehaltenen Predigten am Sonntag verstanden. Vielleicht hat ihr Oluf Braren Bücher geliehen, mit ihr zeichnen geübt. Und dann? Sie hatten sich nicht aus den Augen verloren. Wie wäre das auf der kleinen Insel auch möglich gewesen? Wo gab es Gelegenheiten in dieser engen Welt, der private Zurückgezogenheit fremd war? Austausch von Blicken beim Kirchgang? Gut möglich. Und doch muß es auch unbeobachtete Momente gegeben haben. Oluf Brarens Spaziergänge waren vielleicht nicht so einsam, wie alle dachten. Als sie zusammenkamen, war Ing Matzen achtzehn Jahre alt, also gerade im heiratsfähigen Alter. Es war üblich, daß junge Burschen nachts bei ihrer Auserwählten einstiegen oder es zumindest versuchten. So sehr die Inselpastoren auch dagegen wetterten, das Nachtfreien ließ sich nicht ausrotten. Unter diesen freizügigen Umständen kam es natürlich hier und da zu ungewollten, jedenfalls verfrühten Schwangerschaften. Dann wurde eben geheiratet, gegebenenfalls eine stille Hochzeit angesetzt. Hatte sich Oluf Braren inkognito in das wilde nächtliche Treiben gestürzt? Jedenfalls war Ing eines Tages schwanger. Doch es fand keine Hochzeit statt, auch keine stille. Zunächst geschah überhaupt nichts. Sie brachte eine Tochter zur Welt. Ein Vierteljahr nach der Geburt des Kindes heiratete sie den Seefahrer Hinrich Knudtsen aus Borgsum. Sollte tatsächlich niemand geahnt haben, wer der Vater des Kindes war? Fest steht, daß Knudtsen eine ledige Mutter geheiratet und ihr Kind als das seinige anerkannt hat. Oluf Brarens Tochter wurde Gardina Christina getauft, ein Name, der in der Knudtsen-Familie üblich war. Vier Jahre später ist Ing wieder schwanger. Sie bekommt einen Sohn, Peter Matthias. Aus irgendeinem Grunde zweifelt niemand daran, daß das Kind von Braren ist. Worin konnte diese Sicherheit begründet liegen, außer darin, daß die Beziehung zwischen Oluf und Ing allgemein bekannt war? Wie hat Knudtsen darauf reagiert? Erst nach weiteren vier Jahren, in denen Ing keine Kinder mehr zur Welt bringt, läßt er die Ehe aufheben. Schon Anfang des folgenden Jahres verheiratet sich Hinrich Knudtsen wieder und zeugt mit seiner neuen Frau sechs Kinder.

Olufs Beziehung zu Ing hat sieben Jahre lang gedauert. Warum hat man das außereheliche Verhältnis so lange hingenommen?

Warum war Oluf Braren als Lehrer der Jugend dann plötzlich untragbar? Fest steht, daß im Jahre 1821 Oluf Braren von seinem Posten als Schulmeister zu Utersum abgesetzt wurde. Simon Petersen konnte es durchsetzen, daß er eine Hilfslehrerstelle in Toftum bekam, eine Stunde Fußweg von Utersum entfernt. Das war ebenso eine Gunst wie eine Strafe. Denn der Toftumer Schulhalter Jappen war ein Lehrer alten Schlages und verständlicherweise nicht begeistert darüber, von seiner kärglichen Entlohnung dem entlassenen Herrn Schulmeister Kost und Logis, Feuerung, Licht, Wäsche und ein Drittel seiner Jahreseinnahme abgeben zu müssen. Doch Oluf Braren war jetzt sein Untergebener, und Jappen ließ es ihn fühlen. Die Schulgemeinde kaufte ein Grundstück mit einem alten verwohnten Haus darauf, in das Oluf Braren und Marret einziehen mußten. Nicht wenige Oldsumer schnitten Oluf Braren.

Lange Stunden verbrachte er jetzt am Strand, nach und nach legte er sich eine Naturaliensammlung an. Und er malte. Er probierte die verschiedensten Substanzen aus, trocknete, pulverisierte sie und versetzte sie mit Bindemittel. Er mischte Knochenleim, Milch und Harz unter die Farben, damit sie gut deckten und eine matte Oberfläche erhielten. Zunächst hatte er mit Kreide, Ocker, Rötel, Umbra und Indigo, das zum Färben von Leinen und Wolle benutzt wurde, gearbeitet, später ließ er sich die Ingredienzien vom Festland kommen. Oluf Braren merkte, wie er durch stetiges Arbeiten besser wurde. Zugleich wurden ihm seine Mängel immer bewußter. Die Malerei war eine Fertigkeit, die erlernt werden konnte. Wie er selbst den Dorfkindern Lesen, Schreiben und Rechnen beibrachte, so gab es auch Lehrer, die das rechte Sehen und das kunstmäßige Malen lehrten. Aber er mußte immer wieder versuchen und verwerfen, bis er eine der malerischen Gesetzmäßigkeiten gefunden hatte.

Oluf Braren arbeitete jeden Abend, bis ihm die Augen zufielen. Es war das einzige, was noch gelang, das einzige, womit es noch weiterging – vielleicht das einzige, was bleiben würde. Nicht seine eigenen puppenhaft-steifen Figuren, die er aufs Papier pinselte. Aber Nahmen, Ings Bruder, hatte das rechte Talent und die Möglichkeit, es auszubilden und zu vervollkommnen. Das hatte er niemandem anders als ihm, Oluf Braren, zu verdanken. *Ich bin's nicht. Schaut den, der nach mir kommen wird.* Es würde nicht alles umsonst gewesen sein.

»Meinem Vater geht es nicht gut. Ich glaube, er schläft noch.« Elke sprach mit gedämpfter Stimme.

Anselm mußte mit ihr reden. Aber was wollte er ihr sagen? Darüber konnte er sich später noch Gedanken machen. Jetzt war ohnehin nicht der richtige Zeitpunkt dafür.

Sie führte ihn ins Wohnzimmer.

Uwe Vanini war nur noch ein Schatten seiner selbst. Eingefallen und leichenblaß saß er in eine Decke gehüllt auf dem Sofa. Sein Kopf wackelte unkontrolliert hin und her, ein hinfälliger Greis. Er schien nicht recht wahrzunehmen, was um ihn herum geschah. Als Anselm an ihn herantrat, ging ein Ruck durch seinen Körper. Vanini richtete sich ein wenig auf, es kostete ihn sichtlich Mühe.

»Anselm, wie schön, daß Sie mich besuchen kommen«, fing er mit brüchiger Stimme zu sprechen an. »Hat sich mit dem verschwundenen Bild irgend etwas ergeben?«

»Nein, Herr Vanini, es sei denn, Ihnen ist etwas zu Ohren gekommen.«

Vanini winkte müde ab. Dann schloß er die Augen, als müsse er neue Kräfte sammeln. »Entschuldigen Sie«, sagte er nach einigen Augenblicken, »gelegentlich bin ich geistig etwas abwesend.« Vaninis Kopf wackelte heftig. Er griff nach Anselms Arm und klammerte sich daran wie ein Ertrinkender. »Meine Tochter ist zu mir zurückgekehrt«, flüsterte er. »Der Herrgott hat mir meine Elke wiedergegeben! Das ist ein Geschenk, das ich nicht mehr erhofft hatte« Aus Vaninis geröteten Augen liefen Tränen. Erst, als sie seine Lippen benetzten, schien er es zu bemerken. Schnell wischte er sich mit einem Taschentuch, das er zerknüllt in seiner linken Hand hielt, über das feuchte Gesicht. Das war nicht mehr der alte Vanini. Was war mit ihm geschehen?

Vaninis Hände zitterten. Elke ließ aus einer Arzneiflasche eine braune Flüssigkeit auf einen Eßlöffel tropfen. Ihr Vater öffnete seinen zahnlosen Mund – er hatte das Gebiß herausgenommen – und ließ sich die Medizin verabreichen. Dann schneuzte er sich ausgiebig und sagte mit erstaunlich klarer Stimme: »Ich habe Ihnen etwas zu sagen. Gehen wir in mein Arbeitszimmer.«

Plötzlich war Vanini wie ausgewechselt. Hastig begann er, die Treppe neben dem Hauseingang hinaufzusteigen. Anselm hielt sich sicherheitshalber dicht hinter dem Alten, jederzeit konnte Vanini das Gleichgewicht verlieren und sich den Hals brechen. Sie mußten mehrere Verschnaufpausen einlegen, in denen sich Vanini keuchend auf Anselm stützte und sich das rechte Knie rieb. Es folgte eine weitere Treppe, steiler als die erste. Aber je näher sie ihrem Ziel kamen, desto weniger Mühe schien Vanini mit dem Aufstieg zu haben. Die letzten Stufen nahm er sogar mit einem beinahe eleganten Sprung.

Der pensionierte Lehrer hatte den Dachboden ausbauen lassen und sich eine Art Atelier eingerichtet. Vaninis unerbittlicher Ordnungssinn hatte dem Ort seine ganze Dachbodenhaftigkeit ausgetrieben. Deckenstrahler erleuchteten ihn in unnatürlicher Helle. Anselm war das recht. Von Kindheit an hatte er Angst vor dem dunklen Reich, das sich über den Köpfen der Hausbewohner erstreckte. Nach dem fürchterlichen Traum von neulich konnte er auf einen Dachboden traditioneller Art gut verzichten. Seine Bücher hatte Vanini in vitrinenartige Glasschränke geräumt. Er verfügte über zwei Schreibtische, einen neuen mit großer weißer

Schreibfläche, der aussah wie aus einem Laden für Zahnarztsprechzimmereinrichtungen, und einen antiken Sekretär. Die Tische standen sich jeweils an der schmalen Seite des Dachbodens gegenüber. Der Sekretär stand im Halbdunkeln, die Lampen waren so ausgerichtet, daß sie hauptsächlich Vaninis Arbeitsplatz Licht spendeten. Außerdem waren die Fenster zum Garten hin vollkommen mit Efeu zugewachsen. Der neue Schreibtisch dagegen empfing sogar ein wenig natürliches Licht durch die beiden kleinen Fenster, die zur Dorfstraße hinausblickten. Das mit einer Schutzhülle versehene, offenbar sehr neue Modell einer automatischen Schreibmaschine war exakt in der Mitte der Tischfläche plaziert.

»Das ist mein Reich«, verkündete Vanini stolz. »Hier bewahre ich meine Schätze.«

Er räumte die Schreibmaschine beiseite und öffnete eine Schublade des zunächststehenden Bücherschranks. Behutsam nahm er eine großformatige Mappe heraus, legte sie auf seinen Schreibtisch, löste die Verschnürungen und klappte sie auf. Es war der kolorierte Stich einer alten Landkarte. Auf einer mit allerlei Schnörkeln und mythologischem Personal garnierten Kartusche oben links auf dem Blatt stand zu lesen:

LANDTCARTE VON DEM ALTEN NORTFRISLANDE ANNO 1240.

»Das ist ein Kupferstich der Karte, die der Hofmathematikus Johannes Mejer aus Husum für Christian IV. gezeichnet hat. Eine ganz seltene Kostbarkeit«, sprach Vanini mit der wichtigtuerischen Beflissenheit eines Fremdenführers.

»Aber die Karte ist eindeutig eine barocke Arbeit, sie stammt wahrscheinlich aus dem 17. Jahrhundert«, wandte Anselm ein.

»Ganz recht«, sagte Vanini lächelnd. »Die Karte stammt aus den dreißiger Jahren des 17. Jahrhunderts. Zu Mejers Zeiten war das alte Nordfriesland schon von der See zerrissen, wenn auch noch nicht so sehr wie heute. Er hat die mittelalterliche Küstenlinie rekonstruiert.«

»Was? Wie konnte er das?«

»Sie unterschätzen unsere Altvorderen, junger Freund«, sagte Vanini mit ironischer Strenge. »Einen Augenblick.« Vanini ging zu einer seiner Vitrinen und holte einen Band heraus. Es war der Faksimiledruck eines barocken Wälzers: *Newe Landesbeschreibung Der zwey Hertzogthümer Schleswich und Holstein* von 1652. »Das Buch stammt von Caspar Danckwerth«, erklärte Uwe Vanini, »er war Bürgermeister von Husum und hat sich als Geschichtsschreiber einen Namen gemacht. Über Mejer, der für ihn gearbeitet hat, macht er folgende Bemerkung.« Vanini schlug eine Stelle auf, an der ein Lesezeichen steckte, und zeigte mit dem Finger auf ein paar Zeilen auf der oberen Blatthälfte:

*So viel endlich die Land-Carten des alten Nord-Frießlandes anreichet / zeuget der Königl. Mathem: Johannes Meyer / daß er fleissig den Tieffen nachgefahren / und alte glaubwürdige Männer jederzeit zu Gefehrten mit sich genommen / welche jhm die Oerter / wo die Kirchen und Dörffer belegen / ja die gantze Gegend gezeiget haben / wornach er dann die Carten formiret und in Grund geleget habe.*

Während Anselm las, murmelte Vanini den Text litaneiartig mit. »Der wackere Mejer«, sagte er dann. »Er ist über das Watt gewandert, hat sich die Siedlungsreste angesehen und konnte so den Verlauf der alten Küste nachvollziehen. Mejer war alles andere als ein Phantast, er war ein berühmter Landvermesser, sein Kartenmaterial für Dänemark und die Herzogtümer sollte für Jahrhunderte in seiner Genauigkeit unübertroffen bleiben. Ich vertraue seinen Erkenntnissen voll und ganz. Natürlich hat Mejer noch über mehr Informationen verfügt als wir heute. Die alten Legenden waren noch lebendig, die Trümmer der versunkenen Kirchspiele waren überall im Watt zu finden. Mejer hat seine Vermessungsarbeiten noch vor der schweren Burchardi-Flut von 1634 durchgeführt, in der die große Insel Strand versunken ist. Er hat noch gewußt, wo das alte Rungholt lag. Aber das ist eine andere Geschichte.«

»Ich verstehe nicht, Herr Vanini. Wozu brauchen Sie die Karte?«

Uwe Vanini sah ihn verschwörerisch an. »Es hat einmal eine Zeit gegeben«, begann er leise, beinahe flüsternd zu erzählen. »Es hat einmal eine Zeit gegeben, viele tausend Jahre ist es her, da hatte der Kanal zwischen England und Frankreich nur ein Drittel seiner jetzigen Breite, so daß diesseits der Insel Helgoland ein Stück Land so groß wie Holstein gelegen hat und westlich von Schleswig ein anderes, das mindestens die halbe Breite dieses Herzogtums umfaßte. Vor der sogenannten Zimbrischen Flut hat zwischen Flandern und Jütland ein mächtiges großes Friesland gelegen. Durch die große Flut ist die reiche mächtige Insel Altland untergegangen und das friesische Volk zerstreut worden.«

»Wann soll das gewesen sein?«

»Nach meiner Schätzung vor etwa fünfzehntausend Jahren«, sagte Vanini. »Nach dem alten Glauben gebar die Erde im Anfang drei Töchter: Lyda, Fina und Frya. Lyda wurde die Stammutter der Schwarzen, Fina die der gelben Völker und Frya die des weißen Volkes, welchem bestimmt war, alle anderen zu beherrschen. Fryas Ehrenvolk aber waren die Friesen. Nach der verheerenden Flut, von der ich sprach, soll ein Teil der Friesen unter ihrer Priesterin Geert nach Indien, in den Pandschab gekommen sein. Alexander der Große traf dort einige Jahrhunderte später auf den König Friso und nahm ihn in seinen Dienst. Viele Heldentaten vollbrachte Friso. Nach Alexanders Tod machten sich die Friesen endlich auf die Suche nach ihrer alten Heimat. Lange durchirrten sie die Meere. Am Ende nahmen sie ihr Mutterland wieder in Besitz und gründeten ein großes Reich.« Vanini seufzte tief. »Aber auch dieses neue Friesenland wurde, das können wir recht genau datieren, um 450 vor Christus ins Meer gespült. Es sind heute nur die Trümmer übrig. Aber das wenige Land um uns herum, ich meine diese Insel, auf der Sie und ich uns jetzt befinden, noch immer ist sie heiliger Boden.«

Vanini erzählte das alles mit ruhiger Stimme, als halte er einen Vortrag in der Volkshochschule. Er blickte Anselm an und nickte resigniert. »Ich weiß schon«, sagte er. »Sie glauben mir nicht. Ich verstehe Ihre Skepsis. Aber für all das gibt es historische, linguistische und archäologische Beweise. In den Papsturkunden des neunten Jahrhunderts wird unter den Ländern des Nordens, in denen das Christentum ausgebreitet werden sollte, eine Insel Farria genannt. Adam von Bremen erwähnt in seiner 104. Scholie eine heilige Insel, die weit vor der Elbemündung in der See liegt. Die Historiker denken wegen der Ähnlichkeit des Namens an die Färöer Inseln oder auch an Helgoland. Helgoland ist tatsächlich eine heilige Insel der Friesen gewesen, aber unsere Insel Farria ist älter, viel älter!« Uwe Vanini begann, auf der ganzen Länge des Dachbodens auf- und abzugehen. »Die atlantische Hochkultur ist vor mehr als fünfzehntausend Jahren untergegangen. Sie kennen die Geschichte von Atlantis, die Platon im Dialog Timaios den weisen Solon erzählen läßt. Was die Priester zu Sais dem Solon berichtet haben, beruht auf Tatsachen. Nach der Überlieferung war Atlas der Herrscher von Atlantis. Eine seiner Töchter hieß Alkyone. Bei Homer trägt der König des märchenhaften Phäakenlandes Scheria den Namen Alkinoos. Alkinoos – Alkyone! Das dürfte kaum ein Zufall sein. Atlantis und Scheria sind identisch. Atlantis soll reich an Nahrung und Erzen gewesen sein, ebenso beschreibt Homer die Insel Scheria. Der Hafen der Atlanter war mit einer Ringmauer umgeben, genau wie der Hafen der Phäaken. Beide Völker haben über mächtige Schiffsflotten verfügt. Im Zentrum der Hauptstadt von Atlantis hat ein Poseidontempel gestanden, so auch in der Stadt der Phäaken. Das atlantische Königshaus soll mit Silber überzogen und mit goldenen Säulen versehen gewesen sein. Das Haus des Alkinoos war, wie Homer erzählt, ganz mit Erz verkleidet, und die Pforten waren aus Gold.« Auf einmal blieb Vanini stehen. »Der Nationalgott der alten Friesen hieß Forsete. Dahinter verbirgt sich natürlich Poseidon, der Gott der Atlanter!« rief er. »Poseidon hatte sich nach Apollodor mit Alkyone verbunden. Der Kreis schließt sich wunderbar: Atlantis ist Farria, das Herz des alten Friesenlandes!«

Vanini erzählte immer weiter. Die Menhire in der Bretagne, die Cromlechs auf den britischen Inseln, die über ganz Europa verbreiteten Dolmen waren die steinernen Zeugen der alten atlantischen Kultur. An den Nordhängen des Atlasgebirges, im Riff und in der Kabylei lebten noch blonde und helläugige Menschen. Die Guanchen auf den Kanarischen Inseln, Enaks Söhne und die Philister der Bibel waren Nachfahren der Atlanter. Der ingwäonische Monotheismus war die Urform aller Religionen, die nur an einen Gott glaubten. Alles bekam in Uwe Vaninis Erzählung einen Sinn, die ganze Menschheitsgeschichte schlüsselte sich auf. Am Ende eröffnete Vanini Anselm, daß er gedenke, ein Buch über all diese von ihm entdeckten Zusammenhänge zu schreiben.

Anselm nickte anerkennend. Es hatte keinen Sinn, mit Vanini über diesen pseudowissenschaftlichen Unsinn zu diskutieren, und im Augenblick war es wohl besser, ihn ausreden zu lassen.

Uwe Vanini drückte Anselm die Hand. »Wissen Sie«, sagte er dankbar, »ich liebe meine Insel. Aber von diesen Dingen – bitte mißverstehen Sie mich nicht – begreifen die meisten hier gar nichts. Der Prophet gilt nichts im eigenen Land, nicht wahr. Sie glauben gar nicht, wie sehr es mich stärkt, daß Sie mit mir übereinstimmen.«

Anselm hatte mit keinem Wort übereingestimmt. Aber sollte Vanini ruhig in dem Glauben bleiben. Es konnte nichts schaden. Allerdings wurde es langsam Zeit, zur Sache zu kommen.

»Ich finde das alles hochinteressant, und Ihr Buch wird ganz sicher ein Erfolg werden, Herr Vanini«, sagte Anselm. Es klang, wie er fand, nicht sonderlich überzeugend, doch Vaninis Augen leuchteten vor Freude auf. »Aber ich wollte noch über etwas anderes mit Ihnen sprechen. Ich habe den Roman Ihres Vaters gelesen, *Friesenblut.*« Vanini blickte ihn entgeistert an.

»Herr Boethius von den *Föhrer Nachrichten* hat ihn mir freundlicherweise geliehen.«

»Ich kenne Carsten Boethius«, unterbrach ihn Vanini. »Ich schreibe selbst gelegentlich für die *Föhrer Nachrichten*.«

»Ihr Vater war ein ziemlich erfolgreicher Schriftsteller.«

»Und Journalist.«

»Ja, *Friesenblut* hat er Ihnen gewidmet.«

»Ich weiß«, sagte Vanini tonlos. »Warum interessiert Sie das? Das ist alles sehr lange her.«

Sehr lange her! Erst hielt Vanini ihm eine Vorlesung über den Untergang einer angeblich fünfzehntausend Jahre alte Hochkultur, als wäre er persönlich dabei gewesen, und nun sollte das Machwerk seines alten Herrn sehr lange her sein.

»Es interessiert mich eben. Immerhin spielt der Roman auf Föhr, zur Zeit des Grenzkampfes. Ich möchte wissen, ob die Geschichte auf wahren Begebenheiten beruht.«

Vanini wirkte plötzlich so eingefallen und greisenhaft wie vorhin im Wohnzimmer. Ließ die Wirkung seiner Medizin nach, oder machte ihm die Erinnerung an seinen Vater zu schaffen? Er stöhnte gequält auf. »Na gut«, sagte er. »Also gut, ich erzähle Ihnen von meinem Vater. Sie bekommen es ja doch irgendwie heraus. Besser, ich erzähle es Ihnen selbst.«

Vanini ließ sich auf seinen Drehstuhl fallen. Er deutete auf einen Hocker in der Ecke. Anselm stellte ihn neben Vanini hin und setzte sich.

»Mein Vater«, begann Vanini plötzlich wieder mit fester Stimme, »war ein feiner, aufrechter Mann, der immer an das geglaubt hat, was er getan und gesagt hat. Das muß man wissen, wenn man über ihn urteilt. Er kam aus kleinen Verhältnissen. Sein Vater, mein Großvater, war aus Italien ins Land gekommen. Mehr weiß ich nicht über ihn. Aber mein Vater hat sich als Friese gefühlt – wie ich«, fügte er hinzu. »Er hat am Weltkrieg teilgenommen, danach hat er sich im Grenzkampf engagiert.«

»Für Deutschland.«

Vanini sah ihn überrascht an. »Natürlich, für Deutschland«, sagte er, als hätte es da überhaupt keine Alternative gegeben.

»Er hat geschrieben.«

»Ja, er war damals Journalist bei der *Föhrer Zeitung* und hat auch politische Romane geschrieben.«

»Wie *Friesenblut*!«

Vanini nickte. »Ja. Als die Abstimmung für Deutschland entschieden war, hat mein Vater sich weiter um die Brauchtumspflege gekümmert. Er war Vorsitzender des *Föhringer Vereins*, wie ich heute.«

»Hat er sich noch weiter politisch betätigt?«

»Mein Vater ist schon früh Mitglied der NSDAP geworden. Er hat gedacht, es wäre für die friesische Arbeit von Vorteil. Die Nazis haben ihn damals geradezu umworben. Wissen Sie, die Friesen galten als –«

»Besonders rasserein, das habe ich schon gehört«, sagte Anselm.

Vanini schien den ironischen Unterton überhört zu haben. »Ja, so war das. Aber es hat sich alles als Schwindel herausgestellt. Als Hitler dann tatsächlich an der Macht war, konnte sich plötzlich niemand mehr an die Versprechungen erinnern. Im Gegenteil, die friesische Arbeit war auf einmal unerwünscht. Es war sogar gefährlich, sich offen zu seinem Friesentum zu bekennen. Alles sollte gleichgeschaltet werden. Die Friesen waren zwar Germanen, aber ihre Sprache und Kultur waren nun einmal nicht deutsch. Der Sylter Jens Mungard, der bedeutendste Dichter nordfriesischer Sprache, ist im KZ Sachsenhausen gestorben.«

»Und Ihr Vater?«

»Auch er ist mit den örtlichen NS-Größen in Konflikt geraten. Er hat noch einen Brief an Goebbels geschrieben. Natürlich hat er nie eine Antwort erhalten. Von da an waren für ihn die Nazis Verräter. Mein Vater hat keine Ruhe gegeben. Er fühlte sich betrogen.

Wissen Sie, damals habe ich ihn nicht verstanden. Das waren andere Zeiten. Inzwischen bewundere ich ihn für seine Haltung.«

»Wie hat das Ganze geendet?«

»Zwischenzeitlich haben sie ihn eingesperrt, Schutzhaft haben sie das genannt. Danach haben sie ihm Schreibverbot erteilt.«

»Und nach dem Krieg? Er hat doch noch sehr lange gelebt.«

»Nach dem Krieg ist das Schreibverbot noch jahrelang aufrechterhalten geblieben. Dabei war mein Vater ein Opfer des Nationalsozialismus! Ein Skandal, aber dafür hat sich damals niemand interessiert.«

»In *Friesenblut* geht Ihr Vater mit Andersdenkenden auch nicht gerade zimperlich um«, sagte Anselm vorsichtig.

Uwe Vanini war völlig in sich zusammengesunken. »Es tut mir leid«, keuchte er. »Die alten Geschichten nehmen mich immer sehr mit. Ich bin auch nicht ganz gesund.« Er begann, asthmatisch zu husten.

Damit war das Gespräch über Hinrich Vanini und *Friesenblut* beendet.

Anselm mußte Vanini stützen, als sie die Treppen hinabstiegen. Er war bestürzend leicht, als hätte er keine Knochen. Dennoch schien der Abstieg ewig zu dauern. Als sie es endlich geschafft hatten, bekam Vanini wieder einen Hustenanfall. Er rang nach Luft.

Elke warf Anselm einen vorwurfsvollen Blick zu. Sie brachte ihrem Vater ein Glas Wasser und gab ihm einige Tabletten, die er eilig schluckte.

»Vater, du solltest dich jetzt ausruhen!«

Vanini ließ sich entkräftet auf das Sofa sinken. Er röchelte kurzatmig. »Ja, ich bin nun wohl endgültig ein alter Mann«, sagte er und begann wieder zu husten.

Anselm bedankte sich bei ihm für das Gespräch und wünschte eine gute Besserung. Vanini nickte nur, er hielt sich das Taschentuch vor den Mund und hustete immerfort.

»Meinem Vater geht es schlechter, als er selbst wahrhaben will«, sagte Elke, als sie an der Haustür standen. »Alleine würde er nicht zurechtkommen. Eigentlich gehört er ins Krankenhaus.«

»Du kümmerst dich ja um ihn.«

»Wenn ich ehrlich bin, das ist mir nicht gerade leicht gefallen.«

»Wie ist es, wieder im Dorf zu wohnen?«

Elke zuckte mit den Achseln. »Mit mir reden die nur noch das Allernötigste. Erst habe ich den Hof ruiniert und dann auch noch Hinrichsen im Stich gelassen.« Elke lachte kurz auf, dann steckte sie sich eine Zigarette an.

»Was ist mit ...«

»Hinrichsen? Hinrichsen will, daß ich zurückkomme und daß alles wird wie früher.«

»Aber das wird nicht passieren?«

Elke überhörte die Frage. »Er ist hier gewesen und hat Krawall gemacht«, sagte sie. »Ich dachte, er tritt uns die Tür ein.«

»Und dann?«

»Ich habe ihm gesagt, daß endgültig Schluß ist, und wenn er nicht verschwindet, hole ich die Polizei.«

»Hat das was gebracht?«

»Komischerweise ja. Sonst hat ihn das nicht interessiert. Aber neulich war er nicht besoffen.«

»Begreift er nicht, daß du deinen Vater pflegen mußt?«

»Mein Vater und Hinrichsen!« sagte Elke, während sie die aufgerauchte Zigarette auf dem Pflaster zertrat und sich sofort eine neue ansteckte. »Die konnten nicht zwei Minuten zusammensitzen, da hat es schon gekracht, aber wie!« Elke schaute sich um, offenbar hatte sie von der Tür aus das Wohnzimmer im Blick, in dem der alte Vanini saß. »Hanno ist schon bei meinem Vater auf der Schule gewesen«, erzählte sie weiter. »Von Anfang an war klar, daß er nicht der Schwiegersohn war, den mein Vater sich vorgestellt hat. Mein Vater hat ihn das auch fühlen lassen. Du kennst ihn ja.«

»Ist da mal was Besonderes vorgefallen?« fragte Anselm.

»Es ist immer was los gewesen. Aber einmal, ja, das war wirklich schlimm. Das war nur ein paar Jahre, nachdem wir geheiratet hatten. Ich habe meinen Vater wirklich nie um etwas gebeten. Aber als uns mit dem Hof das Wasser bis zum Hals stand, habe ich ihn gefragt, ob er uns aushelfen kann. Wir wollten nichts geschenkt haben, nur geliehen. Mein Vater hatte das Geld. Ich wußte, daß er was angelegt hatte. Meine Eltern haben ja immer bescheiden gelebt, keine größeren Anschaffungen, nie in Urlaub gefahren und so. Da hat sich über die Jahre einiges angehäuft.«

»Er hat euch nicht geholfen.«

»Mein Vater hat Hanno ins Gesicht gesagt, was er von ihm hielt, in aller Öffentlichkeit.«

»Und Hinrichsen?«

»Ist völlig ausgerastet. Sind aber gleich ein paar Männer dazwischen. Von da an hatten wir mit meinen Eltern keinen Kontakt mehr. Aber die Geschichte von damals, die hat Hinrichsen nie vergessen. Daß ihn sein eigener Schwiegervater so vor allen Leuten beleidigt hat. Er hat nie darüber gesprochen, aber manchmal glaube ich, Hinrichsen ist daran kaputtgegangen.«

»Und du, bist du deinem Vater noch böse?«

Elke stieß nachdenklich den Rauch in die Luft. »Damals war er für mich gestorben. Aber er ist ja doch mein Vater, und er hat sich verändert in letzter Zeit. Ich glaube, ihm tut das alles leid, was passiert ist. Er spricht das nicht aus, aber er ist so verzweifelt.«

»Tja, dann ...«

»Ist noch was?« fragte Elke.

»Elke«, stotterte Anselm.

»Ja?«

»Ich meine, wenn es deinem Vater irgendwann wieder besser gehen würde, dann ... Was würde dich dann noch auf der Insel halten?«

»Gute Frage.«

»Ich weiß doch, wie das ist. Wenn man einmal bei den Leuten untendurch ist, kriegt man hier kein Bein mehr auf die Erde.«

»Hm, stimmt.« Elke nahm einen letzten Zug, blies den Qualm durch die Nase und schnippste die aufgerauchte Kippe auf die Straße. »Mal sehen«, sagte sie.

»Ja, ich gehe dann auch mal.«

»Ja dann, tschüß.«

»Ja, tschüß.«

Jetzt lächelte sie doch! Elke war ihm nicht böse. Aber das war schlimmer als alles andere. Sie war nicht böse auf ihn, weil sie ihn für einen Waschlappen hielt. Schlimmer ging es ja wohl nicht mehr.

Als Anselm auf die Straße trat, hörte er plötzlich ein lautes Knattern. Ein Moped fuhr an ihm vorbei. Darauf hockte eine schlaksige Gestalt. Es war Volli Hasenscharte. Was hatte der hier zu suchen? Das war ja wohl kaum ein Zufall. Aber Anselm hatte über Wichtigeres nachzudenken.

Was war mit Uwe Vanini los? Als er vorhin über Atlantis und die Irrfahrten der Friesen redete, war es ihm auf einmal blendend gegangen. Erst als er ihn nach seinem Vater gefragt hatte, war Vanini plötzlich wieder die Hinfälligkeit in Person gewesen. Was hatte Uwe Vanini eigentlich damals getan?

Nach der Wahlveranstaltung saßen die Dänischgesinnten in Joachim Brodersens Haus beisammen. Die Stube war notdürftig von einer einzigen Petroleumlampe beleuchtet. In der Mitte des Tisches hing von einem Ständer traurig ein kleiner Danebrog herab. Die Stimmung war auf dem Tiefpunkt angelangt. Als Frau Brodersen die Zutaten für Teepunsch brachte, hob sie sich ein wenig. Aber nur für einen kurzen Augenblick, der Anblick der Rumflasche löste bei denjenigen unter den Männern, die ihren Gastgeber näher kannten, Beklommenheit, beinahe Entsetzen aus. Denn Joachim Brodersen verabscheute den Alkoholgenuß aus tiefster Seele. Der sonst so ruhige, beinahe phlegmatische Mann war bekannt dafür, eine donnernde Standpauke zu halten, sobald er den Branntwein auch nur von ferne roch, und jetzt ließ er es nicht nur zu, er hatte offenbar selbst veranlaßt, daß in seinem eigenen Hause Alkohol genossen wurde. Es mußte schlimm um ihre Sache stehen.

Frau Brodersen legte in jede Tasse ein Stück Zucker und goß jeweils ein winziges Quantum Rum darauf, dann füllte sie mit Tee auf. Brodersen selbst blieb sich treu und trank nur Tee. Niemand sagte etwas. Nur das Knacken des Kandis im heißen Tee und ein gelegentliches helles Klingen war zu hören, wenn beim Umrühren ein Löffel an die Tassenwand stieß.

Frau Brodersen wollte sich zurückziehen.

»Ach, liebe Frau Brodersen, leisten Sie uns doch noch ein wenig Gesellschaft«, sagte Kloppenborg rasch. Andersen und Riewerts schlossen sich dem Wunsch an.

Ingken Brodersen winkte ab: »Nein, das müßt ihr Mannsleute unter euch ausmachen. Und mich braucht ihr nicht zu überreden. Ich weiß, wem ich meine Stimme gebe.«

»Das will ich doch wohl hoffen, Ingken!« sagte Brodersen mit gespielter Empörung.

»Juchem«, sagte Ingken Brodersen ernst, »du willst doch dafür sorgen, daß die Abstimmung geheim ist und alles mit rechten Dingen zugeht. Also hast du dich auch nicht darum zu kümmern, was ich auf dem Zettel ankreuze!«

»Deine Frau hat recht!« rief Kloppenborg lachend. »Sie kann wählen, wen sie will, und du hast nicht dareinzureden.«

»Das stimmt«, entgegnete Brodersen stolz. »Meine Ingken hat immer gewußt, was sie wollte, und sie hat selten das Falsche gewählt.«

»Ja, ja, der Mann ist des Weibes Haupt«, sagte Ingken Brodersen. »Aber dein Eigenlob schreit zum Himmel, Juchem! Auch wenn du es ganz gut versteckt hast.«

Brodersen schaute sie begriffsstutzig an. Die Männer lachten. Ingken stimmte mit ein, am Ende auch Joachim Brodersen, aber ihm schien nicht ganz klar zu sein, warum.

»Ich bitte euch, seid jetzt ein bißchen ruhiger«, sagte Ingken Brodersen. »Der Junge schläft schon, und ich will nun auch zu Bett gehen.«

Die Männer versprachen es, dankten noch einmal für den Teepunsch und versicherten, nicht mehr allzu lange zu bleiben.

Als sie gegangen war, herrschte wieder gedrückte Stille. Jeder wartete darauf, daß der andere zu sprechen begann.

Nils Kloppenborg ergriff als erster das Wort. Er versuchte, ein wenig Zuversicht in seine Stimme zu legen. Zunächst sei doch alles gut gelaufen, Andersens Rede habe Eindruck gemacht. Bei der Zuhörerschaft sei eine tiefe Zustimmung zu spüren gewesen. Aber dann … Da packte Kloppenborg die Wut. »Dieser saubere Oberlehrer Tadsen! Als hätte der die Weisheit mit Löffeln gefressen!« Jetzt gab es kein Halten mehr: »Warum verschweigt er, daß sich 1864 viele Föhrer freiwillig bei den Dänen gemeldet haben? Davon hat er kein Wort gesagt, der Herr Dr. Tadsen!« Er geriet ins Schwitzen. »Brodersen, du hättest ihm widersprechen müssen!« sagte er schnaufend vor Erregung. »Und Sie, Riewerts, sind doch jahrzehntelang für den *Grönländischen Handel* als Kapitän gefahren. Waren Sie da so unzufrieden?«

Riewerts nickte. »Über dreißig Jahre bin ich nur auf dänischen Schiffen gefahren«, sagte er ruhig. »Stets bin ich mit den Dänen gut ausgekommen.«

»Ja, zum Donnerwetter!« polterte Kloppenborg los. »Warum seid ihr nicht aufgestanden und habt es diesem Tadsen ins Gesicht gesagt, daß er die Dinge verdreht und die Wahrheit verschweigt!« Ernüchtert hielt er inne. Hastig entschuldigte sich Kloppenborg, daß er so laut geworden war. Aber er zitterte noch immer vor Empörung. Mit halbgedämpfter Stimme fuhr er fort: »Die Deutschen arbeiten mit allen Tricks, sie scheuen vor Lügen nicht zurück. Dieser Schmierant Vanini schreibt in der *Föhrer Zeitung* einen Hetzartikel nach dem anderen, und seine elenden Schundromane erfreuen sich großer Beliebtheit, wie ich höre. Dann dieser Professor Hamburger, der seit Jahren wie ein Hausierer durch die Gegend zieht und vorgibt, die friesische Sprache zu erforschen. Was hat der überhaupt hier verloren, der stammt doch gar nicht von Föhr? Und jetzt noch Oberlehrer Tadsen, ein preußischer Beamter! So geht das nicht weiter! Wir Dänischgesinnten müssen endlich entschiedener auftreten, sonst nehmen uns die Leute nicht ernst. Hätten wir doch mehr Redner wie dich, Andersen!«

Marten Andersen war nach seinem Auftritt sehr still gewesen. Kaum zu glauben, daß dieser unscheinbare, in sich gekehrte Mann vor nicht einmal zwei Stunden einen Saal voller Menschen in seinen Bann gezogen hatte. »Du hast recht, Nils«, sagte er. »Wir müssen selbstbewußter werden, es stimmt schon. Aber wenn wir sagen, daß die Dänen friedlicher und ruhiger sind als die Deutschen, dürfen wir uns selbst nicht wie die Deutschen aufführen. Ich denke, wenn Herr Brodersen und Herr Riewerts nicht aufstehen und das Wort ergreifen, tun sie das Richtige.«

Kloppenborg stieß ein skeptisches Grunzen aus.

»Ich habe es in vielen Gesprächen mit meinen Landsleuten bestätigt gefunden«, sprach nun Joachim Brodersen. Anscheinend glaubte er als Wortführer der Dänischgesinnten auf Föhr, Kloppenborg etwas entgegnen zu müssen. »Im Grunde sind die Westerländer dänisch gesinnt.«

»Und wählen doch am Ende deutsch!« fiel ihm Johannes Iversen scharf ins Wort.

Iversen hatte sich bisher aus der Diskussion herausgehalten. Bei der Veranstaltung hatte er sich ganz wie ein unbeteiligter

Beobachter verhalten. Er war noch keine dreißig Jahre, wirkte aber um mindestens zehn Jahre älter. Auf dem Kopf hatte er kaum noch Haare, sein Gesicht wirkte seltsam erstarrt. Er lächelte niemals. Außer Kloppenborg, der ihn mitgebracht hatte, wußte niemand so recht etwas über Johannes Iversen. Er war Journalist, Redakteur bei der *Böckingharder Heimatzeitung*, hatte im Weltkrieg gekämpft, war angeblich mit dem Eisernen Kreuz ausgezeichnet worden – und er hatte sich den abgrundtiefen Haß der Deutschen zugezogen, seine Feinde beschimpften ihn als Verräter und Hetzapostel. Einige behaupteten sogar, er sei geistesgestört.

»Ja«, pflichtete ihm Kloppenborg bei, »auch ich habe mit vielen hier auf der Insel gesprochen. Alle haben sich in Ruhe meine Argumente für Dänemark angehört, und die meisten haben sogar zugegeben, daß ich recht habe. Aber auf die Frage, ob sie denn auch ihre Stimme für den Anschluß an Dänemark geben würden, antworten sie, sie würden trotzdem für Deutschland stimmen. Was soll man dazu sagen!«

»Daß viele Föhrer im Grunde ihres Herzens vielleicht dänisch gesinnt sind, kann sein«, sagte Iversen ernst. »Es nützt uns nur nichts. Wenn sie dennoch deutsch wählen, nützt es uns überhaupt nichts.«

»Richtig!« rief Kloppenborg und schlug mit der Faust auf den Tisch.

»Dann müssen wir eben das dänische Bewußtsein wachrütteln!« sagte Andersen. »Gerade unter den Älteren herrscht noch immer eine große Zuneigung zu Dänemark.«

»Ich bestreite das keineswegs«, erwiderte Iversen. »Aber was ist das für eine Zuneigung? Woran hängen die dänischgesinnten Föhrer eigentlich?«

Die Männer sahen ihn verständnislos an.

»Nostalgie!« sagte Iversen verächtlich. »In Wahrheit hängen sie bloß an den alten Zeiten.«

»Das mag ja sein«, sprach Andersen gereizt. »Aber was hat das zu sagen? Darin sehe ich kein Problem.«

»Dann frage ich Sie!« unterbrach ihn Iversen. »Ich frage Sie alle: Wie viele Föhrer Friesen haben persönliche Kontakte, Freunde, Verwandte in Dänemark? Wie viele Föhrer verstehen und sprechen dänisch? Herr Brodersen und Herr Riewerts sind, wie Sie mir zugeben werden, Ausnahmen.« Iversen schwieg einen Augenblick. Er schien sich zu sammeln. »Die alte friesische Loyalität zu Dänemark«, begann er nun betont sachlich weiterzusprechen, »hat stets dem König, niemals aber dem dänischen Volk gegolten. Die vielbeschworene Treue zu Dänemark ist im Grunde eine mittelalterliche Angelegenheit, nationale Vorstellungen spielen dabei überhaupt keine Rolle. In diesem Punkt hat unser verehrter Dr. Tadsen leider vollkommen recht.« Iversen schwieg, als erwartete er, daß irgend jemand im widerspreche. Aber niemand sagte etwas. »Machen wir uns nichts vor«, fuhr er fort. »Politisch hat Friesland tausend Jahre zu Dänemark gehört. Es war jedoch niemals in den skandinavischen Kulturkreis einbezogen, in der Kirche und in den Schulen ist immer deutsch gesprochen worden.«

»Wenn ich mir eine Frage erlauben darf«, meldete sich Andersen wieder zu Wort. »Wenn Sie dieser Auffassung sind, Herr Iversen, warum setzen Sie sich in Ihrer Zeitung so vehement für den Anschluß an Dänemark ein?«

»Sie haben es in Ihrer Rede selbst ausgeführt«, sagte Iversen. »Ich will, daß die Friesen wieder zu Dänemark kommen – aber nicht weil sie Dänen sind oder Dänen werden sollen, sondern weil sie Friesen sind! Tadsen entblödet sich nicht zu behaupten, die Friesen hätten mit Freuden und in Dankbarkeit die deutsche Kultur angenommen, als wären sie aus irgendeinem primitiven Zustand erlöst worden. Die Wahrheit ist aber, daß im Laufe der Jahrhunderte die Friesen von deutschen Adligen, Pastoren und Beamten kolonisiert worden sind. Durchaus nicht mit Gewalt, aber leider müssen wir zugeben, daß sich die Friesen durch äußeren Glanz haben blenden lassen und die innere Schwäche des durch Blut und Eisen zusammengekitteten Deutschen Reichs nicht erkannt haben. Was ich als Soldat in Belgien erlebt habe, das hat mich an der deutschen Nation zweifeln lassen.« Iversen blickte in die Runde. Jeden einzelnen durchbohrte er mit seinem glühenden Blick. »Es ist an der Zeit, diese Fremdherrschaft abzuschütteln«, sagte er fest. »Wir müssen uns wieder auf unsere eigene Sprache und Kultur besinnen und mit Taten beweisen, was uns mit Worten so leicht fällt.«

»Aber was folgt daraus?« fragte Andersen. Er schien als einziger von Iversens Rede völlig unbeeindruckt geblieben zu sein. »Sollen wir vielleicht einen eigenen Friesenstaat gründen?«

»Die Frage ist gar nicht so abwegig«, sagte Iversen. »Aber für einen eigenen Friesenstaat ist die Zeit noch nicht gekommen.« Scheinbar geistesabwesend sah er auf die Flamme in der Petroleumlampe, die gerade den letzten Rest des Dochtes verzehrte. »In der historischen Situation, in der wir uns jetzt befinden, kämpfe ich für einen Anschluß an Dänemark, weil ich wünsche, daß mein Friesland demjenigen Lande angeschlossen wird, das ihm wirtschaftlich und kulturell das Beste bieten kann. Natürlich brauchen wir eine weitgehende Eigenständigkeit. Deshalb müssen wir Kontakt aufnehmen zu den anderen Minderheiten in Deutschland und in Europa. Wir brauchen einen Zusammenschluß der Schwachen im Kampf um ihre Interessen gegenüber den verständnislosen Starken.«

»Herr Iversen«, sagte Andersen beinahe mitleidig. »Das ist eine sehr schöne Utopie – zu schön, um wahr zu sein.«

»Ja, Herr Andersen«, entgegnete ihm Iversen mit überraschender Freundlichkeit. »Sie haben wohl recht. Aber wenn ich vor den Richterstuhl Gottes treten werde, um Rechenschaft abzulegen über mein Tun und Unterlassen, so will ich mit reinem Gewissen vertreten können, was ich auf Erden getan habe. Wenn einst Gott Abraham verheißen hat, er werde Sodom nicht verderben, wenn auch nur zehn Gerechte darin seien, so hoffe ich, daß Gott auch unser friesisches Volk um unsertwillen nicht auslöschen wird.«

Alle schwiegen betroffen, auch Andersen sagte nichts mehr. War Iversen tatsächlich verrückt? Oder wußte er mehr als sie alle? Was hatte er vor? Kloppenborg schien die Situation irgendwie unangenehm zu sein. Plötzlich drängte er zum Aufbruch. Den Männern war es mehr als recht. Still verabschiedeten sie sich voneinander. Keiner von ihnen fand in dieser Nacht Schlaf.

»Boethius hat angerufen!« verkündete Jahn am nächsten Morgen. »Er hat uns was zu sagen.«

Vor Aufregung verschluckte sich Anselm an einem Stück Toastbrot, das er sich gerade in den Mund geschoben hatte. »Hat er was herausgefunden?«

»Sieht so aus. Wollte aber am Telefon nicht darüber sprechen. Er will sich mit uns an einem Ort treffen, wo wir nicht beobachtet werden.«

»Warum denn das? Was hat er denn?«

»Wenn du mich so fragst, er hat einen Knall«, sagte Jahn. »Hör mal, Anselm, wir sollten uns keine allzugroßen Hoffnungen machen. Boethius macht sich gerne wichtig. Diese ganze Geheimniskrämerei …«

»Aber bei seinen Nachforschungen damals hat er doch tatsächlich Ärger bekommen. Oder hat er das erfunden?«

»Das nicht gerade«, räumte Jahn ein. »Aber die Geschichte ist immerhin zehn Jahre her.« Er biß in sein Marmeladenbrot und fuhr schmatzend fort: »Daß die Leute damals auf seine Schnüffeleien ein bißchen unsensibel reagiert haben, kann ich sogar verstehen. Boethius und seine Lehrerfreunde haben sich wohl ganz schön als Rächer der Enterbten aufgeführt. Jedenfalls ist das Projekt bestimmt nicht daran gescheitert, daß hier noch irgendwelche alten Nazis das Sagen haben. Das war schon eigene Blödheit. Aber Carsten kann das natürlich nicht zugeben.« Jahn prustete einige Krümel über den Küchentisch.

»Also alles nur Angeberei?«

»Ja – auch. Boethius hat immer auf die ganz große Story gewartet. Aber leider hat es nur dafür gereicht.« Jahn tippte mit dem Finger auf die aktuelle Ausgabe der *Föhrer Nachrichten,* die noch ungelesen neben ihm auf dem Tisch lag. »Deswegen spielt er den Zyniker. Aber ich fürchte, er hat die Hoffnung nicht aufgegeben, doch noch groß herauszukommen.«

»Ach, du meinst ...«

»Na klar! Wie der sich auf einmal für unsere Geschichte begeistert hat. So habe ich ihn ja noch nie erlebt.«

Anselm überlegte einen Augenblick. »Aber vielleicht ist das gar nicht schlecht. Ich meine, daß er sich anstrengt, kann uns nur recht sein, und wenn er uns irgendeinen Quatsch auftischt, den er sich aus den Fingern gesogen hat, würde er sich nur um seinen eigenen Erfolg bringen. Ich bin schon gespannt, was er uns zu sagen hat.«

Jahn wiegte skeptisch den Kopf. »Boethius ist kein schlechter Journalist, das wollte ich damit nicht sagen. Er versteht sein Handwerk, und er hat echt eine Spürnase. Nur die Schlußfolgerungen, die er aus dem zieht, was er herausfindet, sind meistens ziemlich übertrieben.«

»Wann und wo will er sich denn mit uns treffen?«

Jahn verzog gequält das Gesicht. »Kurz vor Mitternacht in seiner Anglerhütte am Deich. Das war ihm ums Verrecken nicht auszureden.«

Die Marsch lag in tiefer Finsternis. Die Wege waren nicht mit Leuchtpfählen versehen, so daß Jahn äußerst vorsichtig fahren mußte und sie nur langsam vorankamen. Glücklicherweise regnete es in dieser Nacht nicht. Sie brauchten dennoch fast eine Dreiviertelstunde, bis sie am nordöstlichen Deich angekommen waren. Boethius' Fischteich befand sich in einer der stillgelegten Vogelkojen, die wie ein weitverstreutes Archipel in der Marsch lagen. – Vogelkojen! Offenbar standen die bei den hiesigen Eigenbrötlern und Spinnern hoch im Kurs. In dem Becken, das früher Wildenten zur letzten Wasserung eingeladen hatte, hielt sich Boethius Karpfen. Jahn erzählte, daß der Lokalredakteur nahezu seine gesamte Freizeit mit Angeln zubrachte. »Da fängt er die dicken Fische, die er als Journalist nicht an Land ziehen kann.«

»Und was macht er mit den Karpfen, die kann er doch nicht alle alleine essen?«

»Boethius? Der kann Fisch nicht ausstehen. Nein, er wirft die Viecher einfach zurück in den Teich.«

Carsten Boethius war schon da. Sie bekamen seinen alten Golf zufällig in den Lichtkegel der Scheinwerfer. Er hatte den Wagen weit abseits, dicht an einer Hecke geparkt.

Anselm ließ den Strahl der Taschenlampe über den Steg zum gegenüberliegenden Ufer wandern. Wie ein vorsichtiger Begehungsversuch ergab, war der Steg – genaugenommen war es nur ein dicker Balken –, obwohl noch naß vom Regen, nicht sonderlich glitschig. In ein paar Schritten konnte man hinübergelangen. Trotzdem mußte Anselm harte Überzeugungsarbeit leisten, bevor der schwergewichtige Jahn sich endlich bereit erklärte, den Übergang zu wagen. Anselm ging voran, Jahn balancierte, leise fluchend und hin und wieder einen Angstschrei unterdrückend, hinter ihm her. Nach wenigen Augenblicken hatten sie es schon geschafft. Jahn steckte sich erleichtert eine Zigarre an, »als Dankopfer«.

Dann stolperten sie orientierungslos durch das Unterholz, Anselm mit der Taschenlampe voran, Jahn hinter ihm her. Boethius hatte Jahn den Weg zur Hütte beschrieben, aber zwischen den

Bäumen war es so dunkel, daß sie keinen Pfad ausmachen konnten. Auf einmal hörte Anselm ein lautes Platschen, gleich darauf eine Art Schmatzen. Der Schreck fuhr ihm in die Glieder. Jahn brüllte etwas. Anselm drehte sich um. Er konnte ihn nicht sehen.

»Was ist los? Jahn, wo bist du?«

Jahn fluchte laut. »Verdammt, hier bin ich!« Er stand einige Meter abseits. »Bin in eine verdammte Pfütze getreten. Mein Fuß ist naß, verdammt, ist das kalt!« Er humpelte auf Anselm zu. »So eine saudumme Idee mit dem Treffen. Ich habe die Nase gestrichen voll. Boethius kann was erleben!«

Plötzlich wurden sie von einem Lichtstrahl geblendet. »Schreit hier nicht so herum!« Es war ein eindringliches Flüstern.

Vor ihnen stand Carsten Boethius.

»Kommt endlich, es ist gleich da vorn«, zischte er.

Dann führte er sie immer weiter in die Koje hinein. Der Redakteur bewegte sich mit erstaunlicher Behendigkeit durch das dichte Gehölz, Anselm und Jahn hatten Mühe, ihm auf den Fersen zu bleiben.

»Sag schon, was soll das, uns mitten in der Nacht hierherzulocken!« schnauzte Jahn ihn an.

»Es ist besser, wenn man uns nicht zusammen sieht«, entgegnete Boethius. »Und brüll hier gefälligst nicht so rum!«

Boethius' Hütte war eine nachlässig zusammengezimmerte Bretterbude mit einem Dach aus Teerpappe. Das Mobiliar des Verschlags bestand aus einem wackeligen Tisch mit einer Gaslampe darauf und einigen Gartenstühlen, die um den Tisch herum aufgestellt waren.

Boethius drehte das Licht so weit herunter, daß die Gesichter der drei nur noch schemenhaft zu erkennen waren. Dann nahm er seine dickglasige Brille ab und wischte sich mit der Hand über das Gesicht.

»Komm zur Sache, was ist los?« polterte Jahn. »Hast du etwas über das Bild herausbekommen?«

»Nicht direkt«, antwortete Boethius. »Ich bin noch einmal meine Aufzeichnungen durchgegangen, wißt ihr, von den Befragungen, die wir damals gemacht haben. Es ging darum, was mit den Juden hier geschehen ist.«

»Wissen wir, die Geschichte mit dem Kinderheim. Und?«

»Also, in letzter Zeit habe ich mich verstärkt auf Feiern im Altenheim und in Seniorenkreisen umgetan. Wißt ihr eigentlich, was ich alles auf mich nehme für eure Geschichte?«

»Unsere Geschichte? Es geht doch auch um deine Story?« fragte Jahn mißtrauisch.

»Jedenfalls habe ich noch dies und das herausbekommen«, sagte Boethius eilig. »Göntjes Verschwinden hat damals natürlich für einigen Wirbel gesorgt. Sie soll was mit einem Kurgast oder Badegast, wie das früher hieß, gehabt haben, einem gewissen Rosental oder Blumenfeld. Die Alten konnten sich auf den Namen nicht einigen.«

»Blumenthal!« rief Anselm. »Hieß er vielleicht Blumenthal?«

»Keine Ahnung, er soll bei den Riewerts gewohnt haben. Was aus ihm geworden ist, weiß ich nicht. Und mehr kann ich euch auch nicht sagen.«

»Carsten, was ist los mit dir?« fuhr ihn Jahn an. »Raus mit der Sprache!«

»Hört mal«, sagte Boethius ernst. »Ich hab's mir überlegt: Ich bin aus der Sache raus!«

»Wie?« fragte Jahn, als hätte er ihn nicht verstanden.

»Ja, ich – ich kann das nicht machen.«

»Aber du warst doch so scharf auf die Story!«

»Stimmt.« Boethius lachte heiser. »War ich auch.«

»Und?«

»Versteht ihr nicht? Die Geschichte ist verlockend, aber … Ich habe mir die Sache noch einmal überlegt. Die Leute hier vertrauen mir, ich bin fast einer von ihnen. Wenn ich die Story veröffentliche, kann ich meinen Job auf der Insel vergessen. Dann redet keiner mehr mit mir. Und eigentlich wollte ich auf Föhr meinen Lebensabend verbringen.« Der Reporter zog eine kleine silberne Flasche aus einer Jackentasche hervor, schraubte mit routinierter Geschicklichkeit den Verschluß auf und nahm einen Schluck. »Soll ich das alles aufs Spiel setzen?«

»Okay, deine Entscheidung«, sagte Jahn knapp.

Anselm wollte noch weiter in Boethius dringen, aber mit einem Blick hielt Jahn ihn zurück. Für ihn schien die Sache erledigt zu sein. Was sollte das? Warum gab Jahn so plötzlich auf?

»Scheiße«, stöhnte Jahn, als sie wieder im Wagen saßen.

»Kann man wohl sagen. Daß der einen Rückzieher macht, hätte ich nicht gedacht.«

»Das meine ich nicht«, sagte Jahn. Auf einmal fing es wieder heftig zu regnen an. Die Windböen klatschten das Wasser gegen die Frontscheibe des Volvos. Jahn schaltete die Scheibenwischer ein, die jedoch kaum etwas ausrichteten. »Ich dachte, Boethius hätte sich wieder einigermaßen im Griff.« Er nestelte eine Zigarre aus der Innentasche seiner Jacke. »Verdammt«, nuschelte er mit dem Stumpen zwischen den Zähnen, »ich glaube, ich habe einen Fehler gemacht.«

»Was meinst du?«

Jahn starrte auf die Straße. »Carsten ist Alkoholiker. Damals, kurz nachdem ich hier die Stelle auf der Insel angetreten hatte, habe ich mich mit ihm angefreundet. Boethius war damals total am Ende. Irgendwann hatte ich ihn soweit, eine Entziehung zu machen. War ein hartes Stück Arbeit, aber es hat geklappt. Ich glaube sogar, daß niemand was davon mitgekriegt hat.« Jahn lachte kurz auf. »Herr Boethius hat einfach einen längeren Urlaub genommen. Seitdem ist er trocken, glaube ich. Aber unsere Geschichte hat ihn irgendwie aus dem Gleichgewicht gebracht.«

Sobald ihnen ein Mensch entgegenkam, griff sich Oluf Braren an den Hut. Auf Föhr wünschte man jedermann, der einem begegnete, einen guten Tag, und wenn Fremde auf der Insel waren, nahm man den Hut ab. Hier in Eutin war er selbst ein Fremder. Niemand beachtete ihn. Die Leute eilten vorüber, als hätten sie alle Dringliches zu erledigen. Die Stadt kam ihm vor wie ein riesiger Bienenstock, der vor Geschäftigkeit brummte. Die hohen Häuser mit ihren prächtigen Fassaden, der Lärm, den die vielen Menschen und vorbeifahrenden Wagen auf den Straßen verursachten, die Gerüche, die aus den Handwerksstuben und Gasthäusern drangen, versetzten ihn in einen traumartigen Schwindel. Unsicher und wie betäubt versuchte er, mit seinem Führer Schritt zu halten. Nahmen bewegte sich so gewandt im Gedränge der Stadt, als wäre er hier geboren worden. Dabei lebte er erst seit einem Jahr in Eutin. Oluf Braren kam sich lächerlich vor. Er, der Tag für Tag seinen Schülern von der großen weiten Welt erzählte, irrte nun ungelenk umher wie ein Kalb, das man zum erstenmal auf die Weide ließ. Als sei er vom Mond gefallen. Aber bald mußte er über sein linkisches Benehmen selbst lachen. Es erschien ihm plötzlich dumm, sich an einem solchen Ort über derlei Kleinigkeiten zu ärgern. Er blickte um sich. Die Sonne schien, und an jedem Haus blühten Rosenstöcke, so daß alles von einem betörenden Duft erfüllt war. So herrlich hatte er sich die Stadt nicht vorgestellt. »Nahmen!« rief er auflachend seinem ehemaligen Schüler hinterher, von dem er im Gedränge des Markplatzes wieder einmal getrennt worden war. »Nicht gar so eilig! Ich muß mich erst einmal zurechtfinden.« Sie sprachen deutsch miteinander. Wie es üblich war, hatten sie auf deutsch korrespondiert, und dabei war es geblieben.

Nahmen lachte zurück. Wie er lachte. Oluf kannte dieses Lachen so gut.

»Ja, es geht hier ein bißchen anders zu als auf unserem Eiland«, rief er seinem alten Lehrer zu. »Ich habe mich auch erst daran gewöhnen müssen. Übrigens ist Eutin ein Nest, Lübeck oder Hamburg sind unvergleichlich ...«

»Schon gut, schon gut. Für mich ist es vorerst genug. Im übrigen«, fügte Oluf Braren ein wenig zu ernst hinzu, »reizen mich alten Schulmann die Vergnügungen – die Verführungen der Stadt nicht übermäßig.«

»Verstehe.« Nahmen machte ein säuerliches Gesicht. »Dein Besuch gilt nicht allein der Kunst. Das hätte ich wirklich ahnen können.«

»Nahmen, dein witziger Kopf hat wohl unter dem leidigen Abzeichnen gelitten!«

Nahmen Matthiessen verzog wieder das Gesicht. Dabei sah er seiner Schwester so ähnlich, daß es Braren im Innersten schmerzte. »Bestelle Herrn Diedrich Roeloffs, ich lasse für die Besorgnis danken. Er kann versichert sein, meine sittliche Verfassung läßt in nichts zu wünschen übrig.«

Während er das sagte, steuerte Nahmen auf ein Haus zu, das Braren auf Anhieb an der Untadeligkeit seines ehemaligen Schülers zweifeln ließ. Es war eine heruntergekommene Spelunke mit einer roten Laterne über der Tür, vor der sich liederliches Weibsvolk herumtrieb, das die neuen Gäste auch schon bemerkt hatte und mit unsäglichen Gesten ihre Freude über den Besuch der beiden bekundete. Oluf Braren fielen die Erzählungen über die aus Ostindien heimgekehrten Matrosen ein, die über den Amsterdamer Zeedyk zogen, seidene Tücher um ihre Arme und Beine gebunden, hinter Violinspielern hertanzten, ihre Hüte schwenkten und sangen: »Hoe krijgen wij het op? Hoe krijgen wij het op?«, während die Spielleute antworteten: »All met der tijd! All met der tijd!« Nahmen lächelte überlegen. Wollte er ihn allen Ernstes ... Da schwenkte er im letzten Augenblick in eine schmale Gasse ein. Hinter seinem Rücken hörte Braren das enttäuschte Gezeter der Frauenzimmer.

Nahmen Matthiessen führte ihn in eine bescheidene, aber anständige Gaststube. Oluf Braren beschloß, den Vorfall von eben unerwähnt zu lassen. Auch für Nahmen schien die Angelegenheit erledigt zu sein. Er hatte seine Rache gehabt.

Als Oluf Braren sich setzte, merkte er, wie sehr ihn die tagelange Reise erschöpft hatte. Sie bestellten Kringel und doppeltes Lübisches Bier.

»Willkommen im Sündenbabel Eutin!« Nahmen prostete ihm versöhnlich zu. »Aber ich muß dir mitteilen, lieber Landsmann, ich habe hier niemals etwas erlebt, das nicht ebensogut auch in unserer sittsamen Heimat hätte geschehen können. Unter uns, es ist hier so langweilig, daß ich mitunter sonntags den Gottesdienst besuche. Aber erzähle das nur nicht zu Hause.«

Sein ehemaliger Schüler war ein Mann von Welt geworden, das hatte er nun verstanden.

»Aber ihr habt etwas hier«, begann Oluf Braren zu sprechen, »das gibt es bei uns nicht.«

Nahmen sah ihn fragend an.

»Schau nicht so konfus, Matthiessen. Das steht dir nicht gut zu Gesicht«, rügte ihn Oluf Braren mit gespielter Strenge. »Ich meine doch die Kunst, die hier zu Hause ist.«

»Halte zu Gnaden, das ist nicht wahr!« sagte Nahmen. »Denn auf Föhr gibt es einen, der ist wahrhaft ein Künstler, und der heißt Oluf Braren.«

Braren machte Anstalten, seinem früheren Schüler eine Maulschelle zu verabreichen. Als Lehrer hatte er sich nur sehr selten dazu hinreißen lassen, aber im Augenblick hatte er tatsächlich nicht übel Lust dazu. »Laß die Spöttereien!« fuhr er Nahmen an.

»Ich scherze nicht«, sagte Nahmen leise.

Dann erzählte er von seiner Arbeit, über die er schon in seinen Briefen berichtet hatte. Die Zuwendungen seines Mäzens Diedrich Roeloffs waren kärglich bemessen, und so mußte Nahmen seine Börse durch kleinere Auftragsarbeiten aufbessern. Er zeigte Oluf Braren Zeichnungen von einem Wal, der an der Ostseeküste angespült worden war. Von der lithographischen Vervielfältigung erhoffte er sich ein paar Schillinge.

Oluf Braren sah, daß sein ehemaliger Schüler beachtliche Fortschritte gemacht hatte. Er konnte also den immer noch vorwurfsvollen Blicken der Verwandtschaft mit Gelassenheit begegnen. Er hatte nicht nur die Familie überredet, Nahmen nach Eutin zu schicken, obendrein hatte er seinen Schüler im Zeichnen so zu präparieren vermocht, daß er in der Akademie des berühmten Herrn Tischbein aufgenommen worden war.

Und nun war er selbst dort.

Prof. Dr. Horst von Hippel war ein unauffälliger Mittfünfziger mit Halbglatze. Auf seinem mausgrauen Anzug übernahm ein violetter Strickschlips lustlos die Funktion eines Farbtupfers. »Willkommen!« begrüßte er Anselm mit schüchterner Freundlichkeit. »Wie schön, daß sich einmal jemand für Oluf Braren interessiert!« Hippel zog ruckartig die Mundwinkel nach unten wie ein Clown, der irgendeine Tolpatschigkeit begangen hatte. Er räusperte sich kurz. »Darf ich Sie fragen«, sprach er zögernd, »wie Sie auf unseren Braren gekommen sind? Sie wissen ja, er steht nicht unbedingt im Zentrum des wissenschaftlichen Interesses.«

Am Tag nach dem Treffen mit Boethius hatte Anselm beim Schleswiger Landesmuseum angerufen und erklärt, daß er eine Doktorarbeit über Oluf Braren schreiben wolle und gerne mit Prof. Dr. Horst von Hippel über sein Projekt sprechen würde. Er hatte sofort einen Termin für den nächsten Tag bekommen. Hippel konnte ihm möglicherweise etwas über Blumenthal erzählen, immerhin war er der einzig lebende Braren-Forscher. Wenn Rosental oder Blumenfeld tatsächlich Blumenthal war – aber daran konnte kaum ein Zweifel bestehen –, dann hatte er damals in Oldsum das Bild gefunden. Göntje Riewerts hatte es mit nach Amerika genommen. Was war damals geschehen? Vielleicht konnte ihm Hippel sagen, was aus Blumenthal geworden war.

Anselm erzählte vage von seinem Projekt und daß sich Prof. Hartmann für das Thema leider nicht besonders erwärmte.

Hippel nickte mitfühlend. Er machte Miene, etwas zu sagen, blieb dann aber stumm. Statt dessen vollführte er mit den Händen Bewegungen, als wolle er lästige Insekten verscheuchen.

»Ich selbst bin, wie Sie ja an meinem Namen unschwer erkennen, kein geborener Föhrer«, sagte er auf einmal. »Meine Familie stammt aus Königsberg in Ostpreußen. Rucksackdeutsche, so hieß das damals«, fügte er mit einem unbestimmten Lächeln hinzu. »Nach langer Irrfahrt sind wir in Schleswig-Holstein gelandet und schließlich auf Föhr einquartiert worden.« Hippel sah einen Augenblick geistesabwesend aus dem Fenster.

»Später haben Sie *Die Braut* entdeckt!«

»Ja, ja«, sagte Hippel zerstreut, als müßte er sich mühsam daran erinnern. Dabei war das eine echte Sensation gewesen damals. Niemand hatte gedacht, daß noch irgendein Bild von Oluf Braren zu entdecken war.

Anselm hätte gerne erfahren, wie Hippel an die *Braut* gekommen war, aber der schien seltsamerweise nicht in der Laune zu sein, mehr darüber zu erzählen. Doch jetzt breitete sich eine leise Heiterkeit über Hippels scheues Gelehrtengesicht. »Unsere *Braut* ist leider alles, was ich Ihnen zeigen kann«, sagte er entschuldigend. »Es ist unser einziges Bild von Braren – allerdings von herausragender Qualität. Wollen wir es ansehen?« Noch bevor Hippel zu Ende geredet hatte, war er aufgesprungen und wies einladend zur Tür.

Sie gingen über lange Korridore in einen kleinen Bildersaal. Oluf Brarens Gemälde war an einem ziemlich abgelegenen Ort aufgehängt.

Hippel steuerte auf ein kleines Porträt zu.

Das Aquarell zeigte ein Mädchen in Föhringer Tracht. Anselm kannte das Bild aus Reproduktionen. Nun stellte er fest, daß sie die Wirkung des Originals nicht im entferntesten wiedergaben. Wie hatte Braren allein mit Hilfe von Wasserfarben eine so leuchtende Farbigkeit zustande gebracht? Im Gegensatz zur bunten Kleidung war das Gesicht des Mädchens fahlgelb, erst bei näherem Hinsehen wurde es als rosig getönt erkennbar. Das Bild war streng aufgebaut, die Gestalt überaus klar modelliert. Das Porträt stammte wie *Die stille Hochzeit* aus Oluf Brarens letzter Schaffensphase, als seine Kunst zu ihrer vollen Reife gelangt war.

»Wen das Porträt darstellen soll, wissen wir nicht«, erklärte Hippel. »Meiner Ansicht nach haben wir es ohnehin mit einem Idealbild zu tun, es ist also kein Porträt im eigentlichen Sinne. An der Tracht kann man sehen, daß es sich um ein unverheiratetes Mädchen handelt.« Er hielt einen Augenblick inne. »In Altona hat es noch ein anderes Bild einer Braut gegeben, das man diesem Porträt an die Seite stellen könnte.«

»Ing Matzen mit ihren beiden unehelichen Kindern. Es soll eines seiner besten Werke gewesen sein«, sagte Anselm.

Hippel senkte den Kopf. »Ich erinnere mich noch genau, wie uns die Nachricht von der Katastrophe erreicht hat. Ein Schock! Das ist wirklich das Schlimmste, was einem Kunsthistoriker passieren kann!« Hippels Gesicht war erstarrt, als durchlebe er den Augenblick der Hiobsbotschaft noch einmal. »Was damals den Brand ausgelöst hat, weiß man bis heute nicht genau.«

»Es war ein Kurzschluß, soviel ich weiß.«

Hippel seufzte resigniert. Dann wandte er sich wieder dem Porträt zu. »Braren wollte mit solchen Arbeiten vor allem die Trachtensitten seiner Heimat abbilden«, sagte er im Vorlesungston.

Anselm wollte etwas einwenden.

Hippel blickte ihn an, als wüßte er schon, was sein Gesprächspartner sagen wollte. »Sehen Sie hier.« Er schwang mit der Hand die Augenlider des Mädchens auf dem Bild nach. »Sehen Sie den

Linienschwung? – Und da!« Hippel zeichnete in derselben Weise die Lippen nach. »Das ist der berühmte Amorbogen, wie Panofsky es genannt hat.«

»Eine Spezialität Tischbeins!«

»Ja, ganz recht«, stimmte Hippel zu.

Das war die Gelegenheit, um auf seine These zu sprechen zu kommen! »Halten Sie es für möglich, daß Braren ein Schüler Tischbeins gewesen sein könnte?« fragte Anselm in möglichst beiläufigem Ton.

Hippel legte seine Stirn in Falten und blickte nachdenklich auf das Porträt. »Nun ja«, sagte er dann, »die Gestaltung des Kopfes erinnert in der Tat stark an Tischbeins Idealköpfe. Beachten Sie, wie makellos der Nasenrücken in die Wölbung der Stirn übergeht. Anatomisch ist das allerdings etwas bedenklich, wenn Sie mich fragen.« Hippel lachte verhalten. Dann trat er einige Schritte zurück und musterte nochmals mit zusammengezogenen Brauen das Bild. »Daß Braren nach Vorlagen Tischbeins gearbeitet hat, steht völlig außer Zweifel. Aber, wissen Sie, ich würde den Einfluß nicht überbewerten. Das Föhrer Mädchen, nicht wahr, hat so gar nichts Antikes an sich.«

»Nahmen Matthiessen, Brarens Schüler und Freund, ist in Tischbeins Akademie ausgebildet worden.«

Hippel sah Anselm an wie ein Arzt, der einem Patienten schonend beibringen muß, daß er an einer lebensbedrohenden Krankheit leidet. »Ja, ja.« Er schwieg einen Augenblick. »Verstehen Sie mich nicht falsch«, fuhr er dann fort. »Aber Oluf Brarens Werk trägt von Anfang bis Ende die Handschrift des Autodidakten. Ich meine das nicht abwertend, ganz im Gegenteil. Vielmehr will ich damit zum Ausdruck bringen, daß Oluf Braren gerade kein Epigone gewesen ist. Nein, nichts war er weniger. Ich scheue nicht davor zurück, ihn ein Genie zu nennen!« Hippels Augen leuchteten vor Begeisterung. »Was die Eutiner Akademie und den Klassizismus angeht«, fügte er in nüchternem Ton hinzu, »möchte ich annehmen, daß Matthiessen ihm einige technische Fertigkeiten vermittelt hat, die er selbst im Unterricht bei Tischbein gelernt hat.«

»Sie halten es also für ausgeschlossen, daß Braren unmittelbar von Tischbein gelernt hat?«

Hippel strich sich fein lächelnd über die Glatze. »Sie wollen sich Ihre These nicht kaputtmachen lassen. Das gefällt mir. Man soll sich nicht beirren lassen, schon gar nicht in der Wissenschaft. Aber Sie haben mich nach meiner Meinung gefragt.«

»Was wäre, wenn man beweisen könnte, daß Braren und Tischbein einander begegnet sind?«

Hippel schaute ihn irritiert an. »Wie meinen Sie das?«

»Ich habe ein Bild von Braren gesehen, auf dem er selbst neben Tischbein erscheint«, sagte Anselm, jeden Stolz in der Stimme unterdrückend. Was konnte es schaden, wenn er Hippel von dem Blatt erzählte?

Der blickte ihn immer noch ungläubig an. »Kein Zweifel möglich?«

»Ich habe das Bild nur einmal gesehen. Aber ich bin mir hundertprozentig sicher.«

»Was ist das für ein Bild?«

»Ein bisher unbekanntes Fragment der *Stillen Hochzeit*. Es befindet sich in Privatbesitz. Die Eigentümer sind etwas – schwierig«, log Anselm. »Eigentlich habe ich versprochen, nicht darüber zu reden.« Er mußte Hippel ja nicht gleich das ganze Desaster auftischen.

Hippel schien die Erklärung zu akzeptieren. »Ich kenne das Problem nur zu gut«, sagte er. »Aber ich würde natürlich schon gerne mehr darüber erfahren. Wenn es tatsächlich stimmt, ich meine, wenn es sich beweisen ließe, daß Tischbein und Braren sich persönlich gekannt haben, daß also Braren ein direkter Schüler Tischbeins gewesen ist … Ihnen ist klar, was das für die Braren-Forschung bedeutet?«

»Ehrlich gesagt, habe ich vor, darüber meine Dissertation zu schreiben.«

»Jetzt begreife ich!« Hippel lachte schrill auf. »Sie meinen, es ist *Ihre* Sensation! Sie befürchten, daß Ihnen jemand die Entdeckung vor der Nase wegschnappt. – Aber Sie haben recht, so vorsichtig zu sein …« Hippel kniff die Augen zu. »Ich will Ihnen einen Vorschlag machen: Sie sollen Ihre sensationelle Dissertation schreiben. Ich helfe Ihnen sogar dabei, wenn Sie wollen. Aber ich bin natürlich selbst an dem Bild interessiert. Wenn es tatsächlich echt ist, gehört es hierher ins Landesmuseum.«

In Anselms Magen breitete sich ein flaues Gefühl aus. Das Bild war doch verschwunden. Nein, das konnte er Hippel jetzt nicht mehr erzählen. »Selbstverständlich«, sagte er. Das konnte nicht falsch sein. Jenny Brodersen hatte schließlich auch gemeint, daß sie das Bild an ein Museum geben würde.

»Überlegen Sie es sich«, sagte Hippel aufgeräumt. »Wenn Sie die Eigentümer überzeugen, das Bild ins Museum zu geben, zu einem angemessenen Preis natürlich, könnte es zwischen uns beiden zu einer fruchtbaren Zusammenarbeit kommen.« Er sah Anselm in die Augen. »Ich spiele mit offenen Karten. Die Berufsaussichten für Kunsthistoriker sind heutzutage nicht besonders günstig. Die Entdeckung eines bisher verschollenen Bildes von Oluf Braren könnte Ihnen jedoch zu einem beachtlichen Karriereeinstieg verhelfen.«

Der Professor streckte ihm die Hand entgegen.

Das Bild war weg. Aber um das zuzugeben, war es jetzt zu spät. Nein, diese Chance konnte sich Anselm nicht entgehen lassen. Er schlug ein.

»Wenn Sie eine Frage haben oder sonst Hilfe brauchen, rufen Sie mich jederzeit an«, sagte Hippel.

»Ich habe tatsächlich ein Frage«, sagte Anselm. Ihm war plötzlich eingefallen, daß er auch, eigentlich in erster Linie, wegen Blumenthal gekommen war.

Hippel zog eine Augenbraue nach oben. »Was haben Sie für ein Frage?«

»Was halten Sie von der Blumenthal-Arbeit?«

»Sie meinen *Oluf Braren: Außenseiter und Genie*? Ganz hübsch. Heutzutage würde natürlich so ein Erguß mit Pauken und Trompeten durchfallen, ja gar nicht erst als Dissertation angenommen werden. Das ist ja mehr ein Roman und hat mit seriöser Wissenschaft nichts zu tun«, sagte Hippel lächelnd. »Aber ich finde es schön, daß Sie sich für die Bemühungen unserer Vorgänger interessieren.«

»Wissen Sie, was aus Friedrich Blumenthal geworden ist?«

Hippel schüttelte kurz den Kopf. »Nein, dem Namen nach war er wohl Jude. Man kann nur hoffen, daß er rechtzeitig emigriert ist. – Augenblick, mir ist gerade etwas eingefallen.« Hippel ging zu seinem Schreibtisch hinüber und drückte eine Nummer auf seinem Telefon. »Ja, Hippel hier. Bringen Sie bitte den Karton mit den Oluf-Braren-Sachen.«

Kurz darauf klopfte es an der Tür. Ein Mann in grauem Kittel brachte einen riesigen Karton, auf den mit Filzstift die Initialen O.B. geschrieben waren.

»Ich weiß nicht, ob es Ihnen für Ihre Arbeit nützt«, sagte Hippel.

»Was ist das?«

»Das habe ich noch von meinem Vorgänger übernommen. Ich habe es vor einigen Jahren von ein paar studentischen Hilfskräften durchsehen lassen. Es sind Entwürfe für Arbeiten über die norddeutsche Kunst, zum Teil recht alt. Die Studenten haben damals nichts Wesentliches darin gefunden – was nichts heißt, aber versprechen Sie sich nicht zuviel davon. Ich glaube, da waren auch Aufzeichnungen von diesem Blumenthal dabei. Nehmen Sie es ruhig mit. Wenn Sie die Dokumente durchgesehen haben, schicken Sie mir das Paket wieder zurück.«

Als an diesem verregneten Sonntagmorgen Prof. Dr. Heinrich Hamburger im Haus des Amtsvorstehers von Nieblum verhaftet wurde, war ihm sofort klar, wem er diese Szene zu verdanken hatte. Die Sache war wirklich zu dumm. Der Ansicht schienen die beiden Hilfsgendarmen auch zu sein, die ihn mürrisch aufforderten, sie auf ihre Dienststelle zu begleiten. Man hatte ihn bereits mehrere Stunden gesucht.

Amtsvorsteher Simonsen machte Einwendungen, verstieg sich sogar zu Drohungen. »Das lasse ich nicht zu! Sie haben hier keine Amtsgewalt! Ich werde …« Die Geschichte war ihm natürlich mehr als unangenehm. Aber die Gendarmen Lorenzen und Olufs ließ das unbeeindruckt. Achselzuckend hörten sie sich die fahrigen Reden des aufgebrachten Gastgebers an, dessen Gesicht inzwischen eine besorgniserregende dunkelrote Färbung angenommen hatte.

»Sind Sie fertig?« fragte Olufs, als der Amtsvorsteher eine Verschnaufpause einlegen mußte. Er sagte das mit jener Haltung dreister Gelassenheit, mit der erfahrene Frontschweine einem frischgebackenen Leutnant begegneten. Hamburger kannte diesen Ton.

Simonsen rang nach Luft und wollte sofort zum Gegenangriff übergehen.

Hamburger hob beschwichtigend die Arme: »Meine Herren, lassen Sie uns doch die Sache wie zivilisierte Menschen regeln. Mein lieber Freund, Herr Amtsvorsteher, die Herren kommen lediglich ihrer Pflicht nach. Und Befehl ist Befehl, dafür sollten wir beide doch zuerst Verständnis haben.«

Hamburger streckte den Gendarmen die Hände entgegen. Aber Handschellen hatten sie nicht dabei. Überhaupt wirkten die beiden wenig offiziell. Ihre Uniformen bestanden aus einem groben braunen Stoff, auf den ein Emblem genäht war, das sie als Gendarmen der *Internationalen Kommission* auswies. Zu dieser Ehre waren sie, wie Hamburger vermutete, durch Loswurf und viel Überredungskunst gekommen.

Olufs machte eine lässige Handbewegung, die wohl »Auf geht's!« bedeuten sollte.

»Ich gebe Ihnen mein Ehrenwort, nicht zu fliehen!« erklärte Hamburger.

Die beiden Gendarmen stapften bereits Richtung Ausgang.

Es regnete immer noch in Strömen. Vor dem Haus des Amtsvorstehers stand ein primitives Fuhrwerk, wie es die Bauern für den Transport von Heu verwendeten. Notdürftig war eine Plane darüber gespannt. Es war sicherlich kein Vergnügen, damit die schlammigen Wege zu befahren. Olufs und Lorenzen zeigten sich denn auch mäßig begeistert, als Hamburger ihnen eröffnete, daß sich sein Gepäck noch im Oldsumer Gasthof befinde. Das bedeutete einen Umweg von wenigstens zwei Stunden. Aber sie sahen ein, daß er schlecht ohne sein Gepäck reisen konnte. Außerdem war Professor Hamburger nicht irgendwer.

Um die Stimmung ein bißchen zu heben, begann Hamburger eine Unterhaltung auf friesisch. Olufs und Lorenzen selbst kannte er nur oberflächlich, aber mit ihren Großvätern, Vätern und Onkeln hatte er oft zusammengesessen. »Hü gungt at dan ualaatj, Hark? Fertelt hi noch so hal staken faan a siafaart?« – »Wie geht es deinem Großvater, Hark? Erzählt er noch immer so gerne aus seiner Seefahrtszeit?« Aber ein Gespräch wollte nicht recht zustande kommen. Die beiden waren nicht direkt unhöflich, doch ihre Antworten fielen äußerst knapp aus. Nun ja, immerhin hatte er ihren Sonntagmorgen und wenigstens einen guten Teil des Vormittags auf dem Gewissen.

Eine Verhaftung! Daß die Dänen so weit gehen würden, hätte man denn doch nicht für möglich gehalten – zumal der Coup für sie letzten Endes wirkungslos bleiben mußte. Ein Pyrrhussieg, eine gewonnene Schlacht in einem bereits verlorenen Krieg. Immerhin ein Triumph, das mußte man zugeben, und zwar auf seine, Hamburgers, Kosten. Das war die Quittung für gestern abend. Aber wenn die Mehrheit der Föhringer für Dänemark stimmen sollte – es war schlicht nicht auszudenken! Die dänischen Redner verstanden ihr Handwerk, und sie kannten sich in der friesischen Psyche im Grunde besser aus als die Deutschen. Sie wußten genau, wo sie welchen Hebel ansetzen mußten, um die richtige Stimmung zu erzeugen. Wenn dieser Rechtsanwalt Andersen und seine Genossen ihre Märchen über den dänischen Wohlfahrtsstaat und ihre haarsträubenden Geschichtsklitterungen zum besten gaben, war es ganz schnell vorbei mit der Vaterlandsliebe. Hamburger hatte einfach einschreiten müssen. Und er hatte einen Trumpf ausspielen können, gegen den sie nicht ankamen: Er sprach friesisch, als wäre er auf Föhr geboren. Mit seiner Sprachfertigkeit hatte er die Föhringer selbst oft genug in Erstaunen versetzt. Er konnte beispielsweise hören, ob jemand im östlichen oder westlichen Teil des Dorfes Oldsum geboren war, je nach dem, ob er das Wort für »Apfel« »aapel« oder »ååpel« aussprach, mit oder ohne bolle-å. Das machte ihm so leicht niemand nach, nicht einmal ein Muttersprachler konnte das ohne weiteres.

Nachdem er seine kleine Stegreifrede beendet hatte, hatte ihn dieser Kloppenborg sofort angeschnauzt: »Herr, wie heißen Sie?«

Wie er hieß, wußte natürlich jeder im Saal. Eine Frechheit, seit dreißig Jahren war er auf Föhr bekannt. Aber er mußte antworten: »Mein Name ist Dr. Heinrich Hamburger«.

»Woher kommen Sie?«

»Ich komme aus Halle an der Saale.«

»Und wo sind Sie geboren?«

»Stralsund in Pommern.«

Dann hatte sich Kloppenborg in seiner ganzen massigen Gestalt erhoben, ihm seinen gewaltigen Bauch entgegengestreckt und wie ein Stier gebrüllt: »Herr Dr. Hamburger aus Halle an der Saale, gebürtig in Pommern! Viele Wochen sind Sie mir nun durch das Abstimmungsgebiet gefolgt, und dabei ist es Ihnen gar nicht erlaubt, sich hier aufzuhalten. Das wird Konsequenzen haben,

Professor! Das verspreche ich Ihnen!« Dabei hatte sich Kloppenborgs alberner Spitzbart im Triumph gesträubt.

Dann war der dicke Däne auf einmal weggewesen. Das hätte ihn schon stutzig machen sollen. Sonst pflegte sich Kloppenborg nach seinen Auftritten unter das Auditorium zu mischen, derbe Witze zu reißen, um selbst schallend über sie zu lachen, und sich am Ende gehörig zu betrinken.

Hamburger blickte in die regengraue Landschaft. Was war das nur für eine Zeit! Eigentlich waren die Politik und die Öffentlichkeit gar nicht seine Sache, er war Gelehrter. Schon als junger Privatdozent war er durch die Frieslande gewandert. Mundartkunde konnte man nicht am grünen Tisch mit der Landkarte betreiben, in die Dörfer mußte man gehen, zu den Menschen selbst. Alles hatte er akribisch aufgeschrieben mit eigener Hand. Erst nach langen Jahren des Kampfes hatte ihm die Universität die Mittel zur Anschaffung der neuen Aufnahmeapparate zur Verfügung gestellt, so daß er endlich auch die Stimmen dieser erlöschenden Sprachen bewahren konnte: Edisons Phonograph, der die Schallschwingungen mittels eines Schneidstichels in eine umlaufende Wachswalze grub, später den 20 Kilo schweren Parlographen von Lindström mit dem Elektromotor, schließlich gar das Kymographion, mit dem sogar eine optische Aufzeichnung von Schallschwingungen möglich war, so daß auch Erkenntnisse über die Atmung, die Akzentuierung und den Tonfall gesprochener Sätze gewonnen werden konnten. Wie bewegend war es gewesen, als er kurz vor ihrem Tode die letzte Sprecherin des Wangerooger Friesisch eine Geschichte in seinen Apparat hatte erzählen lassen. In weniger als hundert Jahren würde das Friesische verschwunden sein. Aber eines Tages würden sich die Friesen ihrer abgelegten und vergessenen Sprache erinnern und sie zu neuem Leben erwecken wollen. Durch seine Aufzeichnungen waren die alten Sprachen nicht vergangen, in den gebannten Stimmen würde es eine Brücke zurück geben! Aber die Zeit drängte, immer mehr Wörter gingen verloren, täglich. Das Friesische wurde mehr und mehr verdrängt. Diese Entwicklung mußte aufgehalten werden. Mit der Annahme einer fremden Sprache brach ein Volksstamm mit den eigenen Überlieferungen, nahm eine andere Denkweise an und verlor seine Seele. Auf Föhr wurde ein bemerkenswert altertümliches Friesisch gesprochen, ein wenig durchsetzt mit grammatischen Eigenarten des Altnordischen, ansonsten nahezu rein. Auch das sprach dafür, in den Uthlanden die Urheimat der Friesen zu vermuten, also die gängige Theorie umzukehren: Sie waren nicht aus den südlichen Frieslanden zugewandert, sondern von hier, vom heutigen Nordfriesland aus nach Süden gezogen. Friesland hatte sich einmal von Jütland bis Flandern erstreckt. Keine fremden Heere hatten es zerstört, die Fluten der Nordsee hatten es unter sich begraben …

Eine Windböe peitschte Hamburger den Regen ins Gesicht. Mit dem Taschentuch putzte er seinen beschlagenen Zwicker. Er sah, daß sein Mantel schlammbespritzt war.

Lorenzen blickte mißgelaunt nach vorn und spuckte aus. »Einen hätte uns der Herr Amtsvorsteher auch mit auf den Weg geben können!«

»Jau«, stimmte ihm Olufs zu.

Es waren noch einige Kilometer bis Oldsum. Die Fahrt ging quälend langsam voran. Hamburger dachte an Galizien. Der Krieg war noch nicht einmal drei Jahre her. Wo waren Olufs und Lorenzen da gewesen? Vielleicht hätte er darüber ein Gespräch anfangen sollen? Besser nicht. Die beiden hatten sicherlich an der Westfront gelegen. Wenn er da mit seinen Geschichten aus der Etappe kam … Es gab wichtigere Fragen. Wie würde es weitergehen? Sie würden sein Gepäck aufladen und dann nach Wyk aufbrechen. Seine Deportation von der Insel konnte den ganzen Tag dauern. Für ihn war jedenfalls der Abstimmungskampf vorbei.

Ein Automobil kam ihnen mit erheblichem Tempo entgegengefahren. Es hupte. Jemand winkte mit ausgestrecktem Arm aus dem Fenster. Mit quietschenden Reifen bremste der Wagen nur wenige Meter vor ihnen. Schlamm spritzte auf. Die Pferde scheuten. Olufs hatte Mühe, sie im Zaum zu halten. Er fluchte laut.

Zwei hochgewachsene Männer stiegen aus dem Wagen, während der Motor weiterlief. Der eine trug eine kaiserliche Uniform, Flieger, soweit Hamburger es durch seine halbbeschlagenen Gläser erkennen konnte. Der andere war in einen Ledermantel gekleidet und hatte einen Schlapphut auf dem Kopf, der sein Gesicht vollständig verdeckte. Die Gestalten stapften durch den Straßenschlamm auf sie zu. Sie legten zum Gruß militärisch die Hand an die Mütze, auch der Zivilist.

»Lorenzen, Olufs, ihr könnt zum Mittagessen. Wir übernehmen die Angelegenheit«, schnarrte der Schlapphut.

Der Kerl war Hamburger auf Anhieb zuwider. Lorenzen schien seine Einschätzung zu teilen. Er schaute den Mann provozierend dämlich an. Hamburger konnte sich ein Lachen kaum verkneifen.

»Seit wann haben Sie uns denn was zu befehlen?« fragte Lorenzen, zog lautstark den Rotz die Nase hoch und fügte dann noch ein verächtliches »Herr Vanini« hinzu.

Das war also der Journalist und Schriftsteller Hinrich Vanini. Hamburger hatte schon von ihm gehört. Vanini betrieb für die deutsche Seite Propaganda. Eigentlich waren sie Verbündete.

»Wir handeln im Auftrag der *Internationalen Kommission*«, erklärte Olufs nach einer ziemlichen Weile, während der Vanini und sein Begleiter im Regen gestanden hatten, wohingegen Hamburger und die beiden Hilfsgendarmen unter der Wagenplane geschützt saßen.

»Im Auftrag der Dänen, meinst du wohl!« Vanini schien sehr gereizt, seine Stimme schnappte fast über.

»Und in wessen Auftrag handelst du, Vanini?« fragte Lorenzen ruhig.

Bevor Vanini antworten konnte, mischte sich der Uniformierte ein: »Laß man gut sein, Lorenzen. Ich übernehme die Verantwortung.«

Lorenzen und Olufs schienen Respekt vor dem Offizier zu haben, sie nahmen sogar so etwas wie Haltung an. Dabei klang seine Stimme alles andere als schneidig, eher verbindlich, beinahe charmant. Jetzt sah Hamburger, daß der Offizier um den Hals einen *Pour le mérite* trug. Das konnte also nur Fiete Friedrichsen sein, der legendäre Seeflieger aus dem Weltkrieg, fast eine Berühmtheit. Beinahe täglich kreiste er mit seinem Flieger über der Insel, um die von Vanini verfaßten Flugblätter abzuwerfen. Was hatten die beiden vor?

Die Hilfsgendarmen schien der Auftritt des Fliegerhelden doch nicht ganz zu überzeugen. »Wir kommen in Teufels Küche, da können Sie auch nichts machen«, sagte Olufs.

»Euch passiert nichts. Ich gebe euch mein Ehrenwort, Kameraden«, sagte Friedrichsen mit unangestrengter Selbstsicherheit. Dann wandte er sich an Hamburger: »Herr Professor, es tut mir leid, Ihre Bekanntschaft unter diesen Umständen machen zu müssen. Aber unserer gemeinsamen Sache wäre eine Abschiebung mit all dem Spektakel, möglicherweise sogar internationalen Verwicklungen, für die die Dänen ohne Zweifel sorgen werden, nicht dienlich – und Ihnen wollen wir gerne die Demütigung ersparen.«

»Was schlagen Sie vor?« fragte Hamburger möglichst unaufgeregt.

Friedrichsen lächelte und zeigte nach oben. »Herr Professor«, er setzte eine irgendwie spitzbübische Miene auf, »wir fliegen sie einfach auf das Festland hinüber, bei Bredstedt gibt es einen Flugplatz. Das dauert nur ein paar Minuten. Dort können Sie in aller Ruhe den Schicksalstag abwarten. Ihre Sachen schicken wir Ihnen so schnell wie möglich nach.« Er lachte jungenhaft. »Sie werden sich wie Rauch in die Lüfte erheben und so dem dänischen Zugriff entrückt sein.«

Wie von Zauberhand klärte sich in diesem Augenblick der Himmel auf. Es hörte auf zu regnen, und die Sonne brach durch die Wolken.

»Wunderbares Flugwetter«, sagte Friedrichsen, als wäre der plötzliche Wetterwechsel nur auf seine Worte hin erfolgt und bare Selbstverständlichkeit.

Während der beinahe zweistündigen Zugfahrt von Schleswig zurück nach Dagebüll hielt Anselm das Paket auf seinem Schoß, als enthielte es etwas unendlich Zerbrechliches oder als ob jemand es ihm jeden Augenblick entreißen könnte. Dabei saß in dem Abteil außer ihm nur ein älteres Ehepaar, das unablässig metallene Thermoskannen auf- und zuschraubte und hartgekochte Eier und belegte Brote vertilgte. Anselm mußte ständig niesen, weil von Hippels Paket ein durchdringender Staubgeruch ausging. »Gesundheit, junger Mann!« rief die Frau jedesmal. Der Mann aß stumm sein Leberwurstbrot.

Anselm hatte bei der Anreise den Zug nehmen müssen, nachdem ihm eingefallen war, daß der Polo, der, Wind und Wetter ausgesetzt, treu auf dem Dagebüller Parkplatz auf ihn wartete, kaum noch einen Tropfen Benzin im Tank hatte. Mit dem Wagen wäre er nicht einmal zur nächsten Tankstelle gekommen.

In Husum mußte er umsteigen. Auch dieser Zug war ziemlich leer. Er saß einem jungen Bundeswehrsoldaten gegenüber, der bleich und glasigen Blicks in die vorüberziehende Marschlandschaft starrte. Vermutlich war er schwer verkatert. In Niebüll mußte er ein letztes Mal umsteigen. Ab da ging es noch eine halbe Stunde mit der fast menschenleeren Kleinbahn nach Dagebüll-Mole.

Am Morgen war der Hafen in dichten Nebel gehüllt gewesen, so daß er das *Strandhotel* und das Reedereigebäude nur schemenhaft hatte erkennen können. Jetzt, am späten Nachmittag, hatte sich der zähe Dunst verzogen. Der Himmel strahlte in herbstlicher Klarheit und begann schon, in rötlichen Dämmer überzugehen. Bis zur Abfahrt der Fähre war noch beinahe eine halbe Stunde Zeit. Da kam ihm ein Gedanke: Wie wäre es, noch einmal den *Blauwal* zu besuchen? Der Abend, den er bei seiner Ankunft auf Dagebüll verbracht hatte, kam ihm seltsam unwirklich vor. Er war müde und zugleich aufgewühlt gewesen. In einer ähnlichen Stimmung befand er sich jetzt. Damals – damals? Er war doch erst vor wenigen Tagen angekommen. Es kam ihm wie eine Ewigkeit vor.

Bei seiner Ankunft war er auf das Bild gespannt gewesen, obwohl noch nicht einmal festgestanden hatte, daß Jahn tatsächlich ein Bild von Oluf Braren entdeckt hatte. Jetzt hatte er ein Paket in Händen, das vielleicht einen Hinweis auf die geheimnisvolle erste Entdeckung des Bildes enthielt. Möglicherweise würde er mehr über das Schicksal jenes Friedrich Blumenthal in Erfahrung bringen, der beinahe fünfzig Jahre vor ihm nach Föhr gekommen war, um das Fragment der *Stillen Hochzeit* zu finden. Anselm konnte dieser Blumenthal nicht gleichgültig sein. Ging er nicht in seinen Spuren? In gewisser Weise war er sein Wiedergänger. Ein beunruhigender, ein unheimlicher Gedanke. Er mußte mehr über Blumenthal erfahren.

Anselm blickte zum Reedereigebäude hinüber. Es kam ihm noch heruntergekommener und trostloser vor als am Abend seiner Ankunft. Als er sich dem Beton-Ungetüm näherte, sah er, daß es von einem Bauzaun umgeben war, offenbar sollte es abgerissen werden. Wo sich der Zugang zum *Blauwal* befunden hatte, gähnte ein dunkles Loch. Die Tür war herausgerissen, auch die Leuchtröhreninstallation in Pottwalform war entfernt worden. Nichts erinnerte an das wilde Treiben, das noch vor wenigen Tagen dort geherrscht hatte. Anselm beschlich ein verwirrendes Gefühlsgemisch aus Erleichterung und Traurigkeit.

Es wurde Zeit, auf die Fähre zu gehen.

Anselm begab sich in das untere Deck, das unter der Wasseroberfläche lag. Kein Passagier außer ihm hatte sich hierherverirrt, die genossen lieber die wärmenden Sonnenstrahlen und den Blick auf die Halligen, deren Warften sich wie Perlen an einer Kette am südlichen Horizont hinzogen. Vorsichtig entfernte Anselm das Klebeband von Hippels Paket. Eine Wolke von Staub stieg heraus. Anselm mußte ein paar Augenblicke abwarten, bis sie sich gelegt hatte.

Es war unglaublich, wieviel Papier in so einen Karton hineinpaßte: gebündelte Hefte, dazwischen einzelne handbeschriebene Zettel, Briefe, Exzerpte, einige offenbar aus Kladden, Notizbüchern oder Taschenkalendern herausgerissen, auch längere handschriftliche Aufzeichnungen in gestochenem Sütterlin, anderes in alter Schreibmaschinentype. Eigentümlicherweise kam ihm das Maschinegeschriebene viel unordentlicher vor als die handschriftlichen Blätter. Mehrheitlich ging es, wie eine oberflächliche Durchsicht ergab, in diesen Arbeiten um Trachtenmalerei. Aufdringlich schoben sich die offenbar niemals vollendeten Aufsätze und Dissertationen vor Anselms Augen, als lechzten sie danach, daß sich endlich ein Leser ihrer erbarmte und sie, nachdem sie über ein halbes Jahrhundert oder länger in dieser Mappe gemodert hatten, aus ihrer hoffnungslosen Vergessenheit erlöste.

Auf Oluf Braren oder Friedrich Blumenthal fand sich zu Anselms Enttäuschung kein Hinweis.

Als die Fähre in den Wyker Hafen einlief, konnte er den Volvo des Pastors nirgends sehen. Allerdings hatte Jahn ihm gesagt, daß er sich wahrscheinlich verspäten würde, Hausbesuche ließen sich nicht auf die Minute planen. Es schien regnen zu wollen. Mit dem Paket unter dem Arm ging Anselm zur überdachten Bushaltestelle hinüber, um wenigstens trockenzubleiben. Der Karton hatte sich nicht wieder schließen lassen, das alte Klebeband war völlig ausgetrocknet gewesen. Anselm legte den rechten Arm über die losen Deckel, damit die Papiere nicht aus dem Paket flogen.

Während er die Straße überquerte, hörte er in seinem Rücken ein allzu bekanntes Knattern. Er wendete den Kopf. Tatsächlich, Volli Hasenscharte auf seiner Zündapp!

Jetzt überholte er ihn.

Volli fuhr eine großzügige Wende. Es sah vollkommen lächerlich aus, wie er seinen riesenhaften Körper in die Kurve legte. Dabei fuhr sein Mofa nicht schneller als 25 Kilometer pro Stunde. Er knatterte auf Anselm zu. Volli trug eine verschossene Lederjacke, eine Zigarette hing in seinem Mundwinkel. Er blickte entschlossen nach vorn. Der dachte doch nicht, daß Anselm zur Seite springen würde? Wollte den Rocker spielen, das Landei, mit seiner lächerlichen Gehhilfe von Mofa.

Volli war nur noch wenige Meter von ihm entfernt. Er drosselte das Tempo nicht. Was sollte das, verdammt noch mal! War da vielleicht doch noch eine Rechnung offen? Volli Hasenscharte hatte die Weisheit nicht mit Löffeln gefressen, aber wahrscheinlich hatte er ein Gedächtnis wie ein Elefant. Der vergaß nichts, merkte sich jede Stichelei, jede Kleinigkeit. Der konnte jahrelang warten, wenn es sein mußte, und wenn es soweit war, wurde abgerechnet.

Volli stoppte jäh. Der Reifen seiner Zündapp berührte gerade Anselms Schuh. Maßarbeit, das mußte man zugeben. Nervös betätigte Volli ein paarmal den Gashebel. Der Zweitakter gackerte hysterisch im Leerlauf wie ein aufgescheuchtes Huhn.

»Hallo, Volli!« sagte Anselm freundlich. Plötzlich hatte ihn wieder das Mitleid übermannt. Volli Hasenscharte war doch eine arme Sau und würde es immer bleiben. Der Gedanke deprimierte Anselm. Wenn das nicht deprimierend war, was dann? Es war nur die Frage, inwieweit Volli das selbst empfand. Konnte er das Niederdrückende, die Hoffnungslosigkeit seiner Existenz überhaupt erfassen?

»Du sollst kommen, heute abend«, sagte Volli, indem er die Zigarette auf den Asphalt spuckte. Sie hatte gar nicht gebrannt.

»Ich soll kommen? Wohin? Wer sagt das?«

Volli sah ihn an, als begreife er nicht, was daran unklar sein sollte.

»Wo soll ich hin?« wiederholte Anselm.

»Heute halb neun, in die *Friesenstube*«, erklärte Volli, als spräche er mit einem Kleinkind. »Ole sagt, du bist herzlich eingeladen.«

Anselm war für einen Augenblick sprachlos. Ole Peters! Sie waren zusammen auf der Grundschule gewesen und auch gemeinsam konfirmiert worden. Anselm hatte Ole Peters einmal während einer Schneeballschlacht einen Schneeball mitten ins Gesicht verpaßt. Es war gar keine Absicht gewesen. Das heißt, er hatte ihn schon treffen wollen, aber selbst nicht daran geglaubt, daß der schön gerundete, harte, sozusagen in seiner Schneeballhaftigkeit vollkommene Schneeball, den er weniger zum Werfen als aus gewissermaßen künstlerischen Gründen geschaffen hatte, wirklich und mit voller Wucht auf Peters' Gesicht prallen würde. Augenblicke nach dem Treffer hatte eine beklemmende Stille geherrscht. Alle hatten auf Ole Peters gestarrt, der wiederum ihn, Anselm, verdutzt, nein verunsichert angeglotzt hatte, als überstiege es sein Vorstellungsvermögen, daß jemand ihn ernsthaft anzugreifen wagte. Dann hatte einer zu lachen angefangen. In diesem Moment, allen Beteiligten war das zutiefst bewußt gewesen, hatte sich entschieden, ob Peters weiterhin das große Wort führen oder für immer als Popanz dastehen würde. Auch Peters selbst hatte das instinktiv erfaßt – und gehandelt. Aber das »Einseifen«, das er an Anselm vollzog, geriet, so grauenhaft es war, merkwürdig hastig, ja nachlässig. Und als die stumme Prozedur beendet gewesen war, hatte *nicht* Ole Peters als Sieger dagestanden. Anselm hatte Tränen in den Augen, in seinem Kragen steckte Schnee, seine Hosen waren durchnäßt, seine Haut brannte vor Kälte, aber der Wurf hatte ihm Respekt eingebracht – offenbar auch bei Ole Peters. Seltsam, wie klar er sich plötzlich an jede Einzelheit erinnerte. Anselm spürte sogar den Schnee im Kragen, wie er sich langsam in eisiges Wasser verwandelte und den Rücken heruntersickerte. Was wollte Ole Peters von ihm?

»Aha«, sagte Anselm langsam. »Und warum sagt Ole mir das nicht selber?«

»Er hat beim Pastor angerufen«, antwortete Volli Hasenscharte. »Pastor Jahn hat gesagt, daß du jetzt von Dagebüll ankommst. Ich soll dich abholen.«

»Was?«

»Ja, Pastor Jahn hat keine Zeit. Konfirmandenunterricht.« Volli wies auf den Gepäckträger, der offensichtlich nicht zum Transport von Personen vorgesehen war. Zum ersten Mal glaubte Anselm so etwas wie ein Grinsen in seinen starren Zügen wahrzunehmen.

»Und das Paket? Das ist wertvoll ...«

Volli nahm ihm den Karton mit überlegener Miene aus der Hand. Mit Paketen kannte er sich aus. Er nahm den Karton einfach auf den Schoß, und Anselm mußte auf dem äußerst unbequemen Gepäckträger der Zündapp Platz nehmen.

So fuhren sie, Volli mit dem riesigen Paket vor sich, Anselm die Arme um den Leib seines Vordermannes geschlungen, im Schneckentempo über die Insel. Volli schien die Fahrt zu genießen. Pausenlos summte er irgendwelche Schlagermelodien vor sich hin, und gelegentlich legte er einen kleinen Slalom ein, so daß Anselm ein paarmal beinahe in den Straßengraben gefallen wäre. Dabei lachte Volli Hasenscharte jedesmal irre in die Gegend. Zum Glück ließ sich die Polizei auf Föhr-Land nur im Notfall blicken.

Als sie nach einer halben Stunde am Pastorat angekommen waren, überreichte Volli Anselm das Paket.

»Soll ich dich nachher abholen?«

»Danke, das ist nett ... Ich komme schon so hin.« Die Vorstellung, noch einmal und auch noch bei völliger Dunkelheit mit Volli Hasenscharte über die Marschwege zu fahren, bereitete Anselm eine Gänsehaut.

»Dann bis nachher!« Volli grüßte mit lässig erhobener Hand und knatterte von dannen.

Nahmen Matthiessen ging ohne weiteres in das Haus hinein. Oluf Braren folgte ihm zögernd. Eine Küchenmagd erklärte sich nach einigem, von Gezeter und Geschimpfe begleitetem Hin und Her bereit, den Besuch zu melden. Nahmen hatte darauf bestanden. Er wollte ihn unbedingt seinem Lehrer Tischbein vorstellen. Am Ende hatte Oluf Braren ihm beigepflichtet. Wenn er schon einmal in Eutin war, warum sollte er nicht dem Meister seine Ehrerbietung erweisen? Er wußte, daß Herr Tischbein, obwohl er in höchsten Kreisen verkehrte und sogar mit berühmten Persönlichkeiten befreundet war, auf Standesunterschiede keinen Wert legte.

Tatsächlich mußten sie nicht lange warten. Bereits nach wenigen Augenblicken betrat ein greisenhaft gebeugter Mann mit kahlem Schädel den kleinen Empfangssaal und stellte sich ohne Umstände vor: »Tischbein, es freut mich sehr.« Nahmen berichtete wortreich von seinem früheren Lehrer, dem er seine ersten Fertigkeiten in der Malerei verdankte und auch, daß er sich nun Tischbeins Schüler nennen durfte. Oluf Braren brachte indes kein Wort heraus.

Tischbein hörte sich alles geduldig an und lächelte Oluf Braren aufmunternd zu. Seine Augen waren nicht die eines alten Mannes. Dann entschuldigte er sich, ihn plage das Zipperlein. Er drückte Braren die Hand und wünschte ihm einen schönen Aufenthalt in Eutin. Nahmen solle seinem Freund nur alles zeigen.

»Es kommen fast täglich Besucher«, erklärte Nahmen entschuldigend. »Die meisten kommen nicht der Werke wegen, sondern um ihn selbst einmal zu sehen. Er weist niemanden ab, aber die vielen Besuche setzen ihm zu. Es ermüdet ihn, immer die gleichen Erklärungen zu seinen Bildern zu geben.«

Dann führte er Oluf Braren zu einem Gemälde, das Tischbein eben erst vollendet hatte.

Die farbige Wucht schmetterte Oluf Braren beinahe nieder. Erst nach einer langen Weile gelang es ihm, sich wieder zu fassen und die Einzelheiten zu betrachten.

Tischbeins neuestes Bild zeigte zwei nackte Männer zu Pferde, einen Jüngling und einen erwachsenen Mann, die nebeneinander her ritten. Die beiden kehrten offenbar von der Jagd heim. Der Jüngling hatte mit Bogen und Pfeil einen Adler erlegt, der Ältere mit seiner Lanze einen Löwen getötet, dessen Hinterfüße er mit einem Strick zusammengeschnürt hatte, an dem er das mächtige Tier hinterherschleifte. Den Reitern folgte ein graugestreifter, riesiger Hund, der ziemlich mißmutig dreinschaute.

»Du mußt dich in die Zeit zurückdenken, als die Menschen noch roh und nackend gingen«, fing Nahmen seine Erklärung an. »Diese kommen von der Jagd. Sie haben einen Löwen und einen Adler getötet. Der Mann mit den breiten Schultern – fast ein Herkules – auf dem starken Roß, mit der Lanze in der Hand, hat den Löwen erlegt, und siehe!, wie ihm noch im Tode Zorn und Ärger auf dem Gesicht sitzt, daß ihm ein so nacktes Geschöpf das Leben geraubt. Der Mann hat aber dazu Mut und Stärke und ist darin geübt, mit starken Tieren zu kämpfen. Sein Sohn, der Jüngling, hat noch nicht Kraft und Erfahrung. Er sucht sich bei seinem Vater Belehrung und treibt sein Pferd an, um neben ihm zu reiten, denn er möchte auch mit wilden Tieren kämpfen und sich als beherzter Mann von Mut und Gewandtheit zeigen, denn Vögel schießen genügt ihm nicht mehr.« Nahmen hielt inne. »Hörst du mir zu?«

Oluf Braren hatte nicht zugehört. Er hatte gedacht, sein Blick würde in die Bilder eindringen, sie öffnen, so daß er wie in einem Buch darin lesen könnte. Aber so war es nicht. Das Bild drang in *ihn* ein. Es war, als ob es seine Seele erkannte und sie vor ihm selbst ausbreitete. Er wußte nicht, ob er vor Glück jubeln oder vor Trauer weinen sollte.

»Willst du wissen, wie das Bild heißt?«

»Verzeih«, sagte Oluf Braren stockend, »mir ist ein wenig schwindelig. – Wie heißt dieses Werk?«

»Herr Tischbein hat es *Die Stärke des Mannes* genannt. Du kannst dir denken, warum.« Nahmen schien von Oluf Brarens Erschütterung nichts bemerkt zu haben. Er sprach weiter: »Er will damit zeigen, wie der Mensch durch die Gabe der Vernunft Herrscher über alle Geschöpfe ist. Es ist also eine Versinnbildlichung der Herrschaft des Menschen über die Natur.«

»Das klingt alles sehr gelehrt«, sagte Oluf Braren nach längerem Schweigen. »Dennoch, mir scheint es noch etwas anderes zu bedeuten.«

»Was siehst du noch in dem Bild?« fragte Nahmen überrascht.

»Ich sehe, was Herr Tischbein gemalt hat, und es ist wunderbar«, antwortete Oluf Braren. »Aber ich bewundere noch mehr, wie er es ausgeführt hat.«

»Ja, das ist wahrlich meisterhaft.«

»Und darum«, fuhr Oluf Braren fort, »scheint mir dieses Meisterwerk nicht allein die Herrschaft des Menschen über die Natur zu versinnbildlichen, sondern auch die Beherrschung der Kunst.« Er sah seinen Freund an. »Und ich erkenne darin, daß mein eigenes Schaffen nur ein Haschen nach Wind ist.«

Täglich stand Oluf Braren vor Tischbeins Gemälden. Allmählich gewann sein Blick an Sicherheit.

Tischbein ließ seine Schüler Obst, Blumen, Blätter oder Fischstilleben nach der Natur zeichnen und malen. Braren war erstaunt, wieviel Freiheit er den jungen Malern dabei ließ. »Wie ihr euch die Sache denkt, so macht sie!« Sein praktischer Unterricht beschränkte sich auf gelegentliche Verbesserungen und Ratschläge, die meisten seiner Schüler waren über die Anfangsgründe ohnehin längst hinaus. Tischbein erzählte von Tizian, Correggio, Raffael, Leonardo und Michelangelo. Aber er lehrte seine Schüler auch gehörigen Respekt vor der alten deutschen Kunst.

Auch Oluf Braren hörte und lernte. Er wollte, nein, er mußte noch einmal von vorn anfangen und lernen, lernen, soviel ihm in den wenigen Tagen seines Aufenthalts nur möglich war. Nahmen Matthiessen mußte seinen Freunden Wunderdinge von ihm erzählt haben, denn die Tischbein-Schüler drängten darauf, eine Probe seiner Kunst zu sehen. Widerwillig zeigte er ihnen ein Porträt ihres Lehrers, Tischbeins selbst, das er in diesen Tagen aus dem Gedächtnis gezeichnet hatte.

Schweigend blickte die Runde der jungen Maler auf das Bild. »Das muß Herr Tischbein sehen!« durchbrach eine aufgeregte Stimme die grauenvolle Stille. Getuschel – und Lachen. Aber kein Spottlachen! Es war ein befreiendes Gelächter, das Oluf Braren vernahm.

Er verstand nur langsam. Benommen und keines Wortes fähig nahm er die Gratulationen der Maler entgegen, die sich in Lobpreisungen seiner Kunst ergingen.

Lange betrachtete Tischbein sein eigenes Konterfei. Oluf Braren wäre am liebsten davongelaufen, er war ja kein ordentlicher Schüler der Akademie. Außerdem hatte er Tischbein mit der Wiedergabe seines Gesichts nicht eben geschmeichelt.

Der Meister blinzelte ihn erstaunt an. Dann schaute er noch einmal mit gerunzelter Stirn auf das Porträt. Ohne aufzublicken sagte er: »Mein Lieber, Sie sind originell, ohne es sein zu wollen – und Sie haben Ihren eigenen Kopf.«

Ungläubig schüttelte der alte Maler seinen kahlen Schädel.

Anselm ließ sich von Jahn nach Oldsum fahren. Für den Heimweg wollte er ein Taxi nehmen, notfalls konnte er die wenigen Kilometer nach Utersum zurückwandern.

Die *Friesenstube* war derselbe Gasthof, in dem damals Jenny Brodersens Tanz in den Mai stattgefunden hatte. Das Wirtshaus mit dem angebauten Saal war offenbar erst vor kurzem renoviert worden. Über der Eingangstür war ein weißgestrichenes Holzgerüst angebracht, eine Art überdimensionaler Giebel, der mit allerlei Schnörkeln verziert war. Das Ganze wirkte wie eine Kulisse aus dem *Blauen Bock*. Die süddeutsch anmutende Vorrichtung war so geschmacklos, daß Anselm erst an einen Scherz dachte. Aber Jahn erklärte ihm, daß die kostspielige Anbringung mit Bedacht gewählt war, um Gäste anzulocken, und ihren Zweck offenbar hervorragend erfüllte.

Als Anselm die Gaststube betrat, stellte er fest, daß von der verräucherten Gemütlichkeit der alten Zeiten nichts übriggeblieben war. Das Wirtshaus hatte sich in ein Touristenrestaurant verwandelt. Es war nicht viel Betrieb. Nur zwei Familien mit Kindern und einige ältere Ehepaare saßen an den weißgedeckten Tischen und verzehrten, wie die im Raum stehende Geruchsmischung verriet, gebratenen Fisch oder Grünkohl. Es gab auch einen peinlich aufgeräumten Tresen, an dem ein einziger Mann lehnte. Als Anselm zu ihm hinübersah, hob er zum Gruß sein Bierglas.

Es war Ole Peters.

Sein einstiger Erzfeind hatte sich kaum verändert. Nur sein Blondhaar war recht schütter geworden und weit zurückgewichen. Insgesamt war Peters etwas feister geworden. Er trug eine wahrscheinlich extrem teure Jeans, ein kariertes Hemd und darüber eine edle Wildlederjacke. Peters bleckte sein makellos weißes Raubtiergebiß und drückte ihm die Hand. Nach Baulöwenart. So hatten es schon sein Vater und sein Großvater gemacht. Die Peters-Sippe war schon immer zupackend gewesen, in jeder Hinsicht. Oles Vater war einer der größten Arbeitgeber der Insel.

»Schön, daß du mal reinschaust«, sagte Peters, als hätten sie sich vorgestern zum letztenmal gesehen. Er sprach deutsch. Dachte er, daß Anselm kein Friesisch mehr verstand? Oder war es umgekehrt? Vielleicht hielt Peters die Hochsprache für angemessener. Es war Anselm recht.

»Hat sich einiges geändert hier«, sagte Anselm. Es klang härter als beabsichtigt, schon beinahe vorwurfsvoll.

Ole sah ihn verständnislos an. Für ihn und seinesgleichen waren natürlich die Veränderungen, die Anselm ins Auge stachen, nicht so spürbar, zumal sie ja selbst, der Baumensch Ole Peters vorneweg, an der Verwandlung ihrer Insel tatkräftig mitwirkten. Überhaupt: Den wehmütigen Blick zurück konnte eigentlich nur der Außenstehende haben, der Fremde – wie Anselm.

»Die Zeiten ändern sich«, meinte Peters beiläufig und bot ihm aus einem silbernen Etui eine Zigarette an.

»Ich meine ja nur«, sagte Anselm, während Peters ihm Feuer gab. »Daran merkt man, wie lange man weg gewesen ist.«

»Jetzt bist ja wieder da«, sagte Peters in seltsam lauerndem Ton. Paßte ihm etwas nicht? Aber plötzlich setzte er wieder ein breites Grinsen auf. »Darauf müssen wir einen nehmen«, sagte er aufgeräumt. »Komm mit, zur Feier des Tages lasse ich dich ins Allerheiligste.«

»Ins Allerheiligste?«

»Unser Vereinszimmer. Nichtmitglieder haben eigentlich keinen Zutritt. Aber ich bin Vorsitzender des *Hualewjonken,* und heute ist sowieso keine offizielle Veranstaltung. Sind nur ein paar Leute da.«

Wieder so etwas, das Anselm beinahe vergessen hätte. »Hualewjonken« bedeutete »halbdunkel«. In der Kunstwissenschaft hießen so die unsteten Lichtverhältnisse auf den sogenannten Nachtstücken, künstlich beleuchtete Interieurs, Mondscheinlandschaften, aber auch Höllen- und Spukszenen. Daran dürften die Gründer des *Hualewjonken* kaum gedacht haben. Die Bezeichnung kam wohl daher, daß sich die Mitglieder abends, im Dämmerlicht getroffen hatten. Das *Hualewjonken* war ein Jungmännerverein. Angeblich stammte er aus der glorreichen Zeit der inselfriesischen Seefahrt. Die noch unverheirateten Seeleute trafen sich, wenn sie auf Heimaturlaub waren, abends im Wirtshaus. Daraus hatte sich im Laufe der Zeit ein Verein mit eigenem Komment und allerlei Brauchtum entwickelt.

In einem spärlich beleuchteten Hinterzimmer hatte der Wirt der *Friesenstube* der alten Zeit ein Refugium eingeräumt. Es gab einen langen Tisch mit zwei Bierbänken. An der Wand hingen ein paar Bilder, wahrscheinlich Porträts verdienter Mitglieder. (Wie konnte man sich um so einen Verein verdient machen?) In einer Ecke gewahrte Anselm eine Art Regenschirmständer, in dem die Vereinsfahne steckte, ein verschlissenes Stoffquadrat mit unbeholfenen Stickereien darauf, unter anderem das Friesenwappen, der Adler mit dem Breikessel. An dem Tisch saßen drei Gestalten. Er erkannte Volli Hasenscharte. Der hatte sich gerade eine Zigarette angesteckt und starrte dem ausgestoßenen Qualm hinterher, der zügig Richtung Lampe flutete. Es sah aus, als söge die tief über dem Tisch hängende Lampe den Rauch wie ein Staubsauger an. Die anderen beiden Vereinsmitglieder kamen Anselm bekannt vor, er konnte sich aber nicht an ihre Namen erinnern. Als er sich mit Ole näherte, erhoben sich die drei. Sie gaben ihm die Hand. Volli hielt ihn deutlich länger fest, als es üblich war. Unangenehm. Seine Hand fühlte sich an wie ein toter Fisch.

»Wir sind heute abend nicht voll besetzt«, sagte Ole Peters. Er nickte den beiden gegenübersitzenden Burschen zu. »Hark und Richard kennst du von früher.«

Hark und Richard. Seit ihrer Kindheit waren sie unzertrennlich. Dabei hätten sie unterschiedlicher nicht sein können. Wie hießen sie eigentlich mit Nachnamen? Hark war ein unglaublich hagerer Typ, nicht umsonst hatten sie ihn früher »Lung Hark« genannt. Sein etwas zu langes Haar war ölig nach hinten gekämmt.

Er besaß eine hohe, leicht überschnappende Stimme und litt, soweit man es im düsteren Vereinszimmer erkennen konnte, unter einem nervösen Gesichtszucken. Richards Gestalt war dagegen beinahe würfelförmig. Sein hochroter, schwammiger Kopf saß direkt auf dem massigen Körper. Er schnaufte fortwährend. Der Vereinsabend schien sich trotz der noch recht frühen Stunde bereits in einem fortgeschrittenen Stadium zu befinden, zumindest Hark und Richard wirkten schon ziemlich angeschlagen. Immerhin standen schon zwei geleerte Bowlekannen vor ihnen. Sie tranken natürlich das Föhrer Nationalgetränk, ein Gebräu aus Branntwein, Wasser und Tee, das zu allem Elend auch noch warm serviert wurde.

»Zur Feier des Tages gebe ich eine *Hualewjonken*-Bowle aus«, sagte Ole Peters. Das war, wie Anselm sich schaudernd erinnerte, eine besonders harte und die bei weitem abstoßendste Variante des friesischen Bowle-Rezepts, bei welcher der Branntwein durch billigen Whiskey ersetzt wurde.

Volli, Lung Hark und Richard klopften rhythmisch auf den Tisch und ließen Peters kurz hochleben. Aber ihr Jubel klang reichlich routinemäßig. Peters mußte die Bowle schon vorher in Auftrag gegeben haben, denn wie auf Befehl brachte die mütterlich lächelnde Wirtsfrau persönlich zwei Kannen des scheußlichen Trankes herein.

Sie stießen an. Die vier Junggesellen stürzten das rotbräunliche Getränk in einem Zug herunter. Anselm roch vorsichtig daran, ein fuselartiger Dunst stieg ihm in die Nase.

»In einem Zug!« krächzte Lung Hark.

»Ja, runter damit!« riefen die anderen.

Anselm kippte das unterirdische Gesöff in sich hinein. Klebrige Süße füllte seinen Mund aus und legte sich nach dem Schlucken auf Gaumen und Innenwand der Speiseröhre.

Peters schenkte sofort nach. »Auf einem Bein kann man schlecht stehen.«

Die *Hualewjonken*-Burschen grölten, als hätte Ole Peters den Witz des Jahres gerissen.

Wieder tranken sie. Diesmal schmeckte das Zeug schon gar nicht mehr so scheußlich.

»Männer, ein Lied!« kommandierte Peters. Sie sangen:

*Alhuar ik henkem üüb a eerd*
*alhü uk het det lun:*
*at jaft dach man an ian eilun Feer,*
*det leit mi boowen uun.*
*An kaam'k uk hen uun't lokelkst steed,*
*huar surgen goor ej wiar,*
*toocht ik dach ääder an uk leed*
*am di, min eilun Feer.*

Wo ich auch hinkomme auf der Erde,
wie das Land auch heißt:
Es gibt doch nur eine Insel Föhr,
die geht mir über alles.
Und käme ich auch an den glücklichsten Ort,
wo es gar keine Sorgen gäbe,
dächte ich doch früh und auch spät
an Dich, meine Insel Föhr.

Das Lied war so etwas wie die Föhringer Nationalhymne. Alle röhrten aus tiefer Brust. Volli Hasenscharte bewegte nur die Lippen, dafür hatte er vor Rührung die Augen geschlossen. Eine Melodie war kaum auszumachen, der Gesang erinnerte vage an *Rolling Home*.

Nachdem sie auf die Heimat getrunken hatten, nickte Richard – Anselm fiel ein, daß ihn früher alle passenderweise »Dicker« genannt hatten – ihm anerkennend zu. »Warum bist du damals nicht bei uns Mitglied geworden?«

Daran hatte Anselm nie gedacht. »Hätte ich das denn können?«

»Klar, wer konfirmiert und unter dreißig ist, kann bei uns eintreten. Man muß natürlich friesisch eingestellt sein. Aber du bist ja ein Olufs.«

Die anderen nickten ernst.

»Und man muß Junggeselle sein«, sagte Anselm.

Schlagartig wurde es still. Selbst der unablässig zur Zimmerdecke ziehende Qualm schien erstarrt zu sein.

Nach einer Zeit, die Anselm wie eine Ewigkeit vorkam, räusperte sich Dicker gedehnt und sagte mit erstaunlich nüchterner Stimme: »Du bist wohl auch noch solo?«

»Im Moment, ja.«

Offenbar hatte seine Antwort die Burschen versöhnlich gestimmt. Sie steckten sich wieder Zigaretten an und tranken sich zu. Aber die anfängliche Ausgelassenheit war dahin.

»Du hast den alten Vanini besucht?« fragte auf einmal Peters. Es war natürlich keine Frage, er wußte ja durch seinen Laufburschen Volli Bescheid.

»Ja, gestern. Aber eigentlich war ich bei Elke – warum?«

»Na ja ...« Peters legte eine Kunstpause ein. Was kam jetzt? »Wir wundern uns ein bißchen darüber. Ich meine, der alte Vanini hat uns doch schikaniert bis zum Geht-Nicht-Mehr, früher auf der Schule.« Wieder machte er eine Pause, in der er nachzudenken schien. »Aber für dich galt das ja nicht«, sagte er dann.

»Was meinst du damit?«

»Ich meine, dich hat er nicht auf dem Kieker gehabt, weil –«

»Moment mal«, unterbrach ihn Anselm, »ich hatte den gar nicht als Lehrer.«

»Du bist doch damals schon bei denen ein und aus gegangen«, sagte Peters. »Und eine Krähe hackt der anderen kein Bein aus.«

Der dicke Richard lachte dröhnend, dabei stieß er Quieklaute aus wie ein Schwein.

»Was willst du überhaupt?« Anselm war aufgesprungen.

»Reg dich nicht auf«, sagte Ole Peters beschwichtigend. »Ich mein' ja nur.«

»Vanini, das war so 'n richtiges Schwein«, redete Hark hektisch los. »Ein richtiges Schwein war das. Nicht, Volli?«

Volli Hasenscharte nickte beflissen.

»Aber wir zahlen es ihm heim.«

»Ihr zahlt es ihm heim? Wie das?«

»Ach, gar nichts, nur ein paar harmlose Streiche«, sagte Peters. »Das ist eigentlich keine Rache für das, was er früher mit uns gemacht hat.«

Dicker fing wieder mit seinem nervtötenden Gequieke an. Er konnte sich gar nicht wieder einkriegen.

Was für Helden! Aber was für Streiche hatten die Uwe Vanini gespielt, und wie lange ging das schon? Am Ende war Vanini deswegen so fertig?

»Schluß jetzt!« brüllte Ole Peters. Dicker und Hark verstummten augenblicklich. »Jeder bekommt, was er verdient.«

»Aber …«

Alle blickten Anselm an. Ein bißchen kam er sich vor wie damals mit dem Schneeball.

»Ja?« fragte Ole Peters interessiert.

»Der Vanini, der ist doch total friesisch eingestellt.«

»Und?«

»Ich meine, der müßte doch mit euch auf einer Linie sein.«

»Stimmt eigentlich«, sagte Lung Hark. »Vanini hat sich schon immer für die friesische Sache eingesetzt.«

»Immerhin ist er auch Vorsitzender vom *Föhringer Verein*«, fügte Anselm hinzu.

»Na gut«, lenkte jetzt Ole Peters ein, »aber die Sachen von damals dürfen nicht ungestraft bleiben.«

Die anderen klopften zustimmend auf den Tisch.

»Und wenn einer nicht friesisch eingestellt ist?« fragte Anselm weiter.

»Wie meinst du das?« fragte Dicker.

»Wenn einer zum Beispiel für Dänemark ist.«

»Ach, du meinst den alten Dänenhäuptling!« rief Ole Peters lachend.

»Den Dänenhäuptling?«

»Na, Boy Brodersen. Den Titel hat er von seinem Vater geerbt. Joachim Brodersen hat damals nach dem Ersten Weltkrieg die dänische Partei auf Föhr angeführt. War auch so ein Querkopf. Boy glaubt immer noch, daß wir irgendwann wieder zu Dänemark kommen. Er ist schon immer ein Spinner gewesen, sagt mein Vater.«

»Dem haben wir's auch ganz schön gegeben!« krähte Lung Hark triumphierend.

»Wieso? Ole meinte doch gerade, er ist ein harmloser Spinner.«

»Ist er auch«, sagte Ole Peters. »Aber wir können ihm wirklich nicht alles durchgehen lassen.«

»Neulich hat er den ganzen *Föhringer Verein* eine Bande von alten Nazis genannt, das geht zu weit. Da mußten wir einschreiten.«

Kein Wunder, daß sich der alte Brodersen in seine Vogelkoje zurückgezogen hatte. Die Typen vom *Hualewjonken* machten ihm das Leben schwer.

»Was habt ihr denn gemacht?« fragte Anselm unschuldig.

Ole Peters winkte ab. Aber Dicker konnte nicht an sich halten. Unter lautem Gekicher und Gegluckse erzählte er: »Eine Katze. Absolut geile Aktion. Wir haben ihm eine tote Katze vor die Haustür gelegt. Das heißt, Volli hat das gemacht.« Richard schlug Volli Hasenscharte mit seiner fetten Pranke auf die Schulter. Volli zuckte zusammen und lächelte dann stolz in die Runde.

Wirklich eine feine Gesellschaft! Den alten Boy Brodersen terrorisieren und dann auch noch Volli Hasenscharte vorschicken!

Ole Peters sah ihn an. Obwohl Anselm mit keiner Miene seine Empörung verriet, schien er zu wissen, was er dachte. Offensichtlich war ihm die Geschichte peinlich. »Reden wir nicht mehr davon!« sagte er kategorisch.

Peters bestellte unentwegt frische Bowle ins Vereinszimmer. Inzwischen war der widerwärtige Geschmack des Getränks Anselm völlig egal. Sie tranken und sangen. Die Stimmung hob sich wieder. Ole Peters kramte sogar die alte Geschichte mit dem Schneeball hervor und übte sich in Selbstironie. Er hatte den Vorfall tatsächlich nicht vergessen. Volli Hasenscharte, Lung Hark und Dicker lachten bei jeder Pointe pflichtschuldigst.

Während Anselm mit Ole Peters die Veränderungen auf der Insel diskutierte – Peters erzählte, daß gerade mehrere Neubaugebiete ausgewiesen worden waren und er alle Hände voll damit zu tun hatte, den jungen Föhrern schicke Einfamilienhäuser aufzustellen –, saß Volli schweigend, rauchend und gelegentlich vor sich hin grinsend dabei. Hark und Richard tuschelten ständig miteinander, als könnten sie sich über irgend etwas nicht einig werden.

»Scheiße ist das!« kreischte Lung Hark auf einmal. »Das ist doch scheiße!« Er war aufgesprungen. In seinem Gesicht schien es an mehreren Stellen gleichzeitig zu zucken.

»Na komm«, sagte Dicker besänftigend und zog ihn wieder auf die Bank herunter.

»Ich meine«, stotterte Lung Hark, »wo soll ich denn noch eine Frau herkriegen, wo?«

»Ist ja gut«, grunzte Dicker.

»Gut? Verdammt, für mich ist der Zug abgefahren!«

»Hark, für dich fährt doch bestimmt noch ein Sonderzug«, sagte Ole Peters kalt.

Alle lachten. Was hatte das zu bedeuten? Es mußte eine Anspielung sein, die er nicht verstand.

Dicker lachte ausnahmsweise nicht mit. Er sah aus, als hätte er gerade in eine faulige Zitrone gebissen.

»Die letzten Vollidioten haben eine abgekriegt«, krakeelte Lung Hark weiter.

»Zum Beispiel Hanno Hinrichsen«, zischte Dicker. »Daß Elke den genommen hat. Ich meine, die hätte jeden haben können, jeden. Unser Schneewittchen. Und nimmt den Versager.«

»Stimmt, den Versager«, pflichtete Hark ihm bei.

Was sollte das jetzt? Galt das ihm, Anselm? Da sah er, wie Dicker Ole Peters einen giftigen Blick zuwarf.

»Vielleicht ist Schneewittchen ja bald wieder frei«, legte Dicker nach. »Ist bloß die Frage, ob sie noch einer haben will.«

»Ich würde sie nehmen«, sagte Lung Hark schnell, als könnte er die Gelegenheit verpassen.

Dicker lachte kurz auf und legte seinem Freund die Hand auf die Schulter. »Ich muß mal pissen.« Ächzend wuchtete er seinen mächtigen Körper von der Bierbank. »Soll ich noch was bestellen?« fragte er an Peters gewandt. Seine Stimme klang ausgesucht freundlich.

Ole Peters wedelte gönnerhaft mit der Hand.

»Mußt du auch?« sagte Dicker zu Hark. Es war eigentlich keine Frage, er hatte ihn schon am Arm gepackt. Eingehakt wankte das ungleiche Paar Richtung Toilette.

Ole Peters sandte Volli einen kurzen Blick zu. Der begriff sofort, stieß eine Art Winseln aus und machte sich ebenfalls aus dem Zimmer.

Was kam jetzt?

Peters wirkte vollkommen nüchtern, aber abgekämpft und müde. Bevor Anselm etwas sagen konnte, fing er zu sprechen an: »Du warst auch scharf auf Elke.« Es klang keineswegs drohend, eher resigniert.

Anselm zuckte gleichgültig mit den Schultern.

»Reden wir nicht drum herum«, sprach Ole weiter. »Alle waren hinter Elke her. Dicker hat recht, sie hätte jeden haben können …«

»Dich zum Beispiel?« Das war ihm so herausgerutscht.

Ole Peters blieb vollkommen ruhig. »Zum Beispiel«, sagte er nur.

»Aber wie – ich meine, der alte Vanini hat wie ein Schießhund auf sie aufgepaßt.«

»Ach, Hanno. Der war doch bloß ein Lückenbüßer.«

»Ich verstehe nicht.«

»Den hat Elke nur geheiratet, um dem Alten eins auszuwischen. Zum ersten Mal in seinem Leben hat Hanno Hinrichsen seine Dummheit was genützt. Es ist fast zum Lachen.«

»Bloß um dem alten Vanini eins auszuwischen, läßt sich Elke von so einem Volltrottel schwängern und zieht in die Marsch? Das glaubst du doch selbst nicht!«

»Kaum zu glauben, aber wahr«, sagte Peters und schluckte ein Glas Bowle. Er sah Anselm in die Augen. Sein Blick war jetzt hart und entschlossen. »Aber ich sage dir: Elke kommt wieder zur Vernunft.« Er schwieg einen Augenblick. »Und ich sag' dir noch was: Dann kommt mir niemand in die Quere. Verstehst du, niemand!«

Ole Peters sah ihn also als Bedrohung an, zumindest potentiell. Sollte er sich jetzt geschmeichelt fühlen?

In diesem Augenblick kehrten Dicker und Lung Hark von ihrer Exkursion zur Toilette zurück. Sie waren gehobener Stimmung, zumindest Dicker schien wieder obenauf. Er witzelte herum und knuffte Hark immer wieder verschwörerisch in die Seite. »Bowle kommt sofort«, verkündete er.

Plötzlich schien alles wieder im Lot zu sein. Es wurden weitere Lieder gesungen. Sie redeten über alles mögliche, wer wen geheiratet, wer welche Gaunerei begangen hatte. Von irgendwoher war auch Volli Hasenscharte wieder aufgetaucht. Anselm konnte es sich selbst nicht recht erklären, aber er begann, sich langsam in dieser Gesellschaft wohlzufühlen. Allmählich versank alles im Bowle-Rausch. Irgendwann versuchte Anselm sogar, Ole, Hark und Richard klarzumachen, was er eigentlich auf Föhr wollte. Aber von einem Maler Oluf Braren hatten sie noch niemals gehört. Immerhin tranken sie eine Bowle auf sein Wohl.

Das war das letzte, woran Anselm sich erinnerte.

Als der Nieselregen einsetzte, schien es endgültig vorbei zu sein. Das Feuer erlosch, es glomm nur noch stellenweise weiter. Der Marschboden verwandelte sich jetzt vollends in Schlamm. Die Männer standen in kleinen Gruppen beieinander. Sie starrten in die Reste des Feuers. Es herrschte Aufbruchsstimmung, aber niemand wollte der erste sein, der nach Hause ging. Jetzt wurde die Stoffpuppe herbeigeschafft. Sonst hing sie um diese Zeit schon am Pfahl inmitten des Scheiterhaufens. Obwohl jeder ihr Fehlen bemerkt hatte, hatte niemand danach gefragt. Auch die seltsame Verspätung wurde nicht kommentiert. Man war froh, daß überhaupt etwas geschah. Zwei Männer schleppten die Puppe durch das Gestrüpp. Sie befestigten den Peter mit Schnüren und richteten ihn auf. Er stand viel höher als sonst. Und noch etwas war anders: Die Puppe trug ein Schild um den Hals, aber im Dunkeln war vom Rande des Biikehaufens aus nicht zu erkennen, was darauf geschrieben stand.

Von der Straße her ertönten Rufe. Ein Fuhrwerk polterte heran. Die beiden Männer, die den Peter aufgerichtet hatten, liefen ins Dunkel, Richtung Straße. Wenige Augenblicke später kamen sie mit je einem Kanister zurück. Sie entleerten den Inhalt auf die Strohballen, die auf dem Biikehaufen verteilt waren. Dann loderte das Feuer auf. Die Hitze schlug den Männern ins Gesicht. Allmählich löste sich ihre Beklommenheit. Die Stimmen wurden lauter. Ab und an erklang sogar ein Lachen. Aber dazwischen erzürnte Rufe. Einer zeigte mit ausgestrecktem Arm auf den Peter. Im Feuerschein war jetzt zu erkennen, was auf dem Pappschild in großen Buchstaben geschrieben stand:

So gaa til Danmark! – »Geh doch nach Dänemark!«

Jeder wußte, wer damit gemeint war.

Joachim Brodersen war dem Biikebrennen ferngeblieben. Besser so, aber niemand legte ihm das als Feigheit aus. Am Morgen dieses 21. Februars hatte er vor seinem Haus den Danebrog gehißt – neben der Friesenflagge. So etwas traute sich sonst niemand.

Hinrich Vanini drückte seinen Hut tiefer in die Stirn. Vielleicht waren sie mit der Strohpuppe zu weit gegangen. Brodersen war beliebt, auch bei den Deutschgesinnten. Dagegen war schwer anzukommen. So einer wie der verrückte Utersumer Pastor Detleffsen war leicht zur Räson zu bringen. Ein Stänkerer vor dem Herrn. Der saß zwar immer noch im Amt und schimpfte jeden Sonntag wie ein Rohrspatz, aber niemand hörte ihm mehr zu. So einer brach sich von alleine das Genick. Aber Brodersen? Der hatte Freunde und war auf Westerlandföhr mit fast jedem verwandt und verschwägert. Wenn es hart auf hart ging, war den Föhrern die Politik herzlich egal. Also mußte man härtere Bandagen anlegen. Daran würden sie sich ohnehin gewöhnen müssen. Die meisten von denen wußten noch immer nicht, was die Stunde geschlagen hatte. Aber in absehbarer Zeit, bald, sehr bald würde es mit den Mätzchen und Empfindlichkeiten vorbei sein.

Buhrufe. Jemand schimpfte laut. Vanini hatte damit gerechnet, daß die Aktion nicht bei allen auf Gegenliebe stoßen würde, aber eine so heftige Reaktion hatte er doch nicht erwartet. Die Unmutsäußerungen wurden immer lauter. Hinrich Vanini mußte handeln.

Er warf seine Zigarette ins Feuer, nahm den Hut ab und schwenkte ihn zum Zeichen, daß er sprechen wollte. »Leute! Leute!« rief er beschwörend und führte mit den Händen Bewegungen aus, als wollte er die Wogen glätten.

»Ruhe, Herr Vanini will was sagen!« brüllte jemand.

Ein Teil der Menge gruppierte sich um ihn herum. Er konnte im Feuerschein nur die Nächststehenden erkennen. Im flackernden Licht erschienen ihm die Gesichter wie höhnisch grinsende Fratzen. Er hatte die Stimmung falsch eingeschätzt, sie war viel gereizter, als er gedacht hatte.

Vanini blickte noch einmal in die Fratzen. Er mußte endlich anfangen. Eigentlich hatte er beginnen wollen mit: »Die aus tausend

Wunden blutende Germania …« Aber das war jetzt nicht am Platze. Er beschloß, einfach darauflos zusprechen. Auf diese Weise hatte er seine zündendsten Reden zustande gebracht. Aber er war erkältet und nicht gut bei Stimme. Gleichviel, nun galt es! Nun mußte er zeigen, was in ihm steckte.

»Kameraden! Landsleute!« rief er mit ein wenig brüchiger, aber lauter Stimme. Er wartete einen Augenblick, um die Anrede wirken zu lassen.

»Kameraden, Landsleute!« äffte ihn einer nach.

Dann ein anderer: »Ob du ein Kamerad bist, Vanini, weiß ich nicht, aber ein Landsmann bist du ganz sicher nicht!«

Vanini wollte gerade zum Gegenschlag ansetzen, da kam ihm aus der Menge eine ruhige und sehr kräftige Stimme zu Hilfe:

»Herr Vanini ist jedenfalls kein Drückeberger wie du! – Kamerad«, fügte der Redner verächtlich hinzu.

»Wohl stammen meine Vorfahren von anderswo«, sprach Vanini jetzt. »Doch ich bin hier geboren. Daher nenne ich euch meine Landsleute. Und Kameraden habe ich euch geheißen, weil ich, wie ihr – wenigstens wie die allermeisten von euch –, mein Blut gegeben habe für das Vaterland. Wer das von sich sagen kann, hat der sich nicht das Recht erworben, dies Land seine Heimat zu nennen? Und diese Heimat ist Deutschland! – Es gibt«, fuhr er sogleich fort, »Menschen, deren Blut zwar mit diesem Boden eins ist, deren Herzen aber von Verrat erfüllt sind. Solchen ist das Erbe der Väter nicht heilig. Sie wollen zu den Fleischtöpfen der Knechtschaft zurück.« Er machte eine Pause. Diesmal unterbrach ihn niemand. »Dann sollen sie doch gehen, nach Dänemark! Wir halten sie nicht!« Jetzt hatte er einen Frosch im Hals.

»Ja, reden kannst du, Vanini«, spottete immer noch einer. »Aber in Dänemark können wir die Mäuler unserer Kinder stopfen! Was haben wir von Deutschland zu erwarten?«

»Was ihr zu erwarten habt? Ich sage euch«, sprach Vanini mit vor Erregung bebender Stimme, »ihr bewahrt euch das Wertvollste: die Ehre!« Dann schrie er mit letzter Kraft: »Lieber deutsche Not als dänisches Brot!«

Hinrich Vanini hatte sich völlig verausgabt. Benommen schloß er die Augen. Er hatte Fieber. Aber man schüttelte ihm die Hand und schlug ihm auf die Schulter. Er hatte gewonnen.

Aus der Ferne erklang Glockengeläut, nicht das ruhige dunkle Getön der Kirchenglocke, sondern ein schrilles, durchdringendes Klingeln. Es war die Glocke der Dorfschule. »Feuer!« Ein Mann kam über den Acker gestapft. »Feuer!« schrie er. »Brodersens Hof brennt!«

Brodersens Hof lag am Dorfrand, aber die Nachbarhäuser standen so nahe, daß das Feuer leicht auf die Reetdächer übergreifen konnte. Das ganze Dorf war bedroht. Die Männer teilten sich ein: die einen zum Spritzenhaus, die anderen sofort zu Brodersen.

Hinrich Vanini blieb allein zurück. Er starrte ins Feuer. Einem das Dach über dem Kopf anzuzünden war ein starkes Stück. Aber Brodersen brauchte einen Denkzettel, den er nicht so schnell vergessen würde. Groß würde der Schaden nicht sein, ein Teil des Daches konnte ruhig verbrennen, es mußte ohnehin neu gedeckt werden. Sicherheitshalber hatte Vanini die Feuerspritze noch einmal überprüfen lassen. Der Brand würde sich erst gar nicht ausbreiten können. Was hätten sie denn tun sollen? Anders war diesen Sturköpfen ja nicht beizukommen. Diese verfluchte Sturheit, diese germanisch-christliche Dummheit, gegen die nichts auszurichten war, außer mit Gewalt. So ein redlicher, gerader Mann wie Joachim Brodersen – einmal hatte er sich als junger Mensch für eine Sache entschieden, und dabei mußte es bleiben, und koste es das Leben. Unbelehrbar. Aber jeder Mensch hatte das Recht, nein, die Pflicht, seine Überzeugung zu korrigieren, wenn er eines Besseren belehrt wurde. Auf einmal amüsierte ihn ein Gedanke: Offenbar war von Zeit zu Zeit der Einschlag fremden, unverbrauchten Blutes nötig, um einer alten, müde gewordenen Rasse neue Lebenskraft zu verleihen. Vielleicht ließ sich nur durch eine Blutvermischung der alte Tatendrang der Friesen wiederbeleben? Die Lösung der ganzen Misere lag nicht in der Bewahrung, sondern in der Erneuerung! Das hatten bis jetzt nur wenige begriffen. Alles andere waren Kindereien. Tote Stimmen auf Wachswalzen! Dieser jüdische Professor, der durch die Frieslande vagabundierte, einzelne Wörter wie seltene Schmetterlinge fing und sie in einen Schaukasten stellte. O ja, er hatte es verstanden, sich einzuschmeicheln und sich beliebt zu machen, geduldig, über Jahre und Jahrzehnte. Sprach besser friesisch als die Friesen selbst. Erstaunlich – und typisch für die Rasse! Der Parasit, der sich seinem Wirt unentbehrlich macht. Die Raffinesse nötigte einem doch Bewunderung ab. Der Jude gab vor, bewahren zu wollen, und war doch der Totengräber des Friesentums. Was für ein Betrug! Denn in Wahrheit hing das Überleben einer Kultur, einer Rasse nicht an der Sprache. Die Friesen mußten wieder lernen, auf die Stimme ihres Blutes zu hören. Einige hatten den Ruf schon vernommen. Es würden immer mehr werden. Und er, Hinrich Vanini, den sie den Fremdländer nannten, sollte derjenige sein, der die Friesen wieder zu sich selbst brachte. Es war doch eine Ironie der Vorsehung.

Er blickte zum Dorf hinüber. Helle Rauchwolken hingen am Nachthimmel. Die Luft war erfüllt von Brandgeruch. Der Biikehaufen war inzwischen niedergebrannt. Vanini betrachtete die schwelende Reste, die der Regen nun vollends in einen widerwärtigen Morast verwandelte. Bilder stürzten auf ihn ein, wie er sie sonst nur aus seinen schlimmen Träumen kannte. Entsetzen packte ihn. Flandern. Granattrichter. Schlamm. Verwesung. Tod. Schon glaubte er, hier und da ein abgerissenes menschliches Bein herausragen zu sehen, einen Arm, auf dem Rücken liegende Pferdekadaver mit herausgerissenen Eingeweiden. Er zitterte am ganzen Leib. Nervensache, alles reine Nervensache. Nur noch ein paar Tage, dann war der Kampf ausgestanden. Der Sieg war ihnen gewiß.

Hinrich Vanini klappte den Mantelkragen hoch und zündete sich eine Zigarette an.

## *III. Kapitel:*

# NEMESIS

Man erinnert sich nicht sowohl der Vergangenheit, sondern sie erinnert sich an uns und durchzieht uns mit nagender Sehnsucht; der Strahl des Lebens bricht in seltsam scharfe Farben.

Jean Paul: *Flegeljahre*

Nicht die Dinge selbst beunruhigen die Menschen, sondern die Ansichten über die Dinge.

Epiktet

Unter lautstarkem Klagen, für solch vornehmen Besuch keine angemessene Speise im Hause zu haben, machte sich Meetje an ihrem Herd zu schaffen, während Oluf Braren alle verfügbaren Stühle aus dem Haus zusammentrug und auf ihre Standfestigkeit hin überprüfte. In was für einer armseligen Kate lebten die beiden! Als Hansen und sein Begleiter davor gestanden hatten, waren sie sich zunächst nicht sicher gewesen, ob sie tatsächlich das Haus des Toftumer Lehrers gefunden hatten. Die Mauern standen derart schief, daß es den Anschein hatte, als müßte die Schulmeisterwohnung jeden Augenblick in sich zusammenfallen, das Reet hing zerzaust und verfault vom Dach, einigen Fenstern fehlten die Scheiben, sie waren notdürftig mit Brettern zugenagelt. Alles atmete Mangel und Armut.

Endlich hatte Braren zwei Stühle gefunden, die ihm für seine Gäste geeignet erschienen. Für sich selbst stellte er einen dreifüßigen Melkschemel an den Tisch. Mit fahrigen Gesten forderte er Hansen und seinen Reisegefährten auf, sich hinzusetzen. Oluf Braren hatte sein fünfzigstes Jahr noch nicht erreicht, doch seine körperliche Hinfälligkeit ließ ihn weit älter erscheinen. Auf dem niedrigen Hocker sitzend, wirkte er schmächtig wie ein Kind. Er verschwand beinahe in seinem blauen Rock, den Hansen schon vor Jahren, zur Zeit ihres Kennenlernens, an ihm gesehen hatte und der offenbar nur noch von Flicken zusammengehalten wurde. Von Zeit zu Zeit durchschüttelte ein krampfartiger Husten Oluf Braren.

In der freudigen Überstürzung ihres Empfangs war Hansen nicht dazu gekommen, seinen Begleiter vorzustellen. »Lieber Braren«, sagte er eine Spur zu förmlich, »ich habe die Freude, Sie mit Herrn Fabricius bekanntzumachen. Er hat soeben das Lehrerseminar in Tondern absolviert und tritt demnächst als mein Kollege auf Sylt seinen Dienst an. Herr Fabricius wünscht, sich über die hiesigen Verhältnisse ein wenig zu informieren, und so durchreisen wir auf einige Tage die Uthlande. Sie können uns gewissermaßen als Touristen ansehen.«

Oluf Braren war aufgesprungen. Er schüttelte Fabricius, der sich ebenfalls von seinem Platz erhoben hatte, die Hand. »Seien Sie herzlich willkommen in meinem bescheidenen Heim. Ich darf Ihnen gratulieren, Sie hätten wahrhaftig keinen kundigeren Führer finden können als unseren guten Hansen. Der Mann ist ein wandelndes Konversationslexikon.«

»Ich hatte ausgiebige Gelegenheit, mich davon zu überzeugen«, antwortete der Seminarist lachend.

Fabricius war ein wohlgenährter junger Mann, schon ziemlich an der Grenze zur Dicklichkeit, die Halsbinde drückte seine etwas schlaffe Haut zum Ansatz eines Doppelkinns hinauf. Er trug einen Backenbart nach der neuesten Mode. Auf seiner Nasenspitze saß eine kleine Goldbrille, durch die zwei kurzsichtige, aber wache Augen blinzelten.

»Es ist mir eine Ehre, endlich Ihre Bekanntschaft machen zu dürfen, Herr Braren«, sagte Fabricius. »Herr Hansen hat mir bereits von Ihren vielfältigen wissenschaftlichen und künstlerischen Unternehmungen gesprochen.« Er sprach sehr deutlich, mit beinahe völlig reiner Aussprache, jedoch etwas zu schnell.

Braren verzog kaum sichtbar den Mund. Hansen bemerkte es mit nervöser Bangigkeit. Er hatte Fabricius nicht genug von dem Föhrer Schulmeister berichten können, wie üblich war seine Erzähllaune mit ihm durchgegangen. Am Ende hatte Oluf Braren geradezu als ein Universalgenie dagestanden. Das hatte bei Fabricius natürlich eine Erwartung erzeugt, die nur enttäuscht werden konnte. Nun, das wäre zu verschmerzen. Aber Braren. Der Toftumer Lehrer war der bescheidenste und höflichste Mensch, der sich denken ließ, aber jegliche Art von Übertreibung war ihm verhaßt.

Sobald er auch nur den leisesten Anflug davon bemerkte, zog er sich in das Schneckenhaus seines Ichs zurück und konnte sich aus heiterem Himmel außerordentlich schroff und abweisend verhalten. Hansen hatte es schon am eigenen Leib erfahren. Ängstlich beobachtete er Oluf Brarens Mienenspiel. Aber zu seiner Beruhigung vermochte er darin keine weiteren Anzeichen einer Verstimmung zu erkennen.

Braren lächelte fein. »So muß ich also annehmen, daß ich selbst eine Art Sehenswürdigkeit auf ihrer Reise darstelle?« Dabei sandte er Hansen einen Blick zu, der keinen Zweifel daran ließ, daß er verstand, was vorging. Hansen hatte Oluf Braren ja in der Tat als eine Art Sehenswürdigkeit geschildert. Er spürte ein unangenehmes Ziehen in der Magengegend.

Fabricius lachte ungezwungen. »In der Tat, Herr Braren, wenn Sie es so sehen wollen!«

Keine sonderlich geschickte Antwort, aber das gutherzige Gelächter mußte auf Oluf Braren entwaffnend wirken. Hansen atmete erleichtert auf. Fabricius hatte ihn aus der Verlegenheit gerettet.

Tatsächlich hellte sich Brarens Gesicht auf, er lachte nun ebenfalls. Er war milder geworden, auch seine Stimme klang leiser als früher. Hansen stellte fest, daß sein erster Eindruck falsch gewesen war. Oluf Braren war nicht übermäßig gealtert, vielmehr erschien sein Wesen auf eine sonderbare Art verjüngt, er hatte geradezu etwas Kindliches an sich.

»Bis meine Frau mit dem Essen fertig ist, haben wir noch ein wenig Zeit«, sagte Braren. »Vielleicht wollen Sie bis dahin einen Blick auf meine kleine Naturaliensammlung werfen?«

»Nichts täten wir lieber!« rief Hansen überschwenglich. »Ich muß Ihnen nämlich gestehen, daß ich nicht ohne Hintergedanken auf einen Besuch bei Ihnen gedrängt habe. Seit langem plane ich selbst, eine derartige Sammlung anzulegen.«

»Wenn es mir möglich sein sollte, Sie bei Ihrem Vorhaben zu unterstützen, will ich das mit meinen bescheidenen Mitteln gerne tun«, sagte Braren erfreut und lud seine Gäste ein, ihm in den Pesel zu folgen, der, wie Hansen Fabricius erklärte, eigentlichen Wohnstube des Hauses, die jedoch nach friesischer Sitte nur zu Festtagen oder besonderen Anlässen in Gebrauch war und sonst als Lagerraum oder Gästezimmer diente.

Der Pesel hatte in der Tat am allerwenigsten das Ansehen eines Festsaales. Er verfügte nur über einen gestampften Lehmboden und sah eher wie ein Studierzimmer oder ein naturkundliches Kabinett aus. Der kleine Raum war erfüllt von einem herben Meeresduft, in den sich der Geruch von Kleister, Lack oder ähnlichem mischte. An den Wänden waren lange Regalreihen angebracht, auf denen eine Unzahl flacher Kästen, Flaschen und verschiedenartiger Gläser stand. Dazwischen entdeckte Hansen zu seiner Überraschung und nicht ohne einen Anflug von Neid ein Dollondsches Mikroskop, von einfacher Bauart und schon ein wenig altertümlich zwar, aber offenbar funktionstüchtig. Die wenigen freien Wandflächen des Pesels waren mit sehr sorgfältig gezeichneten, kolorierten und mit Unterschriften versehenen Bildern behängt, die allerlei einheimische und exotische Tiere zeigten: eine englische Dogge, einen Ameisenfresser, einen Walfisch und dergleichen mehr. Anscheinend benutzte Braren die Abbildungen für seinen Naturkundeunterricht.

Neben der Tür stand ein Schrank, den Oluf Braren ausschließlich seinen Büchern vorbehalten hatte. Hansen ließ seinen Blick über die Buchrücken schweifen. Es waren einige Übersetzungen antiker Werke, aber auch neuere Dichter, außerdem eine Anzahl naturwissenschaftlicher Lehrbücher, aus denen Braren vermutlich seine Tierbilder abgezeichnet hatte, darunter einige Bände von Lorenz Okens *Allgemeiner Naturgeschichte*, einem äußerst kostspieligen Werk, welches man, ebenso wie das Mikroskop, in einer so ärmlichen Schulmeisterwohnung anzutreffen kaum erwarten konnte.

Braren bemerkte Hansens Überraschung. »Sie sehen, man findet am Strande nicht nur Muscheln und Schnecken«, sagte er mit nicht zu überhörender Belustigung. »Ich werde Ihnen noch genauer mitteilen, wie ein armer Schulmeister wie ich an solche Sachen kommt.«

Vor den beiden Fenstern der Tür gegenüber stand ein Arbeitstisch, auf dem einige zu einem großen Rechteck geordnete Blätter lagen. Sie waren größtenteils noch weiß, und nur einige Papiere war bereits mit einer Skizze versehen.

Fabricius betrachtete die Blätter. »Und hier liegt, wie ich vermute, Ihr neuestes künstlerisches Projekt in statu nascendi?« fragte er mit unverhohlener Neugier.

Alle Heiterkeit war mit einem Male aus Oluf Brarens Gesicht gewichen. »Ich bitte Sie, diese Dinge als das zu betrachten, was sie sind«, sagte er kühl. »Die Malerei ist ein Steckenpferd, nicht mehr.«

Fabricius und Hansen schwiegen betroffen.

Es gab ihn doch noch, den alten Braren! Der Himmel mochte wissen, warum er ausgerechnet über seine Malerei nicht sprechen mochte. Hansen war klar, daß es keinen Zweck hatte, auf der Angelegenheit zu beharren. Er zog Fabricius leise am Ärmel. Der verstand überraschenderweise sogleich und nickte Hansen im Einverständnis zu.

»Lieber Braren, wenn Sie nun so freundlich wären, uns Ihre Sammlung zu präsentieren! Ich kann es nicht abwarten«, sagte Hansen mit gekünstelter Begeisterung.

»Ja, selbstverständlich. Verzeihen Sie«, erwiderte Oluf Braren, als erwache er aus einem unguten Traum.

Dann schritt er zu einem Regal hinüber, in dem, sauber zu vier Türmen gestapelt, eine beträchtliche Anzahl flacher Holzschachteln lag, nahm eine der zuoberst liegenden in die Hand und öffnete den Deckel. Offenbar waren diese Behältnisse zur Aufbewahrung naturkundlicher Funde eigens gefertigt worden, ein Raster schmaler Leisten unterteilte ihr Inneres in kleine Fächer, in welche die mannigfachsten Versteinerungen, Schneckenhäuser, Muscheln und andere Fundstücke eingeordnet lagen. Mit einer Behutsamkeit, als handle es sich um einmalige, unendlich kostbare Kunstwerke, nahm Oluf Braren nacheinander einige besonders seltene und bemerkenswerte Stücke aus ihren Fächern heraus, legte sie auf die Handfläche und erklärte, wo er sie gefunden hatte und zu welcher Art und Gattung die jeweiligen Pflanzen oder Tierchen gehörten. Mit beinahe kindlicher Begeisterung sprach er ihre fantastisch klingenden Namen aus und setzte seinen Besuchern Organismus und Lebensweise dieser nunmehr toten und in ihrer Versteinerung verewigten Geschöpfe auseinander, unter denen es einige gab, von denen nicht einmal ausgemacht war, ob man sie dem Tier- oder Pflanzenreiche zurechnen mußte.

Hansen und Fabricius sahen sich in eine höchst eigenartige, fremde Welt versetzt. Das Haff oder Watt war weder festes Land noch offenes Meer, sondern wechselte zwischen diesen beiden gegensätzlichen Beschaffenheiten in einem bestimmten Takt. Die Formen, die das Leben in dieser Umgebung, deren einziger Bestand der gleichmäßige Wechsel war, angenommen hatte, versetzten Fabricius in Erstaunen – und selbst Hansen, der doch in dieser Gegend aufgewachsen war und einen nicht geringen Teil seiner freien Zeit naturkundlichen Wanderungen und Studien widmete. Es war, als habe sich hier die Schöpfung eine Versuchsanstalt eingerichtet, um neuartige Tier- und Pflanzenarten zu erfinden, die vielleicht in einer fernen Zukunft auf Erden existieren sollten, und ihre Tauglichkeit zu erproben, oder, als bewahre sie, im Gegenteil, in dieser urtümlichen Sphäre eine bereits vor undenklichen Zeiten vergangene Flora und Fauna zum ewigen Gedächtnis der Welt auf.

Wie einen kunstreich gewobenen Roman breitete Oluf Braren den Lebensraum des Wattenmeers vor Fabricius und Hansen aus. Immer tiefer ließ er seine beiden Zuhörer in diesen immer fremder und absonderlicher erscheinenden Kosmos blicken. Zwischen dem Lebensbereich der Muscheln, Schwämme, Schnecken, Seesterne und Polypen wimmelte nämlich ein noch fantastischerer

Mikrokosmos, welcher dem Auge nur noch mit Hilfe starker Linsen sichtbar gemacht werden konnte. Bescheiden und zugleich mit der Überzeugung, die ein gewissenhaftes und ausdauerndes Studium verschafft, erklärte Oluf Braren, seine Forschungen mit Hilfe des Mikroskops hätten ihn zu der Gewißheit gebracht, daß diese noch winzigere Welt die mannigfaltigsten Beziehungen zur Sphäre der größeren Lebewesen unterhalte, sich indes die wechselseitige Durchdringung von großer und kleiner Welt in derart zart verästelten Verknüpfungen und komplizierten Bezüglichkeiten darstelle, daß er, Braren, bezweifle, daß sie sich dem Menschen in ihrer ganzen sinnreichen Vielgestaltigkeit überhaupt je erschließen würden.

Sonst pflegte Oluf Braren, wenn er deutsch sprach, seine Worte überaus sorgfältig zu setzen, dabei bisweilen einen Ausdruck lange zu wägen, daß es sich beinahe anhörte, als läse er seine Rede ab. Jetzt plauderte er fast überstürzt in einem raschen Fluß, wie ein Einsiedler, der nach langer Zeit wieder unter Menschen gekommen war.

Nachdem Braren geendet hatte, begann Fabricius zu sprechen: »Ich danke Ihnen, Herr Braren, für Ihre herrliche Schilderung«, sagte er. »Noch vor Augenblicken erschien mir das Haff als eine lebensfeindliche Wüste, ja als ein stinkendes Leichenfeld. Sie haben mir die Augen geöffnet für den Reichtum, den dieser Schlamm birgt.«

»Auch ich möchte Ihnen danken, lieber Freund«, schloß Hansen sich an. »Ich hatte geglaubt, unsere heimatliche Natur ein wenig zu verstehen. Nun muß ich erkennen, wie vermessen diese Meinung war …«

»Doch eines frage ich mich«, warf Fabricius mit einer seltsamen Mischung aus Erregung und Verlegenheit ein. »Ich meine«, Fabricius stockte. Dann besann er sich und sagte: »Mir will ein Gedanke nicht aus dem Kopf heraus.« Wieder hielt er einen Augenblick inne.

»Sagen Sie nur frei heraus, was Sie denken, Herr Fabricius!« ermunterte ihn Braren.

»Ich meine, sollte nicht Grund und Ziel all unseres Forschens der Mensch sein? Ich weiß nicht recht, wie ich meinen Gedanken in Worte fassen soll.«

Oluf Braren sah ihn erwartungsvoll an.

»Ihre mikroskopische Welt«, begann Fabricius jetzt mit einiger Sicherheit zu sprechen, »von der Sie uns einen so meisterlichen Bericht gegeben haben, hat vielleicht lange vor dem ersten Auftreten des Menschen existiert, und sie könnte es zweifellos auch ohne ihn. Sehen Sie, und dieser Gedanke will mir nicht behagen, ja, ich gestehe, er ist mir geradezu unheimlich.« Fabricius runzelte die Stirn und legte den linken Zeigefinger an den Mund. Es sah ein wenig albern aus, aber offenbar trieb ihn ein ernstes Problem um. »Wir haben die Gestirne vermessen, die Tiefen des Meeres ausgelotet, die ganze Oberfläche des Erdballs durchreist und seine Form bestimmt«, sagte er langsam. »Wir haben die Geheimnisse der Natur in ihren Erzeugnissen und in ihren Gesetzen, die ihren Lauf regeln, bestaunt. Aber der Mensch selbst ist uns doch unbekannt geblieben.«

»Ich glaube zu verstehen, worauf Sie hinauswollen«, sagte Oluf Braren nach einigem Nachdenken. Dann trat er wieder an das Regal und holte eine Art Schatulle oder Schrein daraus hervor und öffnete sie. »Dies ist mein kleines heidnisches Museum.«

Ebenso sauber geordnet wie die Naturalien, lagen in der Schatulle vielerlei vorzeitliche Steinwerkzeuge und Schmuckstücke, zierliche Pfeilspitzen, Beilklingen, Faustkeile und Flintmesser. »Die Stücke«, sagte Braren an Hansen gewandt, »stammen übrigens zu einem nicht geringen Teil von Ihrer schönen Insel Sylt, oder besser gesagt aus dem Haff vor der Insel. Sie sehen, ich verachte auch die Reste menschlichen Lebens nicht, die uns allenthalben im Haff begegnen.«

Nachdem sie jedes Stück eingehend betrachtet, sich über seine Beschaffenheit und seinen Zweck auseinandergesetzt hatten, ergriff Hansen das Wort: »Dies alles«, sagte er, auf die Steinwerkzeuge deutend, »scheint mir ein weiterer Beweis dafür zu sein, daß vor Zeiten der Meeresspiegel tiefer und unsere Küste viel weiter westlich gelegen hat, als es heute der Fall ist. Ich habe Ihnen erzählt«, sagte er zu Fabricius, »daß das Dorf Eidum auf Sylt, in welchem unser Gastgeber einst sehr segensreich als Schulmeister gewirkt hat, vor Jahren von seinen Bewohnern verlassen worden ist und an der Stelle, wo es gestanden hat, schon jetzt kaum mehr Spuren einer menschlichen Besiedlung vorhanden sind. In einigen Hundert oder Tausend Jahren wird man dort ebenfalls alltägliche Gebrauchsdinge aus dem Torfe graben und sich fragen, wer dort gelebt hat. Wobei«, setzte Hansen mit trauriger Miene hinzu, »mir fraglich erscheint, ob dann die gierige See überhaupt noch etwas von unserer Insel übrig gelassen haben wird.«

»Gewiß«, erwiderte Fabricius. »Doch will es mir scheinen, als verwandele die Flut nur dem Anscheine nach das Land in eine unfruchtbare Wüste. Ein einziger Spatenstich beweist uns ja, daß dort, wo eben eine Menschensiedlung ausgetilgt worden ist, unverzüglich neues Leben keimt. Aus der Vernichtung geht eine neue Schöpfung hervor.«

»Ein merkwürdiger Gedanke«, sagte Hansen zögernd.

»Liegt nicht sogar«, sprach Fabricius weiter, »in dieser Zerstörung etwas Tröstliches?«

»Etwas Tröstliches?« Hansens Stimme schwankte zwischen Überraschung und Empörung. »Verzeihen Sie, mein Freund, wie können Sie darin etwas Tröstliches erkennen?«

»Nun, das Meer zerstört nicht allein, es bewahrt auch die Zeugen einer längst verflossenen Vergangenheit und erzählt vom Leben früherer Zeiten.« Er blickte Oluf Braren an. »Wie denken Sie darüber, Herr Braren?«

Oluf Braren lächelte. Dann schaute er zu Boden. »Meine Herren, in der Tat ist mir ein ähnlicher Gedanke schon einmal gekommen.«

»Was für ein Gedanke?« fragte Fabricius merkwürdig erregt.

»Es sind unsinnige Kaprizen eines müßigen Dorfschullehrers«, wehrte Braren ab. »Ich bitte Sie, nicht allzuviel darauf zu geben.«

»Erzählen Sie doch!« rief Fabricius.

»Nun gut.« Braren schloß die Augen, als müßte er sich stark konzentrieren. »All die Scherben zerbrochenen Geschirrs, die geringen alltäglichen Gegenstände, die im schwarzen Schlamm versunken liegen und uns vollkommen nutzlos erscheinen, betrachte ich niemals ohne eine sonderbaren Bewegung und Ehrfurcht.«

»Freilich, uns geht es nicht anders«, bemerkte Hansen. »Wenn man das mutmaßliche Alter dieser Artefakte bedenkt«, er wies auf die Schatulle mit den vorzeitlichen Funden, »kann einen schon ein Schauer überkommen.«

»Sprechen Sie doch bitte weiter, Herr Braren«, drängte Fabricius.

»Herr Hansen«, sagte Oluf Braren ernst. »Sie wissen, daß ich kein abergläubischer Mensch bin und mich als Schulmann stets gegen die in unserer Heimat leider noch immer tiefverwurzelte Superstition gewandt habe.«

Hansen nickte erstaunt. Er wußte, daß Oluf Braren in seinem Unterricht viel Zeit darauf verwendete, seinen Schülern den alten Aberglauben, der in der Tat auf den Inseln noch in erschreckendem Ausmaß lebendig war, auszutreiben. Warum fürchtete ausgerechnet er, für abergläubisch gehalten zu werden? Allerdings ergab seine Rede von den im Watt aufbewahrten Dingen wenig Sinn. Oluf Braren war über die Jahre schon ein wenig wunderlich geworden.

»Ich will Ihnen gestehen«, fuhr Braren fort, »daß ich, so sehr ich das Geschwätz über Wiedergänger und dergleichen verachte, nicht leugnen kann, daß etwa ein wahrer Kern darin stecken mag. Sehen Sie, unser Haff ist einst festes Land gewesen mit Äckern und Feldern, Dörfern und Kirchen, vielleicht sogar Städten. Daran kann kein Zweifel bestehen, indem ja während der Ebbe überall die

Spuren dieses alten untergegangenen Landes, Brunnenschächte, Mauerreste, ja Ackerfurchen und Friedhöfe, zutage treten. Wenn ich nun über diese Trümmer und Reste spaziere, kommt es mir bisweilen, sonderlich wenn der Nebel von See heraufzieht und es Zeit wird, den Rückweg anzutreten, vor, als seien all die Orte und Menschen, die dort einst gewesen, noch in irgendeiner unerklärlichen Weise vorhanden, als wäre ihnen ein schattenhaftes, unseren Augen nicht, jedenfalls nicht zu jeder Zeit, sichtbares Dasein gegeben, als lebten sie unter uns, oder vielmehr, neben uns fort.«

Hansen starrte ihn entgeistert an. Es drängte ihn, etwas einzuwerfen, seiner Verwunderung Ausdruck zu geben, zu protestieren, aber die Stimme versagte ihm.

»Diese schattenhafte Welt«, sprach Braren weiter, »überschneidet sich, so kommt es mir zumindest vor, zu gewissen Zeiten und an gewissen Orten mit der unsrigen, so daß wir die längst verstorbenen Menschen sehen können, wie sie merkwürdig eingeschrumpft und ein wenig durchscheinend in kleinen Scharen an uns vorüberziehen. Und dabei will es mir vorkommen, wir selbst, die wir uns noch am sogenannten Leben befinden, in der Wahrnehmung der Toten unwirklich und nur zu bestimmten Zeiten, eben wenn der Nebel heraufzieht und das Licht jene seltsam trübe Klarheit annimmt, ein Phänomen, das man, wie es heißt, vorzüglich hier bei uns antrifft, als flüchtige Schemen erscheinen.«

Oluf Braren sprach vollkommen ruhig, doch seine Augen glänzten fiebrig. Seine Haut erschien noch bleicher als zuvor, als gehörte er selbst schon nicht mehr dieser Welt an. – Es war die Schwindsucht! Die Schwindsucht und die Einsamkeit. War er am Ende vom Wahnsinn ergriffen? Hansen wurde übel wie von der Seekrankheit. Er atmete tief durch, aber die stickige Luft in Brarens Kabinett mit all den Farben und Bindemitteln und vor allem der widerwärtig süßliche Geruch des verwesten Meeresgetiers verstärkten das Unwohlsein nur noch.

Braren und Fabricius sahen ihn besorgt an. »Ist Ihnen nicht wohl, mein Freund?« fragte ihn Oluf Braren. *Er* fragte *ihn*!

»Nein, es ist nichts«, stammelte Hansen.

Oluf Braren nahm seinen Arm. »Lassen Sie uns nach nebenan gehen. Es wird Zeit, daß Sie sich stärken.«

Marret hatte Buttermilchsuppe mit Mehlklößen gekocht, ein kärgliches Mahl. Doch Hansen und Fabricius aßen mit Appetit, sie waren von der Reise erschöpft und hungrig. Hansen fühlte sich besser. Der Schwindel hatte nachgelassen, die Übelkeit war verschwunden, so daß er auf die besorgten Nachfragen des Gastgebers antworten konnte, daß er vollkommen wiederhergestellt sei. Braren bemerkte scherzhaft, er hoffe nicht, daß seine Gespenstergeschichte für den Schwächeanfall verantwortlich sei.

Hansen nickte verlegen. Eine Gespenstergeschichte? Nein, Oluf Braren erzählte keine Gespenstergeschichten. Es war ihm ernst damit gewesen. Er konnte die Toten sehen. Hieß es nicht, daß Menschen, die bald sterben sollten, schon Anteil hatten am Dasein der Gestorbenen, sich das Jenseits ihnen bereits eröffnete und sie die Pforte ein Stück weit zu durchschreiten vermochten? Aberglaube und krankhafter Unsinn. Krankhaft – ja, es war die Krankheit. Die Schwindsucht, sie hatte nicht allein den Körper ergriffen, sondern auch schon seinen Geist.

Braren aß kaum etwas. Zwei oder drei Löffel nahm er anscheinend aus bloßer Höflichkeit zu sich.

Fabricius hingegen ließ es sich schmecken. Er lobte die dünne Suppe über die Maßen, was Marret dazu veranlaßte, ihm immer wieder eine ganze Schöpfkelle davon in seine Schale zu geben, sobald er nur zwei Löffel gegessen hatte. Dabei strahlte sie ihn dankbar an. »Oluf ißt nicht genug«, flüsterte sie ihm verschwörerisch zu, aber so laut, daß jeder am Tisch es hören konnte. »Ich habe schon gedacht, es liegt daran, wie ich koche.«

»Aber verehrte Frau Braren, Ihre Buttermilchsuppe ist wirklich deliziös«, sagte Fabricius.

Marret sah ihn verwirrt an, sie war sich nicht sicher, ob das als Lob oder Tadel gemeint war. »Deli …«

»Köstlich, liebe Frau Braren, köstlich!« erklärte Hansen. »Und ich kann mich dem nur anschließen.«

Marret blickte triumphierend auf ihren Mann. »Köstlich!« rief sie. »Den Herrschaften schmeckt meine Suppe. Sie kann so schlecht nicht sein.«

»Es liegt doch nicht an der Suppe. Ich habe in letzter Zeit einfach keinen Appetit«, sagte Braren.

Marret schüttelte resigniert den Kopf und begann, den Tisch abzuräumen. Hansen dankte ihr noch einmal für Bewirtung und Unterkunft. Sie nahm den Dank mit einem unsicheren Kopfnicken entgegen, als wüßte sie nicht, was es zu danken gab. Dann setzte sie sich auf einen Stuhl neben den Herd und begann mit irgendeiner Handarbeit.

Marret und Oluf Braren. Die beiden wechselten kaum ein Wort miteinander. Man erzählte sich auf Sylt, Marret hätte damals behauptet, ein Kind von Oluf Braren zu erwarten und ihn so zu der Heirat gezwungen. Dieses Kind war noch immer nicht auf der Welt. Nein, diese Ehe war schlicht ein Fehler gewesen, alles andere war üble Nachrede. Wessen Fehler? An ihrer bitteren Armut war allein er schuld, und sie ertrug das alles klaglos. Nicht nur die Armut, ihre Kinderlosigkeit, den Spott hinter vorgehaltener Hand, die Verachtung. Machte Oluf Braren sich überhaupt ein Gewissen daraus? Es war ungerecht, und Hansen konnte es sich selbst nicht erklären, dennoch empfand er für Oluf Braren mehr Mitleid als für Marret. Vielleicht weil sie über die Stärke verfügte, das alles zu ertragen, eine Stärke, die Oluf Braren nicht aufbrachte, nicht mehr. Er war schon beinahe erloschen. Vorhin im Pesel hatte Oluf Braren über seinen Tod gesprochen. Dieser Besuch war ein Abschied, ein letztes Aufflackern vor dem endgültigen Verlöschen.

Braren hatte sich erhoben und war zu einer der Truhen hinübergegangen, die an der gegenüberliegenden Wand standen. Er kramte darin herum und zog schließlich eine Flasche daraus hervor, die er seinen Gästen mit freudigem Stolz präsentierte. »Diese Bouteille«, erklärte er, »habe ich mir für einen besonderen Anlaß aufbewahrt. Es ist reinster Arrak, den mir ein ehemaliger Schüler vor Jahren aus Batavia mitgebracht hat. Ich glaube, es ist jetzt an der Zeit, ihn zu genießen.«

»Wir könnten einen schönen Topf Punsch daraus bereiten«, schlug Fabricius vor, dem sich das Abgründige dieser Zusammenkunft nicht zu erschließen schien, »so wie man ihn in England trinkt. Wenn ich mich nicht täusche, haben wir alle notwendigen Ingredienzien beisammen.« Aus seinem Seehundsfelltornister wühlte Fabricius drei halb mumifizierte Zitronen hervor. »Hansen, Sie haben den Zucker!«

Tatsächlich hatten sie als Gastgeschenk für Marret, die, wie Hansen sich erinnert hatte, eine Schwäche für alles Süße hatte, einen kleinen Sack Zucker mitgebracht.

»Frau Braren, dürfen wir uns bedienen?« rief Fabricius zu Meetje hinüber. »Wir benötigen auch nicht sehr viel davon.«

Meetje nickte gutmütig.

Nach einer kleinen Weile kochte der Arrak mit Zitronensaft und Zucker über dem Herdfeuer. Oluf Braren schöpfte das heiße Getränk in die Tassen. Dann begannen er und Fabricius, sich ihre Pfeifen zu stopfen. Schon stießen sie kleine blaue Rauchwolken in die Luft, in der sich der Knasterqualm mit dem betörenden Duft des Punsches vermengte. Hansen konnte Tabaksrauch nicht ausstehen, ihm wurde schlecht davon. Zunächst fürchtete er einen weiteren Schwächeanfall, aber sein Magen hatte sich beruhigt.

»Auf Ihre Gesundheit, meine Freunde!« rief Braren und nahm einen beachtlichen Schluck.

»Auf die Ihre«, erwiderte Fabricius.

Hansen sagte nichts, er stieß nur an und nippte vorsichtig an dem heißen Getränk.

Brarens Gesicht wirkte nun weniger bleich. Das starke Getränk schien ihn zu kräftigen. Auch der Husten war vergangen, obwohl er zu rauchen angefangen hatte.

Behaglich an seiner Tabakspfeife ziehend, sprach Braren zu Hansen: »Jetzt, lieber Freund, erzählen Sie einmal, worauf wenden Sie gerade Ihren nimmermüden Fleiß?«

»Nun«, begann Hansen durch den Schluck Punsch beflügelt, »ich trage mich mit dem Plan, eine Chronik unserer Heimat zu schreiben. Die Unternehmung ist aber noch nicht sehr weit gediehen.«

»Was hat Sie denn zu dem Plan bewogen?«

Hansen war irritiert. Nicht die Frage an sich verwirrte ihn, er bekam sie oft genug zu hören, aber daß ausgerechnet Braren sie stellte. Hatte er Einwände gegen sein Vorhaben?

»Es gibt, denke ich, eine Anzahl gewichtiger Gründe«, antwortete Hansen. »Zunächst kann kein Mensch wissen, wie lange unser Uthland, das ja ohnehin eine Trümmerwelt ist, noch besteht.« Er schaute zu Fabricius hinüber, ihm hatte er noch nichts von der Chronik erzählt. Aber auf dem Gesicht des Seminaristen zeigte sich keinerlei Überraschung, er sah gedankenverloren dem sich kräuselnden Rauch seines Knasters hinterher. »Zum zweiten«, fuhr Hansen fort, »würde eine solche Chronik auch die geistige und nationale Hebung und Einigung unseres kleinen Volkes befördern. Wir heutigen Friesen sind ja der kleine Rest eines alten, einst zahlreichen Volkes. Wer hätte mehr Grund, seine nationalen Eigenheiten zu bewahren als wir! Wer hätte mehr Grund, zu einer geistigen und nationalen Einigung zu kommen!«

Braren hörte ihm sehr aufmerksam zu. Fabricius nickte nur ab und an, aber lediglich zum Zeichen, daß er ihm überhaupt sein Ohr lieh.

»Schon Saxo Grammaticus«, sprach Hansen weiter, »berichtet von den hier lebenden Friesen und ihren besonderen Rechten und Freiheiten. Wir Friesen sind wie jedes andere Volk in unserer

Heimat und unserer Geschichte verwurzelt. Durch die Geschichte begreifen wir erst die gegenwärtige Ordnung der Dinge und können so unserem heutigen Dasein eine bestimmte, größere Bedeutung und Würde geben.«

Über Oluf Brarens Gesicht glitt jenes sonderbare Lächeln, das Hansen von früher kannte. Er fürchtete dieses Lächeln, es war nicht gehässig, aber es lag auch nicht die gutmütige Heiterkeit darin, die er an Oluf Braren so liebte. Die pure Lust am Widerspruch blitzte darin auf. Das war Brarens andere Seite. Wenn er irgendwo auch nur die leiseste Spur eines Widerspruchs zu erkennen meinte, folgte er ihr unerbittlich, bis er seine Beute im Visier sah und sie erbarmungslos erlegte. Gegen seine Gewohnheit trank Hansen seine Tasse in einem einzigen Zug leer.

Braren sagte noch immer nichts.

»Das ist ein gewaltiges Unterfangen«, begann er plötzlich zu sprechen. »Und meine Bewunderung ist Ihnen sicher.«

Das war ehrlich gemeint, zu ätzendem Spott war Oluf Braren nicht fähig. Aber damit war die Gefahr keineswegs vorüber, denn gleich würde ein »aber« folgen.

»Sie wissen, ich bin kein gelehrter Mann«, fuhr Braren fort und blickte auf seine Tasse, die er zwischen den Händen wie abwägend hin- und herdrehte. »Doch ich habe dies und das gelesen, in der Geschichte des Herrn Gibbon von Roms Aufstieg zur Hauptstadt der Welt bis zu seinem Niedergang und Fall. Ich habe von den alten Griechen und ihren Taten gelesen, aus der Heiligen Schrift weiß ich um die Geschichte des Volkes Israel, und gelegentlich erhalte ich sogar Nachricht auch von den Schicksalen der neueren Völker, der Neufranken, der Engländer.« Braren sprach wieder mit jener Bedächtigkeit, die Hansen an ihm kannte. »Alle diese Völker«, sagte er, sein Sprechtempo leicht beschleunigend, »haben eine Geschichte, die in Büchern aufgeschrieben ist. Aber« Da war es, das verwünschte *aber*! »Aber besitzen wir Friesen denn dergleichen?«

Oluf Braren hatte genau ins Schwarze getroffen. Nachdem Hansen begonnen hatte, die Quellen zur Geschichte der Uthlande zu studieren, jagte eine Enttäuschung die andere. Zwar hatten sich schon vor Jahrhunderten verschiedene Gelehrte bemüht, die Geschichte des nördlichen Frieslands zu erforschen. Hansen hatte alles, was er an historiographischen Schriften nur bekommen konnte, gelesen: Matthias Boetii *De cataclysmo Nordstrandico* von 1623, Peter Saxens *Newe Beschreibung, der sembtlichen, im gantzen Nordfrießlande, am Cimbrischen Meere, gelegenen Landen, von Insulen, vnd Ougen* von 1636, die anonyme *Descriptio Insulæ Farriæ*, Caspar Danckwerths *Newe Landesbeschreibung der zwey Hertzogthümer Schleswich und Holstein* von 1652 und schließlich Anton Heimreichs *Nord-Fresische Chronick* von 1666. Aber auf die Fragen, die ihn wirklich beschäftigten: Wie und zu welcher Zeit waren die Friesen in den Norden gekommen? Wie groß und wie beschaffen war dieses alte Friesland vor den großen Sturmfluten des Mittelalters gewesen? Auf all das wußten die Geschichtsschreiber nur unzulängliche Antworten zu geben, oder sie erzählten schlicht Ammenmärchen. Auch das Werk des königlichen Hofmathematicus Johannes Meyer, die *Landtcarte von dem Alten Nordfrislande Anno 1240*, hatte sich zu Hansens Enttäuschung weitgehend als Produkt der Fantasie und keineswegs als exakte kartographische Arbeit herausgestellt. Oluf Brarens Einwand war mehr als berechtigt.

Aber Hansen war darauf gefaßt. »Freilich«, sagte er nach kurzem Bedenken, »wenn ein Volk auf der Höhe der Kultur und Macht steht, so hat es eine Geschichte und macht eine Geschichte. Wenn aber ein kleines, zersplittertes, einem wahrscheinlichen Untergange entgegengehendes Volk ohne eine selbständige Stellung und Geschichte lebt, so darf es nach meinem Dafürhalten kein Mittel zu seiner geistigen und gemütlichen Erhebung und Vereinigung verschmähen.«

»Welche Mittel meinen Sie denn?« fragte auf einmal Fabricius.

»Ich meine«, antwortete Hansen, »daß in Ermangelung einer ins Altertum hineinreichenden Geschichtsschreibung die *Sage* uns die Geheimnisse, die Heiligtümer unserer Heimat und unserer Vorfahren aufbewahren und aufschließen kann. Die Sage muß das Bewußtsein unserer Abkunft und Nationalität erhalten und stärken helfen.«

»Ich verstehe«, sagte Oluf Braren. »Allein, verzeihen Sie, mein Freund, ich achte gewiß unsere Vorfahren hoch. Gleichwohl kenne ich keine friesische Sage, die etwa den Mythen der Griechen ähnlich wäre.«

»Um so mehr«, erwiderte Hansen eilig, »um so mehr müssen wir die Sage und damit die Geschichte unseres Volkes neu entdecken. Nur auf diese Weise können wir das Friesentum bewahren. Wenn es nur noch nicht zu spät ist!«

Oluf Braren sagte darauf nichts. Aber Fabricius rückte ungeduldig auf seinem Stuhl herum. Er erinnerte Hansen an einen Maikäfer, der sich zum Abflug bereitmachte. »Mein lieber Hansen«, sagte er endlich unter vielem Geräusper. »Ich brauche nicht zu erwähnen, daß auch ich Ihr Unterfangen für höchst verdienstvoll und nötig halte. Die Geschichten unserer Altvorderen zu bewahren, sollte uns heilige Pflicht sein.« Er blickte zu Boden, gerade so wie ein Schüler, der ein Versäumnis oder einen Streich bekannte. »Nur die reine Geschichtsschreibung scheint mir im Falle der Friesen ein nicht sehr einträgliches Geschäft zu sein, wie Sie ja eben selbst eingeräumt haben.« Fabricius sog hastig an seiner Pfeife. »Ich habe unter Ihrer geduldigen Anleitung mich mit den hiesigen Sagen bekannt gemacht. Sie lassen erahnen, daß es bei den alten Friesen eine reiche Mythenwelt gegeben haben muß. Bedauerlicherweise hat sie niemand aufgeschrieben. Dieser Schatz wird auf ewig versunken bleiben. Als Geschichtsschreiber können wir nur Trümmer zusammenscharren.«

»Sehen Sie eine andere Möglichkeit?« fragte Hansen leicht gereizt.

Wieder zog Fabricius an seiner Pfeife, aber sie war ausgegangen, und er legte sie beiseite. »Ihr Plan besteht, wenn ich Sie recht verstehe, darin, das vorhandene Material in eine Form zu bringen, die Mythen neu zu erschaffen.«

»Nun, wenn Sie so wollen.«

»Mein Gedanke dazu ist folgender«, sprach Fabricius, den Kopf leicht zur Seite geneigt. »Müßten nicht an die Stelle der Heroen des früheren Epos unserem gegenwärtigen Weltzeitalter gemäß Menschen aus Fleisch und Blut treten, Menschen, die wir jetzt im Leben erblicken?«

»Sie sprechen vom Roman?« warf Oluf Braren ein.

»Ja, in der Tat!« rief Fabricius. »Sehen Sie, ein Roman sollte nicht bloß Begebenheiten enthalten, sondern auch Charaktere und Poesie. Denn wo Charaktere hervortreten, wo Gedanken in lebendigen Worten dastehen, dahin kehrt man wieder zurück. Ein solches Buch wird gelesen und wieder gelesen, man erfrischt sich daran, wenn Sie mir den sentimentalen Vergleich erlauben, wie an einem Frühlingsspaziergang im Walde.«

»So ging es mir immer mit unserem Jean Paul«, sagte Braren, mehr zu sich selbst sprechend.

»Jean Paul!« sagte Fabricius auflachend. »Er würde einer der interessantesten Schriftsteller sein, wenn er nicht der ermüdendste wäre, den ich kenne. Er kann nur den Weg andeuten, wird aber doch nicht selbst der Kolumbus des Zeitalters, der uns an die Küsten einer neuen Dichtungsart führt.«

»Was haben Sie gegen meinen Jean Paul?« fragte Braren, scheinbar belustigt über die Aufregung, in die Fabricius durch die bloße Nennung dieses Namens geraten war.

»Die Menschen, denen wir in seinen Werken begegnen, sind nicht Fleisch von unserem Fleisch«, antwortete Fabricius ernst. »Das Geistige verbirgt uns gleichsam das Körperliche. Wir fühlen, wenn ich den Ausdruck gebrauchen darf, den Duft der Blume, aber wir sehen die Blume nicht selbst, dieses körperlich Erfaßbare in der guten Bedeutung des Wortes, wie wir es beispielsweise bei Walter Scott finden.«

»Ibi iacet lepus in pipero!« bemerkte Hansen spöttisch.

Fabricius überhörte es. »Herr Braren«, fuhr er fort, »ich habe Ihre Bibliothek bestaunt. Zu meiner Freude habe ich bei Ihnen auch einige Werke des Herrn Scott gesehen und nehme wohl mit Recht an, daß auch Sie diesen wunderbaren Dichter schätzen.«

»Wie sollte ich nicht?«

»Also«, fuhr Fabricius begeistert fort, »sollten die Friesen nicht einen solchen Walter Scott nötig haben? Die Verwandtschaft zwischen Friesen und Schotten scheint mir gegeben. Die alten Sitten und Gebräuche füllen die Kluft aus, die das Meer zwischen Schottland und der zimbrischen Halbinsel gerissen hat.« Er nahm seine Brille ab und schwenkte sie an einem Bügel in der Luft herum. »Haben vielleicht die Berge Schottlands ein glänzenderes Grün als unsere Marschen, sind vielleicht die Schotten ein interessanterer Menschenschlag als der, den unser Friesenland trägt? Wir haben Ursache, daran zu zweifeln! Haben wir nicht auch unseren Roten Robin? Denken Sie an die Sage von Pidder Lyng! Vor Homer gab es auch Helden, heißt es, nur die Welt weiß nichts von ihnen. Nur eben daß unsere Helden Menschen sein sollen, die von ihrer gesellschaftlichen Umgebung und ihrer eigenen Zeit geprägt sind.« Erschöpft ließ sich Fabricius zurücksinken, nahm seine Tasse und trank den verbliebenen Punsch in einem Zug hinunter.

Hansen lachte. »Braren, da haben Sie die neue Generation! – Aber, Herr Seminarist, wer soll denn nun dieser neue Dichter sein?«

Zerschlagen und verwirrt wachte Anselm auf. Es war halb elf. Was war geschehen? Wie war er nach Hause gekommen? Sein Schädel brummte, als müsse er zerbersten. Nach einer ausgiebigen Dusche fühlte Anselm sich wieder einigermaßen lebensfähig. Er torkelte in die Küche. Der Frühstückstisch war noch gedeckt, aber Jahn schien nicht zu Hause zu sein. Neben Jahns mit Krümeln übersätem Teller lag ein Zettel. Mit Kuli stand darauf geschrieben: »Falls du je wieder aufwachst: Bin bei Uwe Vanini.« Anselm schenkte sich Kaffee aus der großen Thermoskanne ein, die noch halb voll war. Nach fester Nahrung war ihm nicht zumute. Mit dem Kaffeebecher in der Hand schwankte er zurück ins Badezimmer, wo, wie er wußte, Jahn seinen Aspirin-Vorrat verwahrte. Auf der Ablage vor dem Spiegel fand er eine bereits aufgerissene Packung. Er schluckte drei Tabletten. Dann ging er ins Wohnzimmer und legte sich auf die Couch, um die Wirkung des Schmerzmittels abzuwarten. Langsam und stückweise kehrte die Erinnerung zurück: die *Friesenstube,* Volli Hasenscharte, Ole Peters. Wieviel hatte er bloß getrunken?

Die Übelkeit wollte nicht vergehen. Anselm mußte heraus, ins Freie, an den Strand.

Ein dunstiger Schleier bedeckte den Himmel. Meer und Landschaft erschienen in einem fremdartig trüben Licht, in dem sich zugleich die Dinge in unwirklicher Klarheit abzeichneten. Es herrschte völlige Windstille. Kein Vogelschrei durchgellte die Luft. Da war nur das ewige Rauschen der See, von der Anselm nicht wußte, ob sie sich gerade zurückzog oder ob sie auflief. Die graubraune Wasserfläche war vollkommen unbewegt, aber es kam ihm vor, als müßte die makellose Glätte jeden Augenblick in wütendes Brodeln umschlagen und die unermeßliche Zerstörungskraft der See entfesselt werden. Das Meer war wie ein mächtiges Tier, das in vorgetäuschter Trägheit auf der Lauer lag, um plötzlich und unerwartet zum Angriff überzugehen. Anselm holte tief Atem, aber es war, als wiche die Luft vor seinem Atemschöpfen zurück. Im Mund blieb ein schaler Salzgeschmack zurück. Anselm spürte ein schmerzhaftes Stechen in der Brust. Auf einmal schwitzte er. Das war nicht vom Alkohol, das kam nicht von der Übermüdung. Die Beklommenheit drang von außen auf ihn ein. Anselm kannte diese unguten, feindlichen Stunden. Zu bestimmten Zeiten verfiel die Natur in ein eigentümliches Brüten, die Stunde des Pan in ihrer herbstlichen, ihrer hyperboreischen Spielart. Die Spannung löste sich niemals in einem Ausbruch des Entsetzens, sondern verharrte in jener seltsam verschleierten, paradoxen Klarheit, in der Strand, Dünen und Meer wie eine gewaltige Kulisse erschienen. Es war eine flüchtige Leerstelle der Zeit, in welcher sich die ohnedies fragwürdigen Grenzen zwischen Vergangenheit, Gegenwart und Zukunft auflösten. In diesen deutlich geträumten Stunden erinnerte man sich besonders lebendig des Vergangenen. Nein, die Vergangenheit selbst erinnerte sich und beschlich die Menschen am hellen Tage wie ein Wiedergänger.

Durch den nassen Sand schritt Anselm auf das Wasser zu. Als er den Meeressaum erreichte, entschied er, in südwestlicher Richtung weiterzugehen. Oluf Braren mußte denselben Weg eingeschlagen haben, wenn er der Enge seiner Hilfslehrerkate entfliehen wollte und zum Utersumer Kliff gewandert war, um dort Muscheln, Schnecken, Mineralien und Versteinerungen zu suchen. Was hatten die Insulaner von dem kleinen Schulmeister gedacht, der, mit einem Hämmerchen bewehrt, am Kliff saß und sein irdisches Vergnügen darin fand, mit unendlicher Vorsicht Versteinerungen aus Flintsteinknollen herauszuschlagen? Oluf Braren hatte ein Gedicht darüber geschrieben. Ein Bruchstück davon war überliefert – wieder nur ein Fragment.

Anselm besann sich auf die Zeilen:

*Wenn die Sonne lieblich blinket,*
*wird mir so eng das Haus,*
*und wenn dann keine Pflicht mir winket,*
*geh ich ins Freie raus.*

*Auf Wiesen streif ich und auf Auen,*
*durch die beblümte Flur*
*Und freue mich allda zu schauen,*
*des Schöpfers Kreatur.*

*Und such, bewehrt mit einem Hammer,*
*den größten Kieselstein,*
*find auch da eine Kammer*
*mit einem Tierchen drein.*

Hier war er entlanggewandert und hatte über das Meer geblickt, auf die offene See, von der, zwischen der Amrumer Nordspitze und dem schmalen südlichen Ausläufer der Insel Sylt, nur ein schmaler Ausschnitt zu sehen war. Diesen Weg war auch Anselm oft zusammen mit Elke entlangspaziert …

Wind kam auf. Die Möwen waren von wer weiß woher zurückgekehrt. Über dem Wasser hatten sich pechschwarze Wolken gebildet. Ein Gewitter zog herauf. Bis St. Silvester war es nicht weit.

Als Anselm über den Friedhof wanderte, las er im Vorbeigehen die Inschriften der Grabsteine, die nahe dem Weg standen. Auf einem sehr schlichten, schon leicht verwitterten Stein fand er die Inschrift:

Hier ruhen die Eheleute
Joachim Brodersen
1883–1921
Ingken Gardina geb. Nickels
1892–1920
Trennung war unter Schmerz,
Wiedersehen die Hoffnung.

Ein seltsamer Zufall. Waren das Brodersens Eltern? Der Name war nicht gerade selten …

Da begann es zu regnen. Anselm beeilte sich, zum Eingang der Kirche zu kommen. Die Tür war zum Glück unverschlossen. Er stemmte sich dagegen, sie öffnete sich mit einem gedehnten Knarren.

Anselm setzte sich in eine der hinteren Bänke und versank in tiefes Nachdenken. St. Silvester war eine Höhle, atmender Stein. Die großen Kathedralen waren der Erde enthoben. Gott ist Licht, und das Universum, aus diesem Strahlenmeer geschaffen, ist ein leuchtender Quell, der in Kaskaden herabstürzt. Aber in den romanischen Kirchen lebte noch die Gewißheit der Welt. Nicht mystische Entgrenzung und gleißende Lichtwelt, sondern erdhafte Geborgenheit. Vielleicht war die aufstrebende Gotik die erste echt christliche Baukunst und zugleich Vorläufer der modernen Fabrik- und Bahnhofshallen mit ihren filigranen Eisenkonstruktionen. Dann waren die romanischen Kirchen die letzten heidnischen Tempel. Das Christentum hatte sich anfangs mit den alten Göttern arrangieren müssen, überall hatte man die Kirchen auf heiligen Grund gestellt. Wahrscheinlich war auch St. Silvester auf einem alten Opferplatz errichtet. Scheußliche Dinge hatten sich hier abgespielt, auch später noch, lange nach der heidnischen Zeit. Zu Anfang des 17. Jahrhunderts hatte man die Hexe Gundel Knutzen in den Turm von St. Silvester gesperrt und dann auf der Heide bei der Kirche verbrannt. Großvater hatte ihm davon erzählt.

Anselm ließ seinen Blick über das Kircheninnere schweifen. Der Raum kam ihm gewaltig vor. Das Kirchenschiff schien um ein Mehrfaches seiner eigentlichen Länge gedehnt, die Gewölbe über der Vierung verloren sich in unendliche Höhen. Merkwürdig: Damals, kurz bevor er die Insel verlassen hatte, war ihm das Innere von St. Silvester auf eine peinliche und geradezu erschütternde Weise klein erschienen.

Seitlich vor der Apsis stand die überlebensgroße Holzstatue des Heiligen Silvester, in vollem Ornat, mit Tiara auf dem Kopf und Bischofsstab in der Hand. Wie hatte der eigentlich die Reformation überstanden? Wie ein Türhüter bewachte er das Allerheiligste und starrte ihn mit strafendem Blick an. Das Halbdunkel, das durch die großen Fenster hereindrang, ließ ihn fast lebendig erscheinen. Womöglich fühlte sich der alte Papst gestört? Anselms Anwesenheit hielt ihn vielleicht davon ab, nach seiner Gewohnheit in der menschenleeren Kirche umherzulaufen, ruhelos und in tiefem Gram darüber, daß diese heilige Stätte seit Jahrhunderten den Ketzern anheimgefallen war.

Zwischen zwei Fenstern hing an der rechten Seite des Kirchenschiffs in blassen Temperafarben Nahmen Matthiessens *Grablegung*. Gegenüber, an der linken Wand, schauten ihn aus dunklen Holzrahmen Christfried Jahns Amtvorgänger an, im Priesterkragen und Sammar. Daneben waren hohe Schiefertafeln mit den Listen der Prediger an St. Silvester angebracht, vom 16. Jahrhundert bis heute. Im 18. Jahrhundert hatte es hier allen Ernstes einen Pastor Kierkegaard gegeben. Einige der alten Prediger ruhten unter den Bodenplatten vor dem Altar, und um die Kirche herum lagen Gebeine aus Jahrhunderten, vielleicht Jahrtausenden. St. Silvester gehörte mehr den Toten als den Lebenden. War das nicht ein Ort, an dem die Vergangenheit eine besondere Herrschaft über die Gegenwart ausübte, an dem das Früher die Gegenwart zu sich herabzog? Die ganze Insel war eigentlich ein solcher Ort.

Ein Schauer lief Anselm über den Rücken. Sein Denken geriet wie von selbst in Bewegung. Es war keine Verwirrung, kein Fiebertraum. Die Gedanken entwickelten sich völlig klar auseinander: Alles, was geschehen war, hatte seine Ursachen in der Vergangenheit – einer unvergangenen Vergangenheit, die im Verborgenen gewartet und gelauert hatte, bis die Zeit gekommen war, ihre Schatten auf die Gegenwart zu legen. Plötzlich mußte er an Blumenthal denken. Wer wußte von seinem Schicksal?

Die Vergangenheit mochte auf die Gegenwart Einfluß nehmen, aber übte nicht ihrerseits die Gegenwart Gewalt aus über das Vergangene? Wählte sie nicht aus, was ihr brauchbar und nützlich erschien, und verschwieg, verwarf dabei das meiste, stieß es ins grundlose Nichts des Vergessens? Erinnern und Vergessen waren eine Frage von Macht. Die Gegenwart erdichtete sich die Geschichte nach ihren eigenen Zwecken und formte sich doch aus nichts anderem als Vergangenheit, die wiederum eine Anhäufung früherer Gegenwarten war. Die Zeit war eine sich selbst uferlos erzählende Erzählung. Worauf lief diese Erzählung hinaus? Hatte sie überhaupt ein Ende? Wiederholte sie sich immer wieder? Vielleicht war die Frage falsch gestellt. War nicht strenggenommen die Behauptung, daß die Zeit von der Vergangenheit in die Zukunft fortschritt, ebenso logisch wie ihre Umkehrung? Vielleicht beruhte der ganze Irrtum darauf, daß man vom ablaufenden Charakter der Sprache auf eine ebensolche Struktur der Zeit schloß? Wenn die Annahme einer Bewegung der Zeit, ganz gleich, ob geradlinig oder kreisförmig, grundsätzlich falsch war? Die Zeit selbst wäre ein Trugschluß, eine Illusion. War das nicht eine trostlose Vorstellung? Und wurde dabei nicht die Erfahrung außer acht gelassen, daß, auf welche Weise auch immer, die Gegenwart von der Vergangenheit unterschieden und getrennt war? Wenn nun aber diese Trennung nicht in einer zeitlichen Entfernung bestand, sondern einer räumlichen Ordnung entsprach, Vergangenheit und Gegenwart auf eine komplizierte, sich dem Mensch womöglich niemals erschließende Weise ineinander verschachtelt waren? Dann war denkbar, daß sich nicht allein die sogenannte Gegenwart der Vergangenheit erinnerte. Dann vermochte die Vergangenheit sich irgendwie zu vergegenwärtigen, sich in der Gegenwart bemerkbar zu machen. Die Pforten standen offen, vielleicht nur an bestimmten Orten und für einige unvorhergesehene Augenblicke.

Plötzlich fuhr ein gewaltiger Schlag nieder. St. Silvester bebte. Wieder krachte der Donner. Ein Regenguß stürzte gegen die Fenster. Jetzt entlud sich das Gewitter mit abgrundtiefer Wut. Ein Geäder von Blitzen zuckte über Wände, Bogenräume, Kanzel und Gestühl. Dann herrschte mit einem Mal wieder tiefschwarze Finsternis. Das Sturmgeräusch hatte sich jetzt zu einem gleichförmigen Brausen herabgedämpft.

Eine unwiderstehliche Müdigkeit ergriff Anselm. Ein Rauschen umgab ihn, als stünde er in rasch auflaufender Flut. Er glaubte, Wind in den Haaren zu spüren. Aus einer grundlosen Tiefe klang Glockengeläut herauf, unwirklich und doch klarer als die Wirklichkeit.

*Mitten in der finsteren Nacht erhob sich ein Sturm und Unwetter, von überallher, von Süden und von Westen, kommt das Wasser heran. Uferlos rast das Meer über offene Felder und reißt Saat, Bäume, Vieh, Menschen und Häuser mit sich fort. Inseln zerbersten in der Flut, Marschböden verwandeln sich in ödes Watt. Aber Frevel geht nicht aus der Erde hervor, und Unheil wächst nicht aus dem Acker. Der Mensch erzeugt sich selbst das Unheil, wie Funken hoch emporfliegen. Die Flut war gekommen durch sonderbare Strafe Gottes des Allmächtigen, den Menschen damit zur Buße zu bringen und ihn von seinem bösen Leben und Wandel abzuhalten. Sind dies nicht Zeichen, daß es nun ein Ende hat mit aller Herrlichkeit der Welt? Die Deiche sind gebrochen, die Äcker sind jetzt Meer, die Kirchen sind versunken, die Menschen tot. Das alte Friesland ist vergangen.*

Als Anselm die Augen wieder öffnete, blickte er wie durch eine besudelte Linse. Das Sehfeld war verschleiert und an den Rändern seltsam zerfasert. Winzige Schatten flatterten wie Insekten darüber, begannen ölig zu schillern und sich langsam in farbige Reflexe aufzulösen. Allmählich klärte sich sein Blick. Ein mildes frühlingshaftes Licht durchflutete die Kirche. Anselm saß auf einer der harten Holzbänke von St. Silvester. Wie lange hatte er hier gesessen? Er mußte eingeschlafen sein. Die Kopfschmerzen waren beinahe verschwunden, nur fühlte er sich unendlich matt.

Hansen und Fabricius hatten sich keine zweihundert Schritte von der Schulmeisterwohnung entfernt, als sie bemerkten, daß ihnen Oluf Braren mit einem Korb in der Hand nacheilte. Sie blieben stehen, um auf ihren Gastgeber zu warten, der mit erstaunlicher Geschwindigkeit voranschritt und sie bald eingeholt hatte. Er habe es nach reiflicher Überlegung für zweckmäßig gehalten, seinen Gästen bis Utersum das Geleite zu geben und ihnen dort, wenn möglich, einen sicheren Führer über das Watt nach Amrum zu verschaffen. Hansen und Fabricius dankten herzlich für die Mühe, suchten sie jedoch als unnötig höflich abzulehnen. Allein Braren bestand darauf, sie bis Utersum zu begleiten, und schließlich fügten die beiden sich gerne seinem Willen.

»Lieber Freund, was haben Sie aber in dem Korbe?« fragte Hansen, mühsam mit Oluf Braren Schritt haltend.

»Nun, das ist etwas für Sie beide!« antwortete Braren. »Erstens einige Kuchen von meiner Frau, damit Sie auf dem Wege übers Haff nicht verschmachten, zweitens einige Dendriten, Versteinerungen, seltene Schnecken und Muscheln, die ich Ihnen, lieber Hansen, schenke, damit Sie auf Sylt, wie ich auf Föhr, eine Sammlung der heimatlichen Produkte unserer Inseln, Watten, Gewässer und der Vorwelt zu begründen veranlaßt werden, und drittens habe ich hier eine, freilich etwas ausgeschmückte, Schilderung einer Strandauktion auf Sylt, der ich einst beigewohnt, welche ich Ihnen«, er sprach Hansens Begleiter an, »zur Beförderung Ihrer Absichten hiermit zu übergeben wage.« Damit überreichte er Fabricius einige sorgsam gefaltete und mit einem roten Band zusammengeschnürte Blätter. »Es ist ein kleines, geringes Produkt einer Mußestunde, aber ich hoffe, Sie werden damit vorliebnehmen. Sie mögen beim Lesen des Aufsatzes sich unter dem darin erwähnten Schullehrer mich und unter dem verkauften kostbaren Bilde meine Naturgeschichte von Oken oder das Mikroskop denken, so haben Sie eine Erklärung, wie ein so armer Schulmeister, wie ich einer bin, so kostbare Dinge hat erhalten können.«

Als sie nach einer Stunde Wanderung in Utersum angekommen waren, führte Oluf Braren seine Begleiter zu einer alleinstehenden Kate in der Nähe des Strandes. Es war nicht ein wirkliches Haus zu nennen, eher glich dieser Verschlag einem Schweinekoben. Vor der elenden Hütte waren löcherige Netze zum Trocknen aufgestellt, sonst lag allerlei Strandgut, zerbrochener Hausrat und anderes nutzloses Zeug davor herum. Braren rief einen Namen, den seine Begleiter nicht verstanden. Aus dem Verschlag ließ sich eine Art Ächzen vernehmen, von dem nicht zu sagen war, ob es sich überhaupt um einen menschlichen Laut handelte. Sehr freundlich klang es nicht. Braren rief noch einmal etwas, es war auf friesisch. Fabricius, der kein Wort verstand, schaute Hansen ratsuchend an. Aber auch der verstand den westerlandföhrer Dialekt nur unvollkommen und zuckte hilflos mit den Schultern.

Aus der Hütte trat eine zwergenhafte Gestalt heraus, ein altes Weib von furchteinflößender Häßlichkeit. Sie hatte einen gewaltigen Buckel, ihr Gesicht sah aus, als wäre es von uraltem Schiffszwieback. Die Zwergin trug die Föhringer Alltagstracht, die Hansen und Fabricius schon in den Dörfern angetroffen hatten. Ihre Kleidung befand sich jedoch in einem Zustand völliger Verwahrlosung. Sie musterte ihre Besucher mit einem Blick, den mißtrauisch oder argwöhnisch zu nennen mehr als eine Verharmlosung gewesen wäre. Aus der Öffnung ihres Mundes, die ein einziger hervorstehender Zahn zierte, entließ sie eine Kaskade gräßlichen Gekeifes, das erst nach einer ziemlichen Weile verebbte. Oluf Braren redete durch eine gewaltige Ohrtrompete, die sie irgendwo hervorgezogen hatte, auf das Geschöpf ein. Das Weib schien zu verstehen. Es nickte ab und an mißbilligend und stieß dabei die greulichsten Flüche aus.

»Wenn unser Freund uns mit dieser Hexe von Endor über das Watt zu schicken wünscht, wandere ich lieber auf eigene Faust hinüber«, flüsterte Hansen Fabricius zu.

»*Medea* scheint mir passender«, erwiderte Fabricius. »Aber was wollen Sie, lieber Hansen? Welcher Tourist bekommt schon derartiges geboten?«

»Wenn Sie zufrieden sind, muß ich es wohl auch sein«, sagte Hansen mit angestrengtem Gleichmut.

Oluf Braren und die Wattführerin hatten ihre Verhandlungen beendet. Das Weib verschwand fluchend in seinem Verschlag. Braren, der den Gesichtsausdruck der beiden selbstverständlich bemerkt hatte, versicherte ihnen, daß, wenn auch der Schein und übrigens auch ihr Leumund dagegensprächen, es doch keinen Menschen gebe, der sie zuverlässiger und sicherer über das Watt nach Amrum zu bringen vermöge als eben diese Person, welche im Dorfe und auf der ganzen Insel als Gondel die Hexe bekannt sei, weil sie das zweite Gesicht besitze und allerlei Künste wisse, über deren Wesen und Wirksamkeit die Meinungen sehr auseinandergingen. Sonst aber sei diese Gondel Knutzen eine hilfsbereite und herzensgute Person. Als Hansen fragte, was sie der Frau zum Lohn geben sollten, winkte Braren ab. Das sei bereits geklärt, sie habe ihm noch einen Gefallen geschuldet.

So mußten sich Hansen und Fabricius in ihr Schicksal fügen. Ihre Führerin stand schon bereit. Sie trug nun hohe Wasserstiefel, die ihr bis weit über die Knie hinaufreichten, und einen mannshohen krummstabartigen Stock in der Hand, den sie ungeduldig auf den Boden stieß. Hansen und Fabricius dankten Oluf Braren noch einmal auf das herzlichste für seine Gastfreundschaft, richteten Grüße an Meetje aus und wanderten hinter ihrer Führerin her, die ohne irgendein Signal des Aufbruchs einfach losgeschritten war. Als sie an das Utersumer Kliff gekommen waren, blieb Oluf Braren zurück.

Noch lange sahen sie seine immer kleiner werdende Gestalt ihnen nachwinken.

Vor Fabricius und Hansen erstreckte sich die Insel Amrum beinahe in ihrer ganzen Ausdehnung. Auf der Nachbarinsel ließen sich einzelne Häuser ausmachen, Felder, ja sogar Bäume waren klar zu erkennen. Der Weg durch das Watt war nicht sehr beschwerlich. Sie gingen mit bloßen Füßen, das Wasser der Priele enthielt noch hinreichend Wärme. Der Boden bestand mehr aus festem Sand als aus Schlick, so daß sie beim Gehen nicht sehr tief einsanken. Die Hexe sprach die ganze Zeit über kein Wort zu ihnen.

»Amrum liegt ja zum Greifen nahe«, sagte Fabricius. »Ich denke, diesen Weg könnten wir leicht ohne Führung bewältigen.«

»Täuschen Sie sich nicht, Herr Seminarist«, sagte Hansen. »Unser Freund hat durchaus recht gehabt, und seine Sorge um uns war keineswegs übertrieben. Die Entfernung erscheint in der Tat von hier aus unwesentlich. Aber bedenken Sie die außerordentliche Flachheit der Landschaft und die Klarheit der Luft. Ähnlich wie in der Wüste betrügen sie das Auge und den Entfernungssinn. Im Frühling flimmern manchmal schwarze Flecken in der Luft, daß man meint, Land, Häuser, Türme, ja ganze Städte zu sehen wie bei einer Fata Morgana in der Wüste.« Hansen beschrieb mit dem rechten Arm einen weiten Bogen über den Horizont von Süden nach Norden. »All das, soweit unser Auge blickt und noch weiter, war einmal festes Land.«

»Fürwahr, es kann einem schon unheimlich werden bei dem Gedanken, daß dieser schwarze Schlamm voller Schnecken und Würmer einmal fruchtbarer Ackerboden gewesen ist, mit reichen Dörfern, ganzen Kirchspielen«, sagte Fabricius. »Diese verödete Landschaft selbst ist ein Denkmal, das uns an die Vergänglichkeit aller menschlichen Werke erinnert. Ich glaube unseren Freund langsam zu begreifen.«

Hansen wies auf den Korb, den Fabricius sich über den Arm gehängt hatte. »Die Alte führt uns sicher. Sollte es nicht möglich sein, während des Wanderns ein wenig in die Schrift zu sehen, die unser verehrter Freund uns vermittelt hat?«

»Warum nicht«, antwortete Fabricius. »Der Weg ist immerhin absehbar und die Gefahr zu stolpern gering.«

Fabricius löste das Band, das um die Papiere gewickelt war, verstaute es sorgsam in einer Rocktasche und entfaltete das erste Papier. Mit zusammengekniffenen Augen musterte er das erste Blatt. »Hier ist, soweit ich sehe, nicht die Rede von einer Strandauktion. Es scheint sich um eine gesonderte Schrift zu handeln, vielleicht um einen Zusatz.«

»Lesen Sie nur, Herr Fabricius! Wir haben noch eine gute Strecke Wegs vor uns.«

Fabricius begann zu lesen:

### Der Schulmeister zu Eidum

*Der Schulmeister zu Eidum war einer jener in unsern Tagen so seltenen Lehrer vom alten Schrot u. Korn, ein ächter, eingefleischter Mathematikus, Navigateur u. Poet, der über diese seine Lieblingswissenschaften und Liebhabereien sehr oft alles Äußere vernachlässigte, seine ganze Umgebung ja selbst die ganze Welt in dem Grade vergessen konnte, daß er die auffallendsten Handlungen verrichtete, die zerstreutesten Reden führte u. in einem solchen Augenblick unter jungen nur der sinnlichen Natur folgenden Menschen eine Figur spielte, wie der Besenstiel unter den Blumen oder die Eule unter den lustigen Vögeln des Tages. Übrigens ein schlichter durchaus rechtlicher Mann, der wenn er 2 Schillinge hatte, den einen für überflüssig hielt u. verschenkte, der ein höchst frugales u. dennoch zufriedenes Leben führte. Nur seine Schüler oder deren oft eben so thörichte Ältern verbitterten ihm manchmal eine Stunde durch ihren Undank, oder seine Vorgesetzten durch ihre hochmüthige (geringschätzige) Begegnung (Behandlung u. ihre Verkennung dessen was er leistete). Seine Wohnung, ein altes niedriges Gebäude, aus rothen Ziegelsteinen u. gestrandetem Wrackholz aufgebauet u. mit Dünengras gedeckt, lag auf drei Seiten rings mit Sandhügeln umgeben, ja das westl. Ende des Hauses war durch die nimmer (nie) rastenden, immer ostwärts stiebenden Dünen schon in dem Grade mit Flugsand bedeckt, daß das Haus im ei-*

*gentlichsten Sinne aus dem östl. Abhang einer Sanddüne hervorragte. Der Eingang des Gebäudes führte (nach Sylter Weise) durch den Feuerheerd nach der Wohnstube, die zugleich die Schulstube abgab. Die kleinen buntgemalten Fenster ließen nur eben Licht genug hinein, um die vielen verschiedenen Gegenstände, womit die Stube angefüllt war als Tische, Bänke, Rechentafel etc., zu erkennen. Statt eines Ofens standen an der von den Fenstern abgekehrten Seite der Stube zwei eingemauerte Grapen, in welchen der Schulmeister sein Mittagessen zu kochen pflegte, denn dieser Mann, obgleich schon über 60 Jahre alt, hatte, seitdem seine Ältern gestorben waren einsam gelebt u. daher in vielen Jahren außer seinem Lehrgeschäft u. seinen mathematischen, astronomischen u. poetischen Übungen (von ihm Gerichte genannt) nebenbei neben Kochen und Waschen, Backen u. Brauen, Kohlpflanzen u. Viehfuttern, graben u. pflanzen u. überhaupt alle die unzähligen Geschäfte einer Hausfrau, Dienstmagd u. eines Stallknechts selbst verrichten müssen. Daß übrigens diese Nebengeschäfte u. namentlich das Kochen u. Waschen nicht sehr regelmäßig von ihm fortgesetzt wurden, u. der Rechenmeister nicht selten statt eine nahrhafte u. gesunde Speise zu genießen, sich mit einem poetischen Gerichte begnügte, wird dem Obigen gemäß der Leser schon selber geschlossen haben.*

»Wie beschämend und unerträglich«, sagte Fabricius erschüttert, »daß ein Mann von solchen Talenten, verachtet und von der Gesellschaft beinahe verstoßen, so kümmerlich dahinvegetieren muß. Denn daß unser Freund sich hiermit selbst porträtiert hat, leidet keinen Zweifel.«

»Ich wüßte jedenfalls nicht«, sagte Hansen, »wer sonst der Schulmeister zu Eidum sein sollte. Unser Freund hat sich offenbar einige dichterische Freiheit erlaubt. Oluf Braren war gerade einmal neunzehn Jahre alt, als er auf Sylt gewirkt hat.« Hansen legte seine Stirn in Falten. »Aber es ist doch höchst merkwürdig. Wie Sie wissen, hat sich bereits mein Vater als Chronist der Insel Sylt einen Namen gemacht, und ich selbst befasse mich schon ein halbes Leben mit der Materie. Wenn auf Sylt vor weniger als einem

Menschenalter solch ein kurioser Schulmeister gewirkt haben sollte ...« Er nahm Fabricius das Blatt aus der Hand und blickte ungläubig darauf. Es trug eindeutig Oluf Brarens Handschrift. »Nun, wäre es nicht höchst merkwürdig, wenn ich niemals von einem solchen Manne gehört haben sollte? Und doch ist es so.«

»Vielleicht geben uns die restlichen Blätter, die unser Freund uns mitgegeben hat, weiteren Aufschluß.«

»Sie haben recht«, stimmte Hansen Fabricius zu, »lesen Sie nur weiter.«

Fabricius entfaltete die übrigen Blätter, rückte seine Brille zurecht und las im Gehen weiter:

*Zu einer Zeit, in welcher die öffentliche Rechtspflege und Verwaltung in Dänemark nicht mehr auf der Stufe der Barbarei standen, blieben diese Gegenstände noch lange an den vom Königssitze entferntern Ufern und auf den Inseln der Westsee mehr dem Zufalle als einer geregelten Thätigkeit der Behörden überlassen. Nur bei wichtigen Veranlassungen nahm die Obrigkeit in diesen mehrentheils von dem unruhigen Friesenvolke bewohnten, oft sumpfigen, oft unzugänglichen Theilen des Landes die Miene der Bedeutsamkeit an und suchte die königliche Macht und den Vortheil des Staates geltend zu machen.*

*Eine solche wichtige Veranlassung war die Strandung eines von Ostindien kommenden reichbeladenen holländischen Schiffes an dem westlichen Ufer der Insel Sylt. Eine Menge Offizialen als: Amtmann, Landvogt, Strandvögte, Tathleute usw. eilte nach dem Strandungsorte, nicht sowohl zur Bergung der Mannschaft und der Ladung des gescheiterten Schiffes, denn die erstere hatte sich selbst gerettet und die letztere war mehrentheils durch die Bewohner der Insel in Sicherheit gebracht worden, sondern um die übrig gebliebenen Brocken unter sich und dem Staat zu theilen. Zu dem Ende war eine öffentliche Versteigerung der übriggebliebenen, zum Theil noch sehr kostbaren Strandgüter angekündigt, und es war im Sommer – dem derzeitigen Landvogten, welcher damals auf Föhr wohnte, eine Reise nach Sylt zu ersparen, sollte zugleich, wenn dieß freilich zur Unzeit war, die He-*

bung der Steuern für dieses Jahr und die Haltung des sogenannten Herbstgerichtes vorgenommen werden. Fast zu gleicher Zeit mit dem Landvogten landeten von mehreren Seiten Kaufleute, Juden, Zigeuner (welche Tartaren genannt wurden) und andere fremde Speculanten der Auction wegen auf der Insel an. Eine Auction und namentlich eine Strandauction setzte außerdem von jeher die ganze Bevölkerung der Insel in Bewegung und wurde als eine Hauptbegebenheit, fast möchte ich sagen, als ein Fest im großen auf der sonst so stillen Insel angesehen.

Der Verkauf der Strandgüter war an einem Donnerstage angesetzt. Es war ein rauher, kalter Tag. Der Wind, welcher auf der Insel eine so wichtige Rolle spielt, wehete seit einigen Tagen aus Nordwest, und die See warf noch fortwährend Treibgüter verunglückter Schiffe auf den Strand. Die Hüte ins Gesicht gedrückt, in levantische Röcke oder Piejacken gehüllt, kamen in langen Zügen vom östlichen Theile der Insel die Morsumer und Archsumer und Keitumer zu Fuß daher. Ihnen folgten die Bewohner der näher am westlichen Ufer liegenden Dörfer, und alles eilte dem Strande zu mit solcher Begierde, daß dieser nach und nach sowie das Dorf Eidum, in dessen Nähe das Schiff gestrandet war, ein recht belebtes, buntes und interessantes Schauspiel darbot.

Rings um das Wrack des Schiffes, als den für sie anziehendsten Gegenstand der Auction hatten sich die alten Schiffscapitaine und Grönlandscommandöre der Insel gesammelt. Es waren mehrentheils große in rauhe seemännische Röcke eingehüllte Gestalten mit ernsten und wichtigen Mienen. Ihre Unterhaltung dehnte sich über die zu verkaufenden Gegenstände des Schiffes, über Schiffahrt, Politik und, als nach Verlauf einiger Stunden der Auctionair erschienen war, über die Saumseligkeit der Behörden aus. – Einige Haufen Tau- und Takelwerk des Schiffes hatten eine Menge alter Bootsleute und Matrosen an sich gelockt. Sie hockten auf diesen ihnen so bekannten und werthen Gegenständen im Kreise herum, und Schiffsmährchen, Seeabentheuer, rohe Witze ergossen sich stromweise aus dem saftreichen Munde dieser alten Seebären. Ein halbes hundert Knaben (und anderes lustiges Gesindel) sprangen um diese Helden ihres künftigen Seemannslebens herum oder standen gaffend hinter ihnen und lauschten *begierig den Erzählungen vom Grauenhaften ins Spaßhafte und Zotige beständig überspringenden Geschichten der erfahrenen Seemänner. Vor allem hörte man mit Aufmerksamkeit den Späßen und Erzählungen eines alten Seeraben, der sich auf ein hochaufgerolltes Ankertau gestellt hatte zu, und lautes Gelächter schallte ihm von allen Seiten als Belohnung für seine Bemühungen, die Menge zu unterhalten, entgegen.*

*Jetzt trat der Landvogt vor und rief mit zorniger Stimme: Wer bietet 400 Thlr? – Keine Antwort. Wer giebt 100 Thlr? Zum Teufel, so gebt einen Bot. 10 Thaler rief nach einigem Zögern ein Däne. – 20 Th verbesserte ein Sylter. Jetzt schwieg der Däne, und der Rumpf, welcher vielleicht 40 000 Rthlr gekostet hatte, wurde dem Manne für 40 Thlr zugeschlagen.*

*Darauf wurde das Tauwerk, die Masten und anderes loses Geräth des Schiffes mehrentheils haufenweise ebenfalls für einen Spottpreis verkauft.*

*Nun wandte sich der Auctionair zu einigen großen Tonnen, welche Wein, Genever, Rum und andere Getränke enthielten. Sie wurden, da sie Gegenstände des Handels für die fremden Kaufleute abgaben, besser bezahlt. Der Landvogt selbst kaufte einige Tonnen, die übrigen kamen theils in jüdische Hände, theils in die Hände der einheimische Handelsleute. Alsdann wurden einige Kostbarkeiten als Ringe, Dosen, rohe Edelsteine, einige seltene Gegenstände sowol aus dem Thier- als Pflanzenreiche, die in dem Schiffe gewesen waren, verkauft.*

*Jetzt kam ein kostbares Gemälde an die Reihe. Es stellte eine Seeschlacht vor, an welcher der alte Schulmeister von Eidum in seinen jungen kraftvollen Jahren Theil genommen hatte und in welcher er die Verstümmelung seiner rechten Hand, wodurch er zum Schiffsdienst untauglich geworden war, empfangen hatte. Die ehrwürdigen Züge des alten vielgeprüften Mannes belebten sich neu, als er das Meisterstück übersah und sich auf demselben orientierte. Es war als dasselbe Feuer, welches ihn damals durchströmte, noch einmal in die alten, sonst dürren so schlaffen Gliedmaßen zurückkehrte, und sein sonst von der Last der Jahre und der Arbeit trübes Auge noch einmal froh erglänzte und es entstand natürlich der Wunsch in ihm: Ach möchte das herrliche Stück das meinige sein.*

*Nun meine Herren – begann wiederum der Schreiber – eine herrliche Malerei, ein Meisterstück, wer bietet einen Thaler? – Ein Jude, der den Werth des Stückes besser zu schätzen wußte, bot eine Mark, er erwartete, daß keiner ihn überbieten würde. – Zwei Mark sagte der Schulmeister. – Doch wir wollen den Leser nicht noch einmal durch Wiederholung aller der Marken und Schillingen, die abwechselnd der eine um den andern zulegte, ermüden. Der Jude hatte endlich 12 Mark geboten; der Schullehrer seufzte, er rieb sich die Hände, besah noch einmal das Stück und bot 13 Mark. Jedermann sah den Schulmeister spöttisch lächelnd an, und alle glaubten, es sei närrisch, für ein solches unnützes Geräth so viel Geld geben zu wollen. Der Jude grinzte und bot 5 Thaler. Jedermann sah den Schulmeister an, und alle lachten laut auf, als der arme Schelm es wagte, 16 Mark, vielleicht die Hälfte seines ganzen Vermögens, zu bieten. 6 Thaler schrie mit heiserer Stimme der Jude und setzte hinzu: ach weih mir! Das ist viel Geld. Dem Schulmeister flossen die Thränen über die Wangen; er sah das geliebte Schlachtengemälde noch einmal an, dann wandte er sich düster weg und schlich davon. Ein biederer Schiffscapitain hatte ihm jedoch kaum ein paar Worte ins Ohr gesagt, als er, ermuthigt wieder seinen Platz einnahm und den Juden wieder abermals überbot. Gotts Wunder! schrie der Jude, kann der dove Schaller och 7 Döhler beschulmen? Was sagt er? brummten hundert Stimmen. Der Jude zog sich etwas ängstlich zurück und gab keinen weiteren Laut von sich. Der Landvogt wurde indeß auf die Sache aufmerksam gemacht. Er besah das armselige Äußere des Schulmeisters, dann auf das kostbare Gemälde und nahm alsdann den Kampf des Juden mit dem Schulmeister an. Es geschah Bot und Überbot, bis der Landvogt 20 Thaler als Preis gerufen hatte; der Schulmeister bot schüchtern 21 Thaler. Alle staunten und glaubten, er sei närrisch. Wer ist der reiche Mann in dem Bettelkleide, der, wie es scheint, es darauf anlegt, erst den fremden Herrn, dann mich zu prellen? fragte gereizt der Landvogt. Mehrere Nahestehende antworteten mit großer Bereitwilligkeit: es ist nur der Schulmeister, ein armer Teufel. Ach der Kerl, welcher schon vor dem Anfange der Auction sich ungebührlich aufrührerischer Reden hat zu Schulden kommen lassen. Hör, alter Sünder pack er sich nach seiner Schule. Seine Buben treiben hier heillosen Lärm, nimm er die mit und versäume er nie wieder an einem Werkeltag seine Geschäfte, sonst … Der alte Mann küßte das Gemälde, dann ging er in heftiger Gemüthsbewegung völlig entmuthigt von dannen. Die Menschen gafften ihm ziemlich gleichgültig nach; bei einigen war sogar ein höhnisches Lächeln nicht zu verkennen. Der Greis suchte seine Zöglinge auf; doch die meisten verkrochen sich zwischen den Beinen der Erwachsenen oder hielten sich hinter einem Holzhaufen versteckt; einige wenige, die er entdeckte, waren unverschämt genug, ihm geradezu ins Gesicht zu lachen und ihm für heute den Gehorsam zu erklären, daß er außer der Schule nichts über sie zu befehlen habe. Kurz, die ganze Rotte hatte sich für den Tag seiner Oberherrschaft völlig emancipirt. Mit thränenvollem Blick wanderte daher allein der Mann seiner Hütte zu und kein Vater und keine Mutter machte Miene, dem Schullehrer in der Aufrechthaltung seiner Auctorität beistehen zu wollen. Man freute sich vielmehr des Sieges der lieben Kleinen.*

*Theilnahmslos wandte sich die Menge von ihm ab und der Auction zu. Man war gewohnt, dem alten Schullehrer und überhaupt seinen ganzen Stand als ein nothwendiges Opfer der Unterdrückung, des Undanks und der Verachtung anzusehen, und statt sich des Schulmeisters anzunehmen, glaubte man schon überflüssige Schonung dem linkischen Manne widerfahren zu lassen, wenn man sein Kommen und Gehen nicht mit Hohnlachen begleitete. Nur einer in der Versammlung, jener schon erwähnte biedere Schiffscapitain war vorurtheilsfrei genug, den Schullehrer nicht nach seinem dürftigen Äußern und seine niedern Stellung in der bürgerlichen Gesellschaft, sondern nach seinem innern Werthe und seiner segenreichen Wirksamkeit zum Wohle der Mitmenschen zu beurtheilen und dachte, edelmüthig genug, seinem alten würdigen Lehrer mit dem schönen Gemälde ein Geschenk zu machen. Nach langem mehrmaligen Bieten und Überbieten wurde es ihm zugeschlagen, und er trug es sogleich dem Schullehrer in seine kümmerliche Behausung nach.*

Nachdem sie eine Weile schweigend nebeneinander hergegangen waren, sagte Fabricius zu Hansen: »Ich weiß nicht, welchen Eindruck die Geschichte auf Sie gemacht hat, aber mich hat sie seltsam berührt, weil sie mich an eine Begebenheit erinnert, die mir geschehen ist, als ich vor Jahren mich in der Stadt London aufhielt.«

Bisher war Fabricius allen Fragen zu seiner Herkunft und seinen bisherigen Tätigkeiten ebenso höflich wie geschickt ausgewichen. Die Bereitwilligkeit, mit welcher er sich nun anheischig machte, eine Begebenheit aus seinem Leben zu erzählen, ließ Hansen aufhorchen, zumal sich seine Vermutung bestätigte, daß der junge Mann einmal den engen Kreis ihrer gemeinsamen Heimat verlassen haben mußte.

»Es ist nur eine kleine Merkwürdigkeit, nicht wert, eine Geschichte genannt zu werden«, sagte Fabricius entschuldigend. »Aber sie will mir nicht aus dem Kopf.«

»Ich will sie mir mit Freuden anhören, Herr Fabricius.«

»Als ich einmal zu den Londoner Docks hinunterwanderte«, begann Fabricius, »sah ich einen verkrüppelten Bettler, wie sie an diesem Ort in entsetzlich großer Zahl anzutreffen sind, welcher ein bemaltes Holzbrett in Händen hielt, auf dem die tragische Szene dargestellt war, wie er sein Bein verloren hatte. Drei Wale und drei Schaluppen waren darauf zu sehen. Eines der Boote, in welchem sich vermutlich das abgetrennte Bein des Unglückseligen befand, wurde im Augenblick von den Kiefern des ersten Walfischs zermalmt. Seit zehn Jahren, so erzählte man mir, stünde dieser Mann stets an dieser Stelle, das Bild hochhaltend und seinen Beinstumpf einer ungläubigen Welt vorzeigend. Der arme Walfänger sprach nie ein Wort über sein verlorenes Bein und starrte immerzu auf seine grausame Amputation.«

»Ich verstehe«, sagte Hansen, »die Verstümmelung der Hand, das Gemälde, das ist schon ein sonderbarer Zufall.«

»Ja, wer weiß.«

Inzwischen waren sie an den Amrumer Strand gelangt. Vor ihnen erhob sich die hohe Dünenlandschaft mit Hügeln und Tälern, ein Stück Wüste in der grünblauen See. Fabricius faltete

Oluf Brarens Blätter zusammen, verschnürte sie wieder mit dem roten Band, das er aufbewahrt hatte, und verstaute sie in seinem Tornister. Er hatte beschlossen, sie noch einmal durchzulesen, sobald er dazu die nötige Muße finden würde. Mit welchen Worten hatte Oluf Braren ihm die Blätter überreicht? Sie sollten ihm zur Beförderung seiner Absichten dienen. Was wußte er von seinen Absichten? Was waren seine Absichten? Auf einmal verspürte Fabricius den Wunsch, mit sich und seinen Gedanken allein zu sein. Da riß ein Windstoß ihm den Hut vom Kopf und trieb ihn wie einen Spielball über den Strand. Fabricius rannte ihm hinterher. Jedesmal, wenn er glaubte, ihn fassen zu können, schwebte der Hut ein kleines Stück weiter fort, als wolle er seinen Besitzer an einen bestimmten Ort locken. Hansen, der schon die erste Düne erklommen hatte, sah dem Treiben lachend zu.

Er stand allein auf seiner Höhe. Das gespenstische Weib, das sie durch das Haff geführt hatte, war spurlos verschwunden.

Anselm saß wieder in Jahns Studierzimmer. Vor sich hatte er den Inhalt des Paketes ausgebreitet, das Hippel ihm mitgegeben hatte. Immer noch fühlte er sich müde und schwach. Auf dem Schreibtisch lag auch Hinrich Vaninis *Friesenblut*. Ein namenloser Ekel überkam Anselm. Er griff das Buch und schleuderte es mit aller Kraft von sich. Wie ein gewaltiges Insekt flatterte der Roman durch den Raum und prallte mit einem dumpfen Geräusch gegen eine Wand. Anselms Hände zitterten. Hinter Barths *Dogmatik* fand er Jahns stille Reserve. Mit den Zähnen zog er den Korken von der fast geleerten Cognacflasche, setzte sie an den Mund und trank die Neige. Wohltuend rann der Cognac seine Kehle hinab, wie eine wärmende Decke legte sich der Alkohol über seine Aufgewühltheit. Anselm steckte sich eine Zigarette an. Nach den ersten Zügen fühlte er sich bedeutend besser. Dann widmete er sich dem Chaos aus Mappen, Heften und Blättern, das sich vor ihm auftürmte. Aufs Geratewohl zog er einen einzelnen Zettel heraus.

Das Blatt war arg mitgenommen, die Schrift teilweise verwischt. Die Zeilen schienen hastig auf das Papier geworfen, als hätte der Verfasser unter großem Zeitdruck geschrieben. Wort für Wort, Zeile für Zeile begann Anselm, mit brennenden Augen die Schrift zu entziffern:

*Erscheint es nicht als ein Zeichen der Vorsehung, daß der jüdische Stamm gerade in dem Lande seines schlimmsten Feindes festen Boden fassen und von da aus sich seine Gleichstellung erobern konnte? War es nicht in letzter Verkettung von Ursachen und Wirkungen das blutige Inquisitionstribunal, welches uns die Freiheit vorbereiten half? Holland, dieses der Meeresflut abgerungene Stück Erde, der nordwestlichste Winkel Europas, wurde für die gehetzten Opfer des grausamen Fanatismus ein Ruhepunkt, auf dem sie sich lagern und sogar ihre Eigenart entfalten konnten: Amsterdam, eine feste Arche in der Sintflut, das neue Jerusalem. Die Marranen hatten auch im dritten Geschlechte ihre jüdische Abkunft nicht vergessen und aufgegeben. Je mehr die Inquisition gegen sie wütete und sie zu Kerker und Scheiterhaufen schleifte, desto stärker richteten sie ihre Hoffnungen auf die um Freiheit ringenden Freistaaten. Unvergessene Geschichten. An Bord des ersten Schiffes verließen zehn Männer und zehn Frauen Portugal, darunter die liebreizende Maria Nuñes, eine jüdische Helena. Maria – Mirjam hat sie in Wahrheit geheißen. (Den Marranennamen ablegen) Wie werde ich mich nennen? Nach langer gefahrvoller Odyssee landen sie in Emden. Frisia Orientalis. Von dort weiter nach Amsterdam, der Freistatt. Dort kehrten sie zu ihrem Judentum zurück. Sie bauten den ersten Tempel im Norden. Die Juden machten die Stadt so reich, daß sich christliche Fürsten darum rissen, sie in ihre Länder einzuladen. Der dänische König Christian bat sie, sich in seinen Staaten niederzulassen, versprach ihnen Freiheit des Gottesdienstes, Privilegien.*

Was hatte das zu bedeuten? Die Schrift hatte nichts mit Kunstgeschichte zu tun, schon gar nicht mit Oluf Braren. Wie war sie unter diese Papiere geraten? Es ging um die Verfolgung der Juden in Spanien und Portugal und wie sie sich im siebzehnten Jahrhundert in die Niederlande gerettet hatten, nach Amsterdam. Zur selben Zeit waren dahin auch die Föhrer Seefahrer gezogen, um auf den holländischen Walfängern anzuheuern und sich vom Goldenen Zeitalter der Niederlande ihren Anteil zu sichern.

Anselm las weiter:

*Verborgene Geschichten. Der verworrene Schmöker des W. W. F. Maier:* Die Begründung teutschen Lebens durch den Stamm Shem. *Geschrieben in finsterster Zeit. Vespasian soll nach der Eroberung Jerusalems und der Zerstörung des Tempels dem jüdischen Führer Adel, einem Nachkommen des Shem, Noahs ältestem Sohn, angeboten haben, ihn und seinen Stamm entkommen zu lassen und mit Schiffen nach Germanien zu bringen, um dort die Grenzen des Imperiums gegen die Barbaren zu verteidigen. Die Juden landen in der deutschen Bucht. Wie Abram und Loth trennen sich Adels Söhne Saxo und Friso, ihre Nachkommen nennen sich Sachsen und Friesen. Die Friesen ein verlorener Stamm Israels! Später von den Franken christianisiert, also geheime Juden. M. hat Quellen en masse, er ist ein etymologischer Akrobat. In der Hl. Schrift natürlich tausenderlei Beweise für die Herkunft der Friesen aus dem Hl. Land – und daß die Ankunft des Maschiach bevorsteht. Viele Friesen treten wieder zum Glauben ihrer Väter über. Konversionswelle zum Judentum.*

Die Friesen waren konvertierte Juden? Das klang verrückt, aber im 17. Jahrhundert hatte es ja die absonderlichsten Sekten gegeben. Jahn wußte sicherlich, was es mit den friesisch-jüdischen Rekonvertiten auf sich hatte. Aber die Geschichte der Juden, die nach der Zerstörung des Tempels nach Germanien gekommen und zu den Stammvätern der Sachsen und Friesen geworden sein sollten, hätte sich auch Uwe Vanini ausdenken können. Andererseits dürfte ihm die Abstammung der Friesen von den Juden nicht besonders gut in den Kram passen.

Das dritte und letzte Blatt war nicht so dicht beschrieben wie die beiden vorherigen, aber die Schrift noch fahriger:

*Die Söhne Jaakobs: Ephrajim, Menasche, Binjamin, Reuben, Schimeon, Levi, Jissachar, Sebulun, Dan, Naphthalij, Gad, Ascher. Wo sind sie geblieben? Von der Geschichte verschlungen. Übrig nur der Stamm Jehudah. Das Gelobte Land ist dort, wohin wir es tragen. »Eigenschaften, sich den Himmel zu erwerben, aber keine einzige, sich auf der Erde zu behaupten.« Wer hat das noch einmal geschrieben? Oluf Braren gehört dieser blauäugigen Welt an. Zugleich war er ein Fremder. Es gibt diese andere Seite: Bewußtsein. Geist. Leiden am Leben = Kehrseite der blonden Bestie. Sich auf der Erde behaupten:* ארץ ישראל*. Aus der Heimat hinter den Blitzen rot. Dies ist der Jud, das sieht man gleich, der größte Schuft im ganzen Reich. Kann die Welt auf die deutsche Kultur verzichten? Für den einzelnen ist es leicht, sein Volk zu verraten. Aber wenn ein Volk den einzelnen verrät?*

Oluf Braren! Die Aufzeichnungen mußten von Friedrich Blumenthal stammen! Anselm war auf eine Art Tagebuch gestoßen. Allerdings wirkte das Ganze reichlich wirr. Aber so wenig sich Anselm der Sinn des Geschriebenen erschloß: Diese vor einem halben Jahrhundert hingeworfenen Zeilen spendeten ihm auf eine eigentümliche Weise Trost. Mitten in der Nazizeit war dieser Friedrich Blumenthal auf die Insel gekommen, um ein Bild Oluf Brarens zu retten. Was hatte ihn dazu bewogen, ein solches Wagnis auf sich zu nehmen?

Da war noch ein Blatt. Es hatte DIN-A-6-Format und war, wie der zerfranste linke Rand bewies, aus einem Taschenkalender herausgerissen worden. Oben rechts war das Datum aufgedruckt: 18. Oktober. – 18. Oktober, aber welches Jahr? Es waren nur wenige

Zeilen in der gleichen leicht abgerundeten, angenehm zu lesenden Sütterlinschrift wie auf dem Blatt zuvor:

*Nach grausamer Fahrt endlich angekommen. Leutchen wie eh und je. Von der Hetze hier kaum was zu spüren. In O. scheinbar alles beim alten. R. wie immer, als wäre nichts. Auf alle Fälle Vorsicht. Todmüde. Morgen geht es los.*

»O«, bedeutete das Oldsum? Und »R«? Göntje Riewerts! Friedrich Blumenthal hatte bei den Riewerts gewohnt. Boy Brodersen, Uwe Vanini, Jenny: Sie alle wußten mehr, als sie erzählten. Aber Anselm wollte Antworten. Er fühlte, daß er ein Recht darauf hatte. Diese Geschichte ging ihn an. Sie hatte mit ihm zu tun, es war auch *seine* Geschichte.

Als Anselm sich das nächste Blatt vornehmen wollte, hörte er hinter sich Jahns dröhnenden Baß: »Na, wieder unter den Lebenden?« fragte der Pastor mit mehr Spott in der Stimme, als Anselm es unter den gegebenen Umständen für angebracht hielt.

»Wie bin ich eigentlich gestern nach Hause gekommen?«

Anselm versuchte, die Frage möglichst gleichgültig klingen zu lassen, aber sie hatte ihn schon die ganze Zeit mit quälender Hartnäckigkeit beschäftigt.

Der Pastor grinste. »Dein Freund Ole Peters hat dich in ein Taxi gesetzt und im voraus bezahlt, wahrscheinlich hat er noch ein dickes Trinkgeld draufgelegt. Der Taxifahrer hat dich jedenfalls hier abgeliefert.«

»Aha. Und du warst bei Vanini?«

»Das war ich«, sagte Jahn auf einmal ernst. »Und was der mir erzählt hat.« Er stockte. »Eigentlich fällt das sogar unter das Beichtgeheimnis«, sagte er zweifelnd. »Ich weiß nicht, ob –«

»Uwe Vanini hat das Bild?« fragte Anselm erregt.

»Was? Nein, er weiß genauso wenig wie wir. Und ich glaube ihm.«

Das Telefon klingelte.

Jahn nahm ab. Anselm machte eine ärgerliche Handbewegung. Welcher Anruf konnte in diesem Augenblick so wichtig sein, daß Jahn ihm deswegen nicht erzählte, was Vanini gesagt hatte?

Jahn hielt den Zeigefinger auf die Lippen. Aus dem Hörer drang eine aufgeregte Stimme.

»Wir fahren sofort hin«, sagte Jahn knapp und legte auf.

»Das war Jenny Brodersen. Boy ist nicht nach Hause gekommen. Sie hat Angst, daß er sich etwas antut. Wir müssen sofort zu Brodersens Vogelkoje.«

Durch das halbblinde Fenster wurde nur der schmale Bereich des Dachbodens erhellt, an dem Riewerts seine Hafersäcke lagerte. Der übrige Raum lag in trüber Dunkelheit. Ein spinnwebfeiner Sonnenstrahl durchirrte die Finsternis, als suchte er verzweifelt einen Weg zurück ins Freie. Er verlor sich irgendwo im Schattenreich, dort hinten, wo seit Jahrhunderten Schränke, Truhen und anderer Hausrat vor sich hin moderten.

Friedrich Blumenthal blickte gedankenversunken in die Dunkelheit. Zum erstenmal zweifelte er. Was hatte ihn nur so sicher gemacht, so unbeirrt? Das Manuskript dieses ominösen Fabricius war doch eine höchst zweifelhafte Quelle. Oder war es einfach der Anblick dieses Plunders dort drüben, der ihn zweifeln ließ? Was hatte er erwartet? Eine Kammer voller Geheimnisse und Wunder wie das goldstrahlende Grab des Königs Tutanchamun, das Lord Carter im Wüstensand entdeckt hatte, dort unten im Lande Mizrajim? Ja, es war Angst vor der Enttäuschung, daß alles umsonst gewesen sein könnte. Aber da war noch etwas anderes. Blumenthal empfand eine Scheu, sich diesen Dingen zu nähern. Es waren die stummen Erzähler einer fremden Geschichte. Er fühlte sich als Eindringling. Im Hause seines Großvaters hatte er sich begierig auf die alten Sachen gestürzt, sich in ihnen eingegraben, sich mit ihnen bekannt gemacht. Er war in die Geschichte seiner Familie eingetaucht, seine eigene Geschichte. Bedeutungslose Geschichten, die nur von Hochzeiten, Begräbnissen und dergleichen handelten. Doch welch ein unfaßbares Maß von Besorgnis, Liebe, Schmerz lag in dieser Bedeutungslosigkeit! Was war dagegen die sogenannte große Geschichte? Doch nur ein entfärbtes, ein seelenloses Bild jener kleinen, in der die Liebe ausgelassen war, eine Chronik des Blutvergießens, aufgezeichnet in tausend Büchern.

Göntje stieß ihm den Ellenbogen zwischen die Rippen, nicht sehr fest, aber es genügte, um ihn aus seiner Gedankenverlorenheit zurückzuholen. »Was suchst du denn nun auf dem blöden Boden? Ich mag hier nicht sein. Hier oben –« Göntje stockte. Sie griff seinen Arm.

Blumenthal lächelte. »Ja, was suche ich eigentlich? Ich suche etwas, das sehr wertvoll ist, für mich jedenfalls.«

»Wertvoll? Auf unserem Boden?« Göntje setzte diese Miene auf, die bedeutete: Ich durchschaue dich, ich weiß, daß du mich zum Narren hältst. Warum glaubte sie nur immer, daß er sie für dumm verkaufen wollte?

»Du denkst, hier ist irgendwo was Wertvolles versteckt, und mein Vater weiß nichts davon?«

»Ja, vielleicht.«

»Und was soll das sein?« drängelte Göntje mit gespielter Neugier. »Ich erzähle es auch nicht weiter.«

In Wahrheit interessierte Göntje sich nicht dafür, was er hier oben suchte. Sie hielt das alles für ein Spiel. Weswegen war sie dann mitgekommen? Weswegen wohl! Blumenthal wunderte sich über seine eigene Naivität. Nein, das war es nicht. Es war Selbstbetrug. Er wußte es natürlich. Und es gefiel ihm. Aber gleichzeitig machte es ihm angst. Er bewegte sich auf entsetzlich dünnem Eis. Riewerts hatte zwei Töchter, eine davon beinahe erwachsen. Jeder wußte das – und das war auch alles, was man wissen mußte. Der leiseste Verdacht genügte. Blumenthal und das blondbezopfte, blauäugige Friesenkind (wer war hier eigentlich blauäugig?). Wie aus dem Bilderbuch, den Bilderbüchern, die es heute gab: Der krummbeinige Verführer lauert dem ahnungslosen deutschen Mädchen auf, um es zu schänden und das nordische Blut zu verpesten. Göntje war hübsch. Nein, das war untertrieben. Sie war eine echte germanische Schönheit. Die Jungs im Dorf, die eigentlich gar nicht wußten, was Schönheit war, schauten ihr hinterher. Schon damals. Und schon damals hatten sie ihn scheel angesehen. Damals. Papa, der sich grundsätzlich kein Wechselgeld geben ließ. Ach wo, kam ja nicht darauf an in den Ferien. Das war eine Ausrede. Der wahre Grund: Bloß nicht schofel. Niemand soll uns was nachsagen. Aber auch nicht übertreiben! Alles schön bescheiden, besser unauffällig. Jedes Klischee vermeiden. Wir haben unsere eigene Karikatur gespielt. Endlose Kräche deswegen mit Papa. Meine Generation hat den Instinkt schon verloren, besser verdrängt, verlieren kann sich das nie. Steckt in den Knochen, in Fleisch und Blut übergegangen. Das Eis war nicht nur dünn, es zeigte schon Risse. Es knirschte und knarrte unter Blumenthals Füßen. Wenn man ihn hier zusammen mit Göntje erwischte, konnte er sich alle Erklärungen sparen. Da war dieser große Rothaarige mit dem italienisch klingenden Namen …

»Fritz, du träumst ja wieder!«

Auf den ersten Blick konnte man sie wirklich für naiv halten. In gewisser Hinsicht war sie das auch. Und dann wieder das genaue Gegenteil. Manchmal erriet Göntje, was er dachte, bevor er selbst den Gedanken richtig gefaßt hatte. Sie war so kindlich. Göntje weigerte sich schlicht, die Welt so hinzunehmen, wie sie war. Was sie störte, ignorierte sie einfach. Er konnte es ihr nicht übel nehmen. Aber bisweilen ertappte er sich dabei, daß er es doch tat. Sie konnte es sich leisten zu übersehen, was geschah. Sie stand auf dem sicheren Ufer, zufällig. Genauso zufällig, wie er auf das gefährliche Eis geraten war. Aber seltsam und verwirrend: Ihre Unbekümmertheit tröstete ihn. Göntje rettete seinen Glauben an dieses Volk. Und eben das stieß Blumenthal wieder in abgrundlose Traurigkeit. Er sah ihr ins Gesicht.

»Hast du schon mal von Oluf Braren gehört?«

»Oluf Braren?«

»Er hat vor ungefähr hundert Jahren in Toftum gelebt.«

»Ich weiß, wer Oluf Braren gewesen ist.«

»So?«

»Ja, aus dem Heimatkundeunterricht. Er war Schulmeister in Utersum und nachher in Toftum. Er hat auch gemalt. Aber unser Lehrer hat gesagt, die Bilder taugen nicht viel.«

»Dein Lehrer ist ein Ignorant!«

»Ich weiß nicht, was das Wort bedeutet, aber bestimmt war es nicht nett«, sagte Göntje streng.

War das ernst gemeint? Nein, sie fand das tatsächlich nicht witzig.

Göntje stieß ihn im Scherz von sich. »Ihr Leute aus der Stadt seid so frech! Und die Berliner sind die schlimmsten!«

»Und von den Berlinern sind die Juden die schlimmsten!«

Warum hatte er das gesagt? Im selben Augenblick schämte er sich dafür.

»Das habe ich nicht gesagt!« fuhr Göntje ihn an, bevor er seine Dummheit zurücknehmen konnte.

»Nein, das hast du nicht«, sagte Blumenthal zaghaft.

»Und auch nicht gedacht!« fiel ihm Göntje wütend ins Wort.

»Ich habe nicht gedacht, daß du das gedacht hast. Verzeih, es war ungerecht von mir.«

»Was war denn nun mit Oluf Braren?« fragte sie, als wäre nichts gewesen.

»Leute, die etwas davon verstehen, halten seine Bilder für große Kunstwerke.«

»Und du bist einer von diesen Leuten?«

»Jedenfalls war Oluf Braren ein bedeutender Maler, und seine Bilder sind wertvoll. Das steht fest.«

Göntje verzog das Gesicht. Sie schien ihm das nicht abzunehmen. Glaubte sie ihm nicht, daß er etwas davon verstand, oder konnte sie sich einfach nicht vorstellen, daß Oluf Braren ein Genie war? Er galt immer noch nicht viel in seinem Heimatdorf.

»Davon verstehe ich nichts«, sagte Göntje. »Aber ich weiß, daß er ein *wreter* gewesen ist.«

»Ein was? Ich verstehe euer merkwürdiges Friesisch doch nicht.«

»Ja, mein Herr aus der Stadt, aber so hat dein berühmter Oluf Braren auch gesprochen. Ein *wreter,* das kann man auf Deutsch gar nicht sagen. Das ist einer, der nicht gerne arbeitet und immer gegen alles ist. Der immer das Gegenteil von dem tun will, was alle anderen tun, verstehst du?«

»Oluf Braren war ein Künstler.«

»Ein armer Schlucker, meinst du wohl!«

»Bei Künstlern kommt das vor.«

»Ein Verführer ist er auch noch gewesen.«

Warum kam sie jetzt ausgerechnet darauf?

»Es ist gar nicht so klar, wer da wen verführt hat«, erwiderte Blumenthal hilflos.

»Er war der Lehrer, sie die Schülerin«, beharrte Göntje. »Wer hat da die Verantwortung?«

»Du weißt ja gut Bescheid«, sagte Blumenthal in der Hoffnung, diese Diskussion endlich zu beenden.

Göntje ging nicht darauf ein. »Ing Matzen hat sie geheißen«, sprach sie weiter. »Mein Opa hat sie noch gekannt.«

Das konnte stimmen. Ing hatte Oluf Braren um siebenundzwanzig Jahre überlebt. Merkwürdig, ihm war nie in den Sinn gekommen, daß Brarens Nachfahren noch in Oldsum lebten. Er war noch nicht hundert Jahre tot. Aber was bedeutete das schon, nach dem Kalender abgelaufene Zeit? Lag nicht die Jetztzeit dem Mittelalter näher als den Tagen Oluf Brarens?

»Das Bild, das er von Ing und den Kindern gemalt hat, das gefällt mir gut«, sagte Göntje. »Die Farben sind so schön bunt.«

»Ja, ist das nicht ein Wunder? Sie ist alt geworden und gestorben, die Erinnerung an sie ist vergangen. Aber auf diesem Bild erscheint Ing Matzen so jung und schön wie an dem Tag, an dem Oluf Braren sie gemalt hat. Er hat sie unsterblich gemacht. Siehst du, darum geht es in der Kunst.«

»Was hat ihm das genutzt?« Sie sagte das nicht in ihrem üblichen schnippischen Ton. »Oluf Braren ist arm und krank gestorben. Er muß sehr unglücklich gewesen sein.«

Blumenthal nickte. »Das war wohl der Preis, den er hat zahlen müssen.«

»Der Preis war zu hoch!« sagte Göntje bestimmt.

Der Preis war zu hoch. Vielleicht. Aber wer kannte die Namen der reichen Bauern und Kapitäne, die ihn zu Lebzeiten verachtet hatten? Wer gedachte noch ihrer Unternehmungen und Fahrten? Seine Bilder aber lebten! Eines Tages würde Oluf Braren den Platz einnehmen, der ihm gebührte. Nicht jetzt, nicht hier, nicht in seiner Heimat, die den Barbaren anheimgefallen war. Aber die Welt würde diese Bilder sehen!

»Göntje!«

Aus der Öffnung der Luke tauchte Riewerts' Schiffermütze auf. »Göntje, nun komm! Laß Herrn Blumenthal in Ruhe seine Arbeit machen.«

Riewerts' Stimme klang nicht zornig oder auch nur erregt. Der Alte hatte anscheinend nichts dagegen, daß er hier alleine mit Göntje auf den Hafersäcken saß. Wenn es ihm nicht gepaßt hätte, ein Blick hätte genügt.

Göntje maulte etwas. Aber keine Frage, daß sie gehorchte. Behende kletterte sie die steile Leiter herunter.

Riewerts blieb. Wollte er doch ein ernstes Wort mit ihm reden? Aber der Alte sagte nichts.

Wer viel redet, dachte Friedrich Blumenthal, erfährt wenig. Der alte Riewerts wußte viel. Die Gerüchte: Die Inseln sollten Sperrgebiet werden, Sylt wird zur Festung ausgebaut, Gibraltar des Nordens. Unterirdische Flugplatzanlagen, Bunker, Kasernen, Flugzeughallen, Werften, Treibstoff- und Munitionslager, Geschützbatterien an der Ostküste. Zur Zeit lief die Sache auf halber Kraft wegen internationaler Presse, und die Wehrmacht hatte natürlich kein Interesse an neugierigen Badegästen. Aber auf Fremdenverkehr konnte nicht gut verzichtet werden nach den Einbrüchen der letzten Jahre. Nur daß die KdF-Proleten keinen Pfennig auf der Naht hatten. Da sah man den alten Stammgast gern, auch wenn rassisch nicht ganz einwandfrei. Riewerts war das ohnehin schnuppe. Am Ende ließ er ihn bei sich wohnen, nur um die Dorfnazis zu ärgern. Zuzutrauen war es ihm. Jedenfalls ließen sie ihn bis jetzt in Ruhe. Föhr war nicht Borkum.

Wortlos reichte ihm Riewerts eine Stallaterne.

Blumenthal bedankte sich kleinlaut. Das Wichtigste für seine Suche hatte er vergessen, der Alte mußte ihn für einen Volltrottel halten.

Dann ließ ihn Riewerts allein.

Die Laterne vor sich haltend, schritt Friedrich Blumenthal in das Dunkel des Dachbodens hinein.

Als sie in die Marsch hineinfuhren, dämmerte es schon. Ein seltsam finsterer Nebel zog herauf, dunkle Schwaden flatterten ihnen wie riesige Schwärme von Fledermäusen entgegen. Es war schwierig, sich in Dämmerung und Nebeldunst zurechtzufinden. Jahn fuhr ungefähr in die Richtung, in der Brodersens Koje lag. Zu ihrer eigenen Überraschung stellten sie fest, daß sie sich nicht verfahren hatten. Bei der Vogelkoje angelangt, stiegen Anselm und Jahn aus dem Wagen und versuchten, zwischen den Bäumen irgend etwas zu erkennen. Nirgendwo war ein Licht zu sehen. Auch sonst deutete nichts darauf hin, daß Brodersen sich in seiner Koje aufhielt. Da blitzte über den kahlen Wipfeln etwas Rotes auf. Anselm nahm das Fernglas aus dem Handschuhfach. Er erkannte, daß es ein Danebrog war, weißes Kreuz auf rotem Grund, die alte Flagge Dänemarks.

»Brodersen, sind Sie da?« brüllte Jahn gegen den Wind.

Plötzlich sahen sie einen Lichtpunkt, der sich mit schaukelnden Bewegungen näherte. Ein Mann mit einer Taschenlampe. »Wer da?« flüsterte es von der anderen Seite des Grabens herüber.

»Herr Brodersen, wir sind es«, rief Jahn. »Was treiben Sie hier? Wir müssen mit ihnen reden!«

Keine Antwort.

Aus dem Buschwerk gegenüber war ein Rascheln zu hören. Brodersen hatte das Brett, das ihm als Steg diente, aus dem Gebüsch gezogen und legte es über den Graben. »Wenigstens läßt er uns nicht springen«, sagte Anselm erleichtert, obwohl er einiges darum gegeben hätte, Jahn beim Stabsprung zu erleben.

Boy Brodersen erwartete sie auf der anderen Seite. Er hatte ein Jagdgewehr geschultert. »Was wollen Sie?« fragte er schroff.

»Antworten!« entgegnete Jahn.

Brodersen blickte einen Moment zu Boden, dann nickte er kurz. »Kommt mit!«

Er führte sie zu seiner Einsiedelei. Das Reetdach war jetzt mit irgendeinem Stoff, einer Art Plane, bedeckt. Die Fenster hatte Brodersen mit Brettern vernagelt. Dabei hatte er schmale Spalten offengelassen, die wie Schießscharten aussahen.

»Was haben Sie denn mit Ihrer Hütte gemacht?« fragte Anselm.

»Hafersäcke, mit Wasser getränkt.«

»Warum haben Sie sich so verbarrikadiert?«

Boy Brodersen antwortete nicht. Er öffnete die umständlich verrammelte Tür.

Die ausgestopften Vögel hatte Brodersen beiseite geräumt, statt dessen war der kleine Raum mit allerlei Säcken, Kisten und Kartons vollgestopft. Die Regale waren mit Konservenbüchsen gefüllt.

»Brodersen, was ist hier los?« fragte Jahn. »Ihre Frau macht sich Sorgen –«

»Das geht dich nichts an, Pastor«, fuhr ihm Brodersen grob in die Rede.

»Reden Sie keinen Blödsinn, Brodersen!« schnauzte Jahn zurück. »Sagen Sie schon, was soll der ganze Zirkus hier?«

»Der heilige Danebrog«, sagte Brodersen ehrfürchtig. »Er soll noch einmal über diesem Lande wehen.«

Anselm und Jahn sahen sich an.

»Ja, schön und gut, Herr Brodersen«, begann Jahn vorsichtig. »Warum nicht, das ist ja auch, soviel ich weiß, nicht verboten. Unsere Dänen auf Föhr flaggen schließlich auch den Danebrog –«

»Ich bin aber kein Däne«, unterbrach ihn Brodersen, offenbar nur mühsam einen Zornesausbruch unterdrückend. »Ich bin Föhringer. Und ich bin für Gerechtigkeit. Dieses Land hat von jeher zum dänischen Königreich gehört. Wir sind gegen unseren Willen Deutsche geworden. Die verdammten Preußen haben unsere Köpfe und unsere Herzen kolonisiert.«

»Herr Brodersen –«

»Als wir eines Tages endlich selbst entscheiden durften, ob wir bei Deutschland bleiben oder wieder zu Dänemark kommen, haben die Verräter mit Gewalt die Entscheidung für Deutschland herbeigeführt. Sie wußten genau, daß es eine Mehrheit für den Anschluß geben würde. Die Bande hat vor Brandstiftung und Mord nicht zurückgeschreckt. Die Abstimmung war ungültig!«

»Aber was spielt das heute noch für eine Rolle?«

»Wenn einem ganzen Volk Unrecht angetan wird, so etwas verjährt nicht, niemals!« schrie Brodersen. »Es ist wieder wie früher.« Er schreckte hoch, als hätte er etwas gehört. Auf einmal hielt Brodersen sein Gewehr umklammert. »Die machen mir keine

Angst«, sagte er mit fester Stimme. »Ich bin in Rußland gewesen. Ich weiß, wie man damit umgeht.« Er lud durch und ging auf eine Schießscharte zu.

Jahn stellte sich ihm in den Weg. »Brodersen, laß das bleiben!«

Brodersen stieß ihn erstaunlich mühelos zur Seite. Jahn landete irgendwo zwischen den Lebensmittelkisten. »Tu das nie wieder, Pastor!« zischte der alte Mann. Dann schob er ruhig den Lauf durch die Spalte, zielte kurz und schoß. Einmal. Ein zweites Mal. Er lud nach. Die leeren Hülsen fielen zu Boden.

Das Feuer wurde nicht erwidert.

Brodersen stieß einen Fluch aus. Aber er nahm die Flinte herunter. Dann setzte er sich auf einen Vorratssack, legte sich das Gewehr quer über den Schoß und starrte wie versteinert vor sich hin.

Jahn näherte sich Brodersen langsam und nahm ihm das Gewehr aus den Händen.

Brodersen ließ es geschehen.

»Herr Brodersen«, sagte Anselm zögernd. »Ich weiß Bescheid, die Burschen vom *Hualewjonken* haben Ihnen einen Streich gespielt.«

Boy Brodersen stieß ein gequältes Lachen aus. »Einen Streich gespielt! So hat es damals auch angefangen.«

»Was hat angefangen, Herr Brodersen?« fragte Jahn, als wüßte er die Antwort schon.

Brodersen schien in tiefes Grübeln versunken. »Ich will von meinem Vater sprechen«, sagte er endlich. Er hielt sich kurz die Hand über die Augen. »Mein Vater, Joachim Brodersen,« begann er dann zu erzählen, »war ein gerader, rechtlicher Mann. Vielleicht war das sein Fehler«, fügte er bitter hinzu. »Er war zu gerade, nicht biegsam genug, und deswegen mußte er gebrochen werden. Eigentlich war er ein ganz unpolitischer Mensch, aber er verehrte alles, was aus Dänemark kam. Dänemark war für ihn das gelobte Land, darüber ging nichts. Mit den Preußen hat er nie etwas zu tun haben wollen. Als er zum Militärdienst eingezogen werden sollte, ist er nach Amerika gegangen.« Brodersen lächelte flüchtig. »Nach dem Weltkrieg hat er sich für den Anschluß an Dänemark eingesetzt. Das haben sich damals nicht viele getraut. Die Dänischgesinnten wurden als Vaterlandsverräter beschimpft. Je näher der Abstimmungstag kam, desto brutaler sind die Deutschen vorgegangen. Am Ende hat unser Hof gebrannt.«

»Wissen Sie, wer das getan hat?«

»Ja, natürlich, Herr Pastor«, entgegnete Brodersen. »Es sind dieselben, die Enkel sind wie die Großväter. Ich kann zwischen ihnen nicht unterscheiden.«

»Ihr Vater«, sagte Anselm. »Hinrich Vanini war –«

»Vanini!« Brodersen sprach den Namen mit unverhohlenem Abscheu aus. »Ja, das hat er auf dem Gewissen, er und seine Leute.«

»Der Geschichte ist nicht nachgegangen worden damals?« fragte Jahn.

Brodersen schüttelte den Kopf. »Es hätte ohnehin keine Beweise gegeben. Dann kam ja auch die Abstimmung. Es gab eine riesige Mehrheit für Deutschland. Da war sowieso alles vorbei.« Brodersen kniff die Augen zusammen, als müßte er sich zur Erinnerung zwingen. »Als sie die Feuerspritze endlich bereit hatten, war unser Hof schon ganz heruntergebrannt.«

»Sie haben das alles als Kind miterlebt!« sagte Jahn.

»Mein Vater hat mich aus dem Haus getragen und ist wieder zurück, aber es war schon zu spät. Meine Mutter ist in dem Haus verbrannt.«

»Und dann?«

»Hark Riewerts, Jennys Vater, hat uns aufgenommen. Er war ein Vetter meines Vaters und sein Freund. Ich bin in seinem Haus aufgewachsen.« Brodersen schwieg einen Augenblick. Dann fuhr er fort: »Nach der Abstimmung ging die Hetze erst richtig los. Wer sich für den Anschluß an Dänemark eingesetzt hatte, war für alle Zeiten ein Verräter, ein Ausgestoßener.« Brodersen hielt inne. »Mein Vater hat das alles nicht ausgehalten«, sprach er mit brüchiger Stimme weiter. »An einem Abend haben wir ihn auf dem Dachboden gefunden. Er hatte sich erhängt.« Wieder schwieg er eine Weile. »Ich habe all die Jahre und Jahrzehnte mit den Mördern meiner Eltern zusammengelebt«, begann Brodersen wieder zu sprechen. »Ich habe mit ihnen gestritten und mit ihnen gefeiert. Ich bin mit ihnen verwandt und verschwägert.«

»Warum sind Sie nicht weggezogen oder ausgewandert?« fragte Anselm.

Boy Brodersen sah ihn verständnislos an. »Oldsum ist mein Zuhause, hier bin ich geboren«, sagte er. »Und es hat auch echte Freunde gegeben. Hark Riewerts hat mich wie seinen eigenen Sohn aufgezogen.« Seine Augen waren tränennaß.

Jahn stand auf. »Kommen Sie, Herr Brodersen, wir bringen Sie nach Hause. Ihre Frau macht sich Sorgen.«

Als sie in den Wagen stiegen, sahen sie im Dunkel der Marsch ein Feuer brennen. Es wirkte recht nah, aber das konnte in der flachen Landschaft täuschen.

»Das ist Hinrichsens Hof!« sagte Boy Brodersen mit bebender Stimme.

Von Ferne hörten sie Sirenengeheul, die Feuerwehr rückte schon an.

»Kommen Sie, wir fahren nach Hause«, sagte Jahn und faßte Brodersen, der sich vom Anblick des Feuers nicht losreißen konnte, am Arm. »Die Feuerwehr ist unterwegs. Wir können sowieso nicht helfen. Carsten Boethius ist sicher vor Ort, der wird mir morgen früh alles erzählen.«

Mitternacht war lange vorüber. Ein scharfer kalter Wind fegte um das Haus, riß bündelweise Reet vom Dach und ließ die morschen Balken ächzen. Diesen Winter würde die alte Schulmeisterwohnung nicht überstehen. Schon stach es wieder in der Brust, tief drinnen, in dem mürben Brei, der einmal seine Lungen gewesen war. Das Blutspeien hatte nachgelassen. Der Auswurf war wässeriger und blasser geworden, mit einigen Bröckchen schwarzverklumpten Blutes darin. Die Schwindsucht zerstörte seinen Körper. Aber der Verstand arbeitete weiter, sogar schärfer und ausdauernder als in gesunden Tagen, als wollte er den todkranken Leib glauben machen, daß er noch am Leben sei. Doch sich selbst konnte er nicht betrügen. Er hatte es niemals gekonnt. Oluf Braren wußte, daß die Begeisterung, die ihn trug, die ihn noch in diesem Leben hielt, nicht unschuldig war. Die Krankheit schenkte ihm die Stunden, die ihm bitter fehlten. Diese Stunden wurden ihm abgerechnet vom Ende her. Es schreckte ihn nicht. Der Mensch konnte nichts dazutun noch wegtun. Er mußte die Nacht nutzen. Er mußte arbeiten.

Vor ihm auf dem Tisch lagen, von zwei Talglichtern beschienen, die fünfzehn Blätter: Fünf in einer Reihe, je drei übereinander zu einem Rechteck geordnet, ein Bild über vier Fuß hoch und mehr als sechs Fuß lang. Er erzitterte vor der Leere der Fläche. Dann zwang er seinen Blick in sie hinein. Da waren ja schon Punkte, Linien, ein ganzes Orientierungsnetz. Das Ergebnis monatelangen kräftezehrenden Findens, Probierens, Verwerfens und Neuerfindens. Das Geschaffte erfüllte ihn mit Hoffnung, und zugleich gab es dem Zweifel neue Nahrung. Komposition, Perspektive, Umriß, so schwierig und vertrackt all das gewesen war, am Ende war es bloßes Kalkül. Wie ein Navigator einen komplizierten Kurs berechnete, hatte er den weißen Ozean des Papiers durchmessen. Längen- und Breitengrade blieben sich gleich, der Polarstern blieb stets an seinem Platz. Bei allen Schwierigkeiten folgte dieser Arbeitsschritt doch unverrückbaren Regeln. Und die beherrschte er bis zu einem gewissen Grad. Es war nicht irgendeiner, der sie ihn gelehrt hatte. Aber nun stand bevor, die Flächen nach und nach mit Farbe auszufüllen, dem Bild Leben einzuhauchen.

Ein Schatten glitt über die seitliche Wand zum Fenster hinaus und verschwand in der Nacht.

Sobald eine Regel wahrhaft beherrscht war, gab es sie nicht mehr. Das Wollen, sein Wollen hatte sich die Bahn gebrochen. Der Eigenwille, der sein Schicksal war, hatte ihn zu malen gedrängt. Aber nun zum erstenmal wahrhaft zu malen! Das neue Bild hatte mit alledem, was vorher gewesen war, nichts zu schaffen. Die Szene spielte nirgendwo. Niemand war darauf zu sehen. Er öffnete sein Inneres und breitete es auf der Fläche aus, daß es leuchte in die Finsternis, gleichgültig, ob die es begriff. Sein Traum würde leuchten, und in seinem eigenen Traum würde er vergehen.

Oluf Braren blickte auf das weiße Rechteck, auf dem blasse Schatten spielten. Jetzt fürchtete er die Leere nicht mehr. Er fürchtete die Zeit nicht mehr. Was geschah, war schon längst gewesen, und was sein würde, war schon längst gewesen. Ob er das Bild vollendete, ob er darüber starb. Nur nicht weiter grübeln. Malen, malen!

Geduldig rührte Oluf Braren das Farbpulver an, tauchte den Pinsel in das tiefe Blau und trug es ohne Hast auf die fahle Weite des Papiers.

Jenny Brodersen war nicht allein. Uwe Vanini saß bei ihr im Wohnzimmer. Er wirkte noch hinfälliger als zwei Tage zuvor.

Sofort schrie Brodersen ihn an: »Was willst du hier! Raus aus meinem Haus!«

Jahn und Jenny redeten auf ihn ein. »Das hat seine Richtigkeit, Herr Brodersen«, sagte Jahn. »Ich habe Herrn Vanini hergebeten. Aber erst sollten *Sie* uns die ganze Wahrheit erzählen.«

Boy Brodersen senkte den Kopf. Er ließ sich erschöpft auf einen Stuhl fallen. »Sie haben wohl recht, Herr Pastor.« Er blickte seine Frau an, dann Anselm. »Ich bin es gewesen«, sagte er halblaut. »Ich habe das Bild weggenommen und versteckt. Ich habe niemals gedacht, daß es soweit kommen würde.« Er fuhr sich mit der Hand über das Gesicht. »Ausgerechnet ich. Gerade ich hätte wissen müssen, daß irgendwann alles ans Tageslicht kommt.« Brodersen stand auf und ging zu den Fotos hinüber, die Anselm und Jahn bei ihrem ersten Besuch zusammen mit Jenny betrachtet hatten. »Euer Oluf Braren ist nie weit weg gewesen.« Er nahm das alte Foto, das Joachim Brodersen im Kreis seiner Nachbarn zeigte, von der Wand, legte es vor sich auf den Tisch und löste die Klammern, die Bild und Glasrahmen zusammenhielten.

Hinter der Fotografie steckte das Blatt aus Brarens *Stiller Hochzeit.*

Fieberhaft musterte Anselm das Bild. Seltsam, in seiner Erinnerung waren die Farben viel kräftiger und leuchtender gewesen, die Figuren hatten viel plastischer und lebendiger gewirkt. Es fehlte irgend etwas. Oluf Braren hatte das Bild offenbar nicht mehr ganz vollenden können. Vielleicht war dies das allerletzte, was er gemalt hatte …

Brodersen nahm Jennys Hand. Er hatte die Augen geschlossen.

»Sie müssen es erzählen«, sagte Jahn.

»Ja.« Brodersen nickte. »Es muß endlich heraus. Ende 1935 bin ich eingezogen worden. Auf der einen Seite ist mir das gar nicht ungelegen gekommen …« Er stockte. Dann sah er seine Frau an. »Jenny, ich – ich war mit Göntje so gut wie verlobt.« Er blickte zu Boden. »Ich habe dir das nie erzählt.«

Jenny Brodersen sagte kein Wort.

»Sie sagten, ›so gut wie‹, Herr Brodersen. Zu der Verlobung ist es also nie gekommen?« fragte Jahn.

»Im Sommer 1936 ist ein junger Kunstwissenschaftler auf die Insel gekommen«, fuhr Brodersen fort.

»Friedrich Blumenthal!« unterbrach ihn Anselm. »Er hat das Blatt aus der *Stillen Hochzeit* gefunden.«

»Ja, Blumenthal hieß er«, sagte Brodersen. »Hier, in diesem Haus hat er gewohnt. Die Blumenthals waren seit Jahren Stammgäste bei Riewerts. Sie kamen aus Berlin. Damals gab es das eigentlich noch nicht, daß die Badegäste auch in den Dörfern wohnten. Aber Riewerts konnte das Geld brauchen, und die Blumenthals waren nette, ruhige Leute.«

»Was ist mit Friedrich Blumenthal passiert?«

Brodersen schien Anselms Einwurf überhört zu haben. »Göntje hat immer von der großen weite Welt geträumt«, fuhr er zu erzählen fort. »Ich will nichts Schlechtes über sie sagen. Nein, trotz allem nicht. Göntje und ich haben nicht zusammengepaßt. Sie kriegte immer, was sie haben wollte.«

»Und sie wollte Blumenthal!« sagte Jahn.

Brodersen zuckte kaum merklich zusammen. »Ja. Aber Blumenthal wollte nicht«, sprach er heiser. »Alles, was ihn interessierte, war Oluf Braren. Er wollte nur das Bild und dann so schnell wie möglich auswandern.«

»Kann man verstehen«, sagte Jahn. »War wohl auch höchste Zeit.«

»Ihm war wohl klar, daß das mit den beiden keine Zukunft haben konnte. Aber Göntje war das alles egal.«

»Herr Brodersen, wissen Sie, was aus Friedrich Blumenthal geworden ist?« fragte Anselm.

»Göntje wollte mit allen Mitteln verhindern, daß Blumenthal die Insel ohne sie verläßt«, sagte Brodersen zögernd. Er schluckte. »Sie hat ihn verraten und das Bild an sich genommen. Alle dachten, daß Blumenthal es irgendwo versteckt hatte. Sie haben es aus ihm herausprügeln wollen. Ich bin selber nicht dabei gewesen. Aber ich habe sie darüber reden hören. Später, lange nach dem Krieg, als ihnen die Bowle in den Kopf gestiegen war. Sie haben ihn totgeprügelt. Wie ein Ungeziefer haben sie ihn totgetreten.«

»Wer?«

»Alle schon tot«, wehrte Brodersen ab. »Peters, Nickelsen, Olufs –«

»Mein Großvater«, sagte Anselm stockend. »Er auch?«

Brodersen nickte stumm.

Eine Art Schwindel ergriff Anselm, als fiele er in eine abgrundlose Tiefe. Was weiter gesprochen wurde, nahm er wie durch dicke Mauern gedämpft wahr. Trotzdem verstand er jedes Wort.

Boy Brodersen sprach weiter: »Der alte Riewerts wollte von seiner Tochter nichts mehr wissen. Er hat Göntje zu Verwandten nach Amerika geschickt. Das Bild hat sie mitgenommen.«

»Aber warum hat sie es nach ihrem Tod zurückschicken lassen?« Anselm kam die eigene Stimme fremd vor, als spreche ein anderer.

Brodersen schwieg.

»Es war ein Schuldbekenntnis!« brach es aus Anselm hervor. »Und *Sie* haben das Bild verschwinden lassen, um Göntjes Andenken zu schützen!«

»Ich …« Brodersen zitterte am ganzen Leib, Tränen rannen über sein altes Gesicht. Er sah seine Frau an.

»Ich weiß«, sagte Jenny Brodersen mit fester Stimme. »Ich weiß, warum. Ich habe es immer gewußt.«

»Nein!« Ein durchdringender Schrei.

Uwe Vanini hatte, seine Augen auf das Bild geheftet, die ganze Zeit schweigend dabeigesessen. Jetzt blickte er, offenbar von seinem eigenen Ausbruch erschrocken, fassungslos in die Runde. »Es ist alles nicht wahr«, flüsterte er. »Ich bin es gewesen. Ich!«

»Herr Vanini, ganz ruhig«, sagte Jahn. »Erzählen Sie von Anfang an.«

Vanini schluckte ein paarmal, dann setzte er sich gerade auf, kniff kurz die Augen zusammen und begann mit leiser, aber fester Stimme zu erzählen: »Göntje trifft keine Schuld. Ich habe damals Blumenthal angezeigt. – Ja, Boy, ich bin es gewesen. Ich habe es für dich getan, verstehst du! Für dich und Göntje.«

Brodersen starrte ihn an.

»Ich hatte ein schlechtes Gewissen«, fuhr Uwe Vanini stockend fort. »Mein Vater war dafür verantwortlich, daß deine Mutter umgekommen ist und dein Vater ... Es war keine Absicht, niemand sollte zu Schaden kommen, aber ... Ich wollte etwas wiedergutmachen, Boy. – Boy, wir sind einmal Freunde gewesen, obwohl unsere Väter Feinde waren. Du warst gerade eingezogen. Als ich Göntje mit diesem Blumenthal gesehen habe, dachte ich ... Ich dachte, ich bin es dir schuldig. Ich wollte sie vor ihm schützen.«

Die Luft war frühlingshaft warm und die Felder trocken. Nahmen Matthiessen beschloß, keinen Wagen zu nehmen, sondern querfeldein nach Westen zu wandern. Vor zwei Tagen hatte ihn die Nachricht erreicht, daß sein Lehrer und Freund Oluf Braren gestorben war.

Manches hatte sich verändert auf der Insel. Der Flecken Wyk hatte seine Häuser- und Einwohnerzahl verdoppelt, städtisch gekleidete Fremde promenierten auf dem Sandwall. Aus der armseligen Fischersiedlung, die er kannte, war ein Seebad geworden. Eine neue Zeit war angebrochen. Föhr war näher an die Welt herangerückt. Oder umgekehrt: Die Welt war auf die Insel gekommen.

Matthiessen blickte nach Norden. Über die weite Marsch konnte er bis zum neuen Deich schauen, den die Föhrer unter schwersten Anstrengungen und den üblichen Streitigkeiten in den letzten Jahren errichtet hatten. Die Wiesen standen in sattem Grün, wohlgenährte Rinder weideten darauf. Die Dörfer, durch die er zog, zeugten von dauerhaftem Wohlstand. Aus Osterlandföhr war ein reines Bauernland geworden. Auf der Straße wurde er freundlich begrüßt, auf platt- und hochdeutsch. Man hielt ihn für einen Touristen, der von Wyk aus einen großzügigen Spaziergang unternommen hatte. Mehrmals machte sich, anscheinend in der Annahme, er habe sich verlaufen, jemand erbötig, ihm den Weg zurück zu weisen. Ein Bauer, der ihn mit dem Wagen auf dem Weg nach Westen überholte, rief ihm zu, er solle nur wieder umkehren, es komme nichts Sehenswertes in dieser Richtung.

Tatsächlich, je weiter Matthiessen nach Westen wanderte, desto ärmlicher erschien ihm alles. Auch hier hatte sich vieles verändert, die Wege waren in einem besseren Zustand als früher, es waren Gräben zur Entwässerung gezogen worden. Aber das Land war schon immer weniger ertragreich gewesen als im Osten der Insel, und mit der Landwirtschaft hatten sich die Westerlandföhrer seit je schwer getan. Sie fühlten sich nicht als Bauern. Wer auf sich hielt, fuhr immer noch zur See. Was für ein Unsinn! Wer wußte, wie es in Wahrheit um die Seefahrt bestellt war, nutzte jede Möglichkeit, die sich nur bot, nicht zur See fahren zu müssen. Sein eigener Vater, der doch ein erfolgreicher Kapitän gewesen war, hatte seinen Kindern niemals von seinen Fahrten erzählt. Später, als sein Sohn schon als Schulmeister in Lohn und Brot stand, hatte er ihm den Grund erklärt. Er hatte geschwiegen, um seine Söhne nicht für diesen entbehrungsreichen und gefahrvollen Beruf zu begeistern. So lagen die Dinge in Wahrheit.

Matthiessen hatte sich Toftum bereits auf Rufweite genähert. Bald passierte er die ersten Häuser. Drei junge Mädchen in Sonntagstracht kamen ihm entgegen. Die alten Bräuche waren noch lebendig. Die Mädchen gingen als Leichenbitter von Tür zu Tür. Matthiessen grüßte. Die Leichenbitterinnen vollführten einen beinahe formvollendeten Knicks. Das mußten sie in Wyk gelernt haben. Er hatte dort Mädchen und junge Frauen in Tracht gesehen, die sich als Kindermädchen bei Touristenfamilien verdingten. Die drei hielten ihn für einen Fremden. Was hatte er erwartet?

Die Mädchen klopften an der Tür des nächsten Hauses.

Eine Frau erschien im Eingang.

»We skel jam grööte faan Meetje. Ulew as duad!« sprachen die drei im Chor. »Wir sollen dich von Meetje grüßen. Oluf ist tot.«

»Toonk, gröötems weler!«

Die alten Formeln. Natürlich wußten alle Dorfbewohner längst, daß Oluf Braren gestorben war. Immerhin, auch der verachtete Schulmann bekam seinen Abschied, wie es sich gehörte.

Die verfallene Schulmeisterwohnung war leicht zu finden. Hier hatte Oluf Braren die letzten siebzehn Jahre seines Lebens verbracht. Die Tür stand offen. Ein dunkles Loch, wie das Maul eines toten Walfisches. Matthiessen trat ein. Er stieß mit dem Fuß gegen etwas, beinahe wäre er darüber gefallen. Als seine Augen sich an das dämmerige Licht gewöhnt hatten, erkannte er, daß eine Art Kiste den Eingang versperrte. Sein Erstaunen schlug in Entsetzen um. Er wußte, worüber er eben gestolpert war: Was da vor ihm stand, war keine Kiste oder Truhe, es war der offene Sarg seines Freundes Oluf Braren. Natürlich, er wurde nach alter Sitte betrauert. Man legte die Leiche in den Hauseingang, damit die Dorfbewohner vorbeikommen und sich von dem Toten verabschieden konnten. Im Augenblick war er, Nahmen Matthiessen, der einzige Gast.

Kaum erkannte er den Freund wieder. Die Haut war weiß, als wäre sie aus Wachs. Oluf Braren wirkte erstaunlich klein, sein Kopf erschien im Verhältnis zum Körper groß, puppenhaft, fast wie die Figuren auf seinen ersten Bildern. Er lag da wie ein schlafendes Kind. Der Brauch, den Verstorbenen im Hauseingang aufzubahren, jetzt kam er Matthiessen nicht mehr gar so entsetzlich vor. Wie oft hatte Oluf Braren, im Hauseingang stehend, die Freunde begrüßt, sie lachend und unter vielen Worten in das Innere seiner ärmlichen Wohnung hineingeleitet. Jeder Besuch war dem kleinen Schulmeister ein Fest gewesen. Nun empfing er die Freunde ein letztes Mal, ein stiller Gastgeber.

Matthiessen blieb nicht lange unbemerkt. Meetje kam aus der Wohnstube, in der sich offenbar noch weitere Gäste befanden.

Sie erkannte ihn sofort und begrüßte ihn mit leiser Freundlichkeit. Drei der vier Trauergäste kannte er: noch von der Schulbank her den Kapitän Boy Ketels, außer ihm selbst offenbar der einzige ehemalige Schüler, der Oluf Braren die letzte Ehre erwies.

Ketels' Gesicht war braungebrannt, er mußte gerade von großer Fahrt heimgekehrt sein. Auch Olufs Vater war da, der alte Brar Braren. Als Kinder hatten sie den strengen Mann gefürchtet. Der Alte hielt sich betont aufrecht, seine Miene war versteinert. Schließlich hatte sich, mit eisgrauem Backenbart, auch der alte Pastor Simon Petersen eingefunden. Er war anscheinend noch immer im Amt. Der unbekannte Vierte war ein etwas aufgeschwemmter, dabei noch recht junger Mann. Er trug eine kleine goldene Brille in seinem traurigen Gelehrtengesicht.

Die Föhrer Männer begrüßten Matthiessen mit knappen Worten. Der Unbekannte stellte sich ihm als ein Herr Fabricius vor, ehemals ein Kollege von der Nachbarinsel Sylt, den es jedoch vor kurzem in einen anderen Teil des Königreichs verschlagen habe. Nahmen Matthiessen konnte sich nicht erinnern, seinen alten Lehrer je von Fabricius erzählen gehört zu haben. Was hatte er mit Oluf Braren zu schaffen gehabt? Im Gegensatz zu den anderen Männern, die Matthiessen skeptisch und, wie er fand, sogar ein wenig abschätzig beäugten, obwohl sie doch wissen mußten, daß er in Hedehusum geboren war, tat Fabricius so, als wäre er seit langem mit ihm bekannt.

Mettje reichte Kaffee und Kuchen. Sie aßen und tranken im Stehen. Als Oluf Brarens Witwe sich versichert hatte, daß alle satt waren, wandte sie sich an Pastor Petersen:

»Herr Pastor, ich glaube, mehr Gäste kommen nicht. Wir können ihn hereinholen.«

Petersen nickte.

»Wenn die Herren so gut sein wollen, schaffen wir es leicht zu dritt«, wandte sich Ketels an Matthiessen und Fabricius.

»Selbstverständlich«, antwortete Matthiessen. »Aber Sie müssen mich nicht gar so förmlich ansprechen, Herr Kapitän. Ich bin Föhringer wie Sie.«

»Rocht, beest jo en Hedehüsembüür«, erwiderte Ketels ohne eine Spur von Überraschung. Er hatte ihn also doch erkannt.

Ketels und Matthiessen stellten sich jeweils an ein Ende des Sarges und hoben an. Fabricius stand mit hilflosem Gesicht im Weg herum, bis Ketels ihn mit ein paar knappen Befehlen an Matthiessens Seite beorderte, so daß der Kapitän nun das Fuß-, die beiden Schulmeister gemeinsam das Kopfende des Sarges trugen. Der Sarg war bestürzend leicht.

Sie brachten ihn in den Pesel und stellten ihn auf den Tisch.

Pastor Petersen sprach einige Worte der Andacht. Dann brachte Mettje Skeelks, ein klebriges Gemisch aus Sirup und Branntwein, das einzig zu Taufen und Beerdigungen gereicht wurde.

Schließlich wurde der Sarg geschlossen. Die drei Männer hoben ihn wieder auf ihre Schultern. Petersen ging voran, Brar Braren folgte als einziger dem Sarg seines Sohnes. Meetje blieb im Haus. Der Weg zum Friedhof war weit und die eigentliche Trauerfeier ohnehin beendet.

Auf der Straße liefen ihnen einige Schulknaben entgegen. Petersen schimpfte sie mit gedämpfter Stimme aus, weil sie zu spät kamen. Die Jungen setzten sich an die Spitze des kleinen Trauerzuges und begannen, stimmbrüchig zu singen: »Begrabt den Leib in seiner Gruft, bis ihn des Richters Stimme ruft«. Petersen ließ es bei einer Strophe bewenden und schickte sie dann mit einer ungnädigen Geste nach Hause.

Matthiessen schwitzte. Es war sehr warm für Ende März. Ein Tag ganz nach Brarens Sinn. Auf der Toftumer Heide legten sie eine Rast ein. Während des ganzen Weges sprach niemand ein Wort.

So trugen sie Oluf Braren zum Friedhof von St. Silvester hinüber und begruben ihn in aller Stille.

Am Abend saßen Matthiessen und Fabricius im Pesel beisammen, an demselben Tisch, auf dem vor Stunden Oluf Brarens Leichnam gelegen hatte. Mettje hatte sich, von den Aufregungen des Tages erschöpft, zu Bett begeben.

»Es ist seltsam«, begann nach einer langen Weile des Schweigens Fabricius zu sprechen, »wir haben beide Oluf Braren zum Freunde gehabt und sind uns doch niemals bisher begegnet. Dennoch glaube ich Sie zu kennen. Unser Freund war Ihnen sehr zugetan.«

Nahmen Matthiessen sah ihn bestürzt an. Langsam schüttelte er den Kopf. »Verzeihen Sie, Herr Fabricius«, sagte er verwirrt. »Es war ein langer Tag.«

»Ein trauriger Tag. Dieser Mensch, Oluf Braren, war so unendlich viel mehr wert, als ihn seine Umwelt eingeschätzt hat. Ein solch kläglicher Abschied.«

Matthiessen vergrub sein Gesicht in den Händen. »Verzeihen Sie«, sagte er, um Fassung ringend. »mir ist nicht ganz wohl, ich...«

»Ich kenne solche Augenblicke, Herr Matthiessen«, sagte Fabricius freundlich. »Wissen Sie –«

»Nein!« unterbrach ihn Matthiessen. Beschämt über die Heftigkeit seines Einwurfs, schlug er den Blick nieder. »Ich wollte Sie nicht beleidigen«, sagte er entschuldigend.

»Herr Matthiessen«, entgegnete Fabricius unverändert höflich. »Wir kennen uns erst seit einigen Stunden. Aber mir genügt zu wissen, daß er Sie seinen Freund genannt hat. Wollen Sie mir nicht sagen, was Sie so bedrückt?«

»Ja, Sie haben wohl recht, Herr Fabricius«, sagte Mathiessen, ein Kopfnicken andeutend. »Vielleicht sind Sie der einzige Mensch auf der Welt, dem ich es sagen kann, und vermutlich ist dies der rechte Augenblick, es auszusprechen. Ich habe kein reines Gewissen meinem alten Lehrer gegenüber.« Matthiessen stockte. Dann sprach er weiter: »Wie Sie wohl wissen, hat Oluf Braren vor vielen Jahren dafür gesorgt, daß ich eine Ausbildung bei dem berühmten Maler Tischbein genießen durfte. Er glaubte, in mir ein Talent für die Kunst entdeckt zu haben und hat alles daran gesetzt, mir diese Ausbildung zu verschaffen.«

»Oluf Braren hat mir von Ihnen stets lobend und voller Stolz gesprochen«, sagte Fabricius.

»Das Zeichnen ging mir leicht von der Hand«, fuhr Matthiessen fort. »Ich habe unter Tischbeins Anleitung einige bescheidene, doch, wie ich glaube, recht taugliche Werke zustande gebracht.«

»Ich verstehe nicht sonderlich viel von der Kunst«, sagte Fabricius. »Um der Wahrheit die Ehre zu geben, ich bin ein echter Banause. Doch Ihre *Grablegung Christi*, welche Sie der St. Silvester-Kirche geschenkt haben, hat auf mich einigen Eindruck gemacht.«

Nahmen Matthiessen verzog spöttisch den Mund. »Sie müssen mir nicht schmeicheln, Herr Fabricius. Vielleicht bin ich kein begnadeter Maler, aber soviel verstehe ich doch von der Kunst, um meine *Grablegung* nicht für ein Meisterwerk zu halten.«

»Lieber Herr Matthiessen, es war nicht meine Absicht, Sie zu beleidigen!« erklärte Fabricius besorgt. »Aber Sie haben doch, wenn ich nicht irre, die Akademie mit gutem Erfolge abgeschlossen. Ich weiß, daß nichts Ihren alten Lehrer glücklicher gemacht hat.«

»Gewiß«, erwiderte Matthiessen. »Ich verfüge über ein wenig Talent. Aber was will das besagen? Auf der Akademie wurde mir bewußt, daß ich über einen fortgeschrittenen Dilettantismus niemals hinauskommen würde. Um es schlicht auszusprechen: daß ich nicht zum Künstler geboren war.«

»Mein Freund«, sagte Fabricius. »Sie haben wahrhaftig keinen Grund, sich dessen zu schämen. Wenn Sie die Berufung zum Künstlertum nicht in sich verspürt haben, war es doch vernünftiger, einen anderen Weg einzuschlagen. Und das Leben hat Ihnen schließlich recht gegeben. Sie sind ein Schulmeister geworden, und ein geachteter und nicht unvermögender Mann dazu, wenn ich mich nicht sehr täusche.«

»Alles, was Sie sagen, ist wahr«, entgegnete Matthiessen. »Niemand kann gegen seine Bestimmung handeln. Mir fehlte dieses, was in ihm – leuchtete.« Er sah Fabricius in die Augen. »Begreifen Sie, was mich bekümmert: Es hätte umgekehrt sein müssen. Aus mir ist eben am Ende doch geworden, was aus mir hat werden sollen. Aber *er*! Es will mir vorkommen, als wäre hier ein schrecklicher Irrtum unterlaufen, als hätte das Schicksal, als hätte Gott sich geirrt. Die Wahrheit ist, daß ich mich schuldig fühle. Und so viele gute Gründe sich auch dagegen finden lassen, ich werde dieser Last nicht ledig.«

Fabricius hatte seine Pfeife hervorgeholt. Nun stopfte er sie bedächtig und steckte sie in Brand. Nachsinnend blickte er den kleinen bläulichen Ringen hinterher, die er einen nach dem anderen in die Luft blies. »Vielleicht«, fing er an zu sprechen, »gibt es einen Weg, Sie von Ihrer Bürde zu befreien.«

»Was meinen Sie?« fragte Matthiessen erregt.

»Ich weiß es selbst noch nicht genau«, antwortete Fabricius mit einem rätselhaften Lächeln. Plötzlich wurde seine Miene wieder ernst. »Zuerst möchte ich Ihnen etwas über mich erzählen.« Fabricius nahm seine Brille ab, hielt sie an einem Bügel fest und schwenkte sie daran herum. »Ich habe unseren Freund vor etlichen Jahren kennengelernt. Übrigens verdanke ich diese Bekanntschaft Herrn Hansen von Sylt, der es ja, wie Sie wohl wissen, inzwischen als Chronist und Geschichtsschreiber zu einiger Berühmtheit gebracht hat. Es war nur ein kurzer Besuch, den wir Oluf Braren abgestattet haben. Dennoch hat diese Begegnung mich in einer Weise beeindruckt, daß ich mich dazu entschloß, eine Lebensbeschreibung Oluf Brarens zu verfassen. Ich mochte mich schlicht nicht mit der Vorstellung befreunden, daß dieser bemerkenswerte Mensch nach seinem Tode dem Vergessen anheimfallen sollte. Wenn ihn auch seine Bescheidenheit davon abgehalten hat, einen solchen Wunsch offen zu äußern, fühlte ich mich durch Oluf Braren selbst zu meinem Vorhaben ermuntert.

Ich bildete mir gar ein, er habe mir den Auftrag dazu erteilt. Gleichviel, jedenfalls erschien es mir angezeigt, die Nachwelt über Leben und Leiden unseres Freundes zu unterrichten: Was ich von der Geschichte des armen Schulmeisters Oluf Braren nur habe auffinden können, habe ich mit Fleiß gesammelt und lege es nun mit bebender Brust vor et cetera. Sie verstehen schon.«

»Das ist doch ein großartiger, ein herrlicher Plan«, sagte Matthiessen bewundernd. »Aber was wurde aus Ihrem Vorhaben?«

Fabricius zupfte nervös an seinem Backenbart. »Was wurde daraus?« Er lächelte matt. »Mein lieber Herr Matthiessen, Sie müssen wissen, Sie sind nicht der einzige, der sich für einen Stümper hält. Nun, Ihnen ist das ein und andere gelungen. Ich dagegen pfusche nur so herum und bekomme selbst nach Jahren mühevoller Arbeit allenfalls ein paar armselige Bruchstücke zustande.« Fabricius setzte sich die Brille wieder auf. Er blinzelte Matthiessen durch die Gläser an. »Was wissen wir am Ende über ihn?« fragte er mit einer scharfen, beinahe schneidenden Stimme, die gar nicht zu dem gutmütigen Mann passen wollte. »Was wissen wir denn?« Fabricius räusperte sich verlegen. Er war ins Schwitzen geraten und lockerte sich ein wenig die Halsbinde. »Es ist seltsam«, begann er nun wieder in seiner gewöhnlichen Tonlage weiterzusprechen, »eben erst hat unser Freund diese Welt verlassen. Aber wenn ich ihn mir ins Gedächtnis zurückrufe, kommt es mir vor, als wäre er schon seit langem von uns gegangen, als hätte er in einer anderen Zeit gelebt, die uns schon ganz fremd geworden ist.« Wieder begann Fabricius in seinem Backenbart herumzurupfen, heftiger als vorhin, als litte er unter einem nervösen Zwang. »Was war das überhaupt für ein Leben?« murmelte er. »Er war ein Gescheiterter, ein Außenseiter. Sein kurzes äußeres Leben ist schnell erzählt. Aber sein äußeres Leben ist nur die Skizze für sein inneres. Wie soll man dieses ort- und geschichtslose Innere, dem seine Kunst entsprungen ist, sein eigentlichen Wesen fassen? Wann immer ich ansetzte und einen Lebensabschnitt, ein besonderes Ereignis beschreiben wollte, glitt mir der nüchterne Bericht unvermerkt ins Romanhafte. – Oh, es war nicht gedankenlos dahergesagt, als ich eben bemerkte, ich verstünde Sie. Ich fühle mich schlicht nicht Künstler genug, um etwas zu schaffen, das seinem Gedächtnis angemessen wäre.« Plötzlich schlug Fabricius sich an die Stirn. Er sprang von seinem Sitz auf. »Jetzt habe ich es!« rief er.

»Was haben Sie?« fragte Matthiessen verwirrt.

Fabricius setzte sich wieder. Er strich seinen zerzausten Bart glatt. »Verzeihen Sie«, sagte er ein wenig betreten. »Mir ist soeben klargeworden, daß die Ursache meines Scheitern möglicherweise nicht so sehr in der Unzulänglichkeit meiner in der Tat bescheidenen Fähigkeiten begründet liegt. Vielmehr war mein Projekt schon im Ansatz verfehlt und grundfalsch.«

Er faßte Matthiessens Hand. Der zuckte im ersten Augenblick zurück, ließ es dann aber geschehen, daß Fabricius sie mit beiden Händen drückte.

»Oluf Braren war ein Künstler«, sprach Fabricius atemlos. »Sein äußeres Leben ist vollkommen gleichgültig, er lebt allein durch sein Werk fort. Die Kunst aber kann allein durch die Kunst erkannt werden. Es gibt meines Erachtens nur eine angemessene Weise, das Gedächtnis unseres Freundes zu ehren und ihn in der Erinnerung zu halten. Mir ist es nicht beschieden, diesen Weg zu gehen, aber Sie könnten es, Sie müssen es! Führen Sie seine Kunst fort! Sie sind es Oluf Braren schuldig.«

Ein Herbststurm tobte über die Insel. Es wehte so stark, daß man kaum vor die Tür gehen konnte. Dazu regnete es unablässig.

Anselm versuchte, seine Gedanken zu ordnen. Was war geschehen? Uwe Vanini hatte Blumenthal angezeigt. Boy Brodersen hatte all die Jahre gedacht, seine ehemalige Verlobte Göntje Riewerts hätte ihn verraten. Ob Vanini es tatsächlich getan hatte, um Göntje vor einem Fehltritt zu bewahren und so Boy Brodersens Freundschaft wiederzuerlangen – wer konnte das nach so langer Zeit noch sagen? Wahrscheinlich wußte Vanini es selbst nicht mehr. Immerhin hatte er zugegeben, daß er ein überzeugter Nationalsozialist gewesen war. Er hatte es also wohl auch als seine Pflicht empfunden, den Juden Friedrich Blumenthal ans Messer zu liefern. Sein Vater war damals gerade in Ungnade gefallen. Vielleicht hatten sich die Vaninis mit der Denunziation bei den Parteioberen wieder lieb Kind machen wollen? Oluf Braren galt als völkisches Genie, und Vanini hätte sein Werk aus den Händen des raffgierigen Juden gerettet, der die Bilder ins Ausland verhökern wollte. Das zumindest hatte nicht geklappt. Göntje Riewerts hatte das Bild rechtzeitig an sich genommen und nach Amerika geschmuggelt. Alles, was Vanini und seine Spießgesellen gefunden hatten, waren Blumenthals Tagebücher, die sie jedoch für wertlos hielten. Man hatte sie zusammen mit Blumenthals Vorarbeiten zu seiner neuen Braren-Studie dem Schleswiger Museum übergeben, wo sie bis vor kurzem unbeachtet vor sich hingemodert hatten. Friedrich Blumenthals Geschichte war in Vergessenheit geraten, zugeschüttet durch all die Ereignisse, die sich darauf häuften, der Krieg, die Zeit des Wiederaufbaus. Und erinnern wollte sich niemand. Die Geschichte schien für alle Zeiten vergessen – bis das Bild wieder aufgetaucht war. Plötzlich war die Vergangenheit lebendig geworden, hatten sich alte, längst für vernarbt gehaltene Wunden wieder geöffnet.

Anselms eigener Großvater war unter den Mördern gewesen. Mit einem Schlag war er ihm fremd geworden. Seine Kindheit war ihm gestohlen. Es gab keine Erinnerung mehr, alles war Lüge. Sein Leben wurde bestimmt durch Ereignisse, Taten, die lange vor seiner Geburt stattgefunden hatten, für die er nichts konnte. Anselm spürte eine verzweifelte Hilflosigkeit. Was blieb ihm? Er hatte das

Bild wieder. Oluf Braren war von der Schuld, die wie die Pest auf diesem Land lastete, unberührt. So hatte es auch Friedrich Blumenthal gesehen. Anselm würde sein Werk vollenden. Er würde das tun, was Blumenthal verwehrt geblieben war. Das war er ihm schuldig. Seine Arbeit, mit der er Oluf Braren wieder in das Gedächtnis der Welt zurückholen würde, wollte er Friedrich Blumenthal widmen, dem ersten Entdecker des Bildes.

Oluf Brarens Bild lag, mit einem weißen Passepartout versehen, auf Jahns Schreibtisch. Anselm betrachte es stundenlang. Er malte sich aus, wie der greise Tischbein auf Föhr angekommen war, Braren ihn begrüßt hatte, wie sie zusammen in seinem Atelier gesessen, der Alte ihm Unterricht erteilt hatte. Oluf Braren mußte unter den Insulanern wenigstens kurz wieder zu einigem Ansehen gekommen sein, wenn er so hohen Besuch empfing. Was hätte noch aus ihm werden können, wenn er nicht so früh gestorben wäre? Die Farben erschienen Anselm immer noch merkwürdig blaß. Vermutlich hatte man das Blatt unsachgemäß behandelt. Vielleicht hatten Braren am Schluß nur noch minderwertige Farben zur Verfügung gestanden? Eine Untersuchung im Museum würde darüber Aufschluß geben. Allerdings wirkten die abgebildeten Personen seltsam ungelenk, beinahe puppenhaft, wie auf seinen früheren Bildern. Oluf Braren hatte kurz vor seinem Tod mit dem Blatt begonnen, er hatte keine Gelegenheit mehr zur Überarbeitung gehabt.

Ein leises Brummen drang von der Straße herein. Anselm blickte aus dem Fenster. Ein schwarzer Audi 80 mit Schleswiger Kennzeichen hielt vor dem Pastorat. Hippel hatte es früher geschafft als erwartet. Anselm hatte erst heute morgen in Schleswig angerufen. Die Sekretärin hatte ihm gesagt, der Professor liege krank im Bett, sie werde ihn zu Hause anrufen und über die wichtige Neuigkeit informieren.

Nach wenigen Augenblicken waren eilige Schritte in der Diele zu hören. Die Tür zu Wohnstube öffnete sich.

Hippel trug einen schwarzen Mantel, um den Hals war ein langer Schal geschlungen, dessen Enden beinahe den Boden berührten. Auf dem Kopf hatte Hippel eine hohe Persianerkappe, wie man sie vom rumänischen Staatschef Ceauşescu kannte.

Der Professor stieß einen gewaltigen Nieser aus. Dann nestelte er ein Taschentuch aus seinem Mantel hervor und putzte sich umständlich die Nase. »Nun«, sagte er, noch während er damit beschäftigt war, »wo haben Sie den Baren?«

Inzwischen war Jahn eingetreten.

»Das ist Pastor Jahn«, sagte Anselm. »Ihm haben wir es maßgeblich zu verdanken, daß das Blatt nun der kunstwissenschaftlichen Forschung zur Verfügung steht.«

Hippel sandte dem Pastor einen gleichgültigen Blick zu und nickte kurz in seine Richtung. »Wo ist das Bild?« fragte er ungeduldig.

»Das Blatt liegt dort auf dem Tisch«, sagte Jahn, über Hippels Gebaren deutlich verärgert.

Schniefend verfügte sich Hippel zu Jahns Schreibtisch hinüber. Auf dem Weg putzte er seine inzwischen beschlagene Brille mit einem Ende seines Schals ab. Dann blinzelte er kurzsichtig durch die völlig verschmierten Gläser auf das Blatt. Offenbar konnte er immer noch nichts erkennen, denn nochmals nahm er die Brille ab und wischte mit seinem Taschentuch auf den Gläsern herum.

Der Professor musterte das Bild ein zweites Mal.

»Soll das ein Scherz sein?« krächzte er.

»Was meinen Sie?« fragte Anselm verwirrt.

»Sie lassen mich aus dem Bett holen, bei Sturm und Regen auf diese Insel reisen wegen –«

»Wegen was? Was meinen Sie überhaupt?« fuhr Jahn den Professor an.

»Das frage ich Sie!« rief Hippel empört. »Ich habe für solche Scherze keinen Sinn. Schauen Sie doch nur: Die Zeichnung, die Farben … Ich weiß nicht, welcher Stümper das zusammengeschmiert hat, aber von Oluf Braren stammt dieses« – er verzog angeekelt den Mund – »dieses Machwerk ganz bestimmt nicht!«

»Das Bild ist nicht echt?«

»Ich bitte Sie«, sagte Hippel herablassend. Und zu Anselm gewandt: »Das erkennt doch jeder Laie.«

Als könne er den Anblick des Bildes nicht eine Sekunde länger ertragen, drehte Hippel sich ruckartig um und strebte zur Tür. Dort blieb er noch einmal stehen, fixierte Anselm mit giftigem Blick und zischte: »Ich gebe Ihnen einen guten Rat, Herr Olufs: Lassen Sie es mit der Kunstgeschichte.« Hippel schneuzte sich ausgiebig. »Und damit mein Rat auch Früchte trägt«, fügte er dann höhnisch hinzu, »werde ich dem Kollegen Hartmann von Ihren Unternehmungen hier berichten.«

Grußlos verließ der Professor das Pastorat.

# *ABSCHIED*

Die bleigrauen Wolken hatten sich nach Westen verzogen, unmerklich war der Himmel in ein verwischtes Violett übergegangen. Das schimmernde Metall der See verwandelte sich in samtenes Rot. Wind kam auf. Möwen durchschossen wie silbrige Blitze die Luft. Es war der Morgen seines Abschieds.

Jahn hatte Anselm zur Mole gefahren. »Da wären wir also«, sagte der Pastor, als sie am Kai standen. Die Fähre nach Dagebüll lag schon am Anleger. Sie gaben sich die Hand. Jahn reichte ihm einen Benzinkanister. »Damit schaffst du es bis Husum.«

»Danke.«

»Kommst du mal wieder?«

»Irgendwann – vielleicht.«

Anselm hob seine Tasche auf und ging langsam zum Anleger hinüber. Dort wartete Elke auf ihn. Sie hatte sich also entschieden, die Insel zu verlassen. Was hatte sie auch noch auf Föhr verloren? Jahn hatte bei Carsten Boethius angerufen und erfahren, daß die Feuerwehr den sturzbetrunkenen Hanno Hinrichsen aus seiner brennenden Scheune gerettet hatte. Es war unklar, ob er Selbstmord begehen wollte. Man hatte ihn einstweilen festgenommen, die Sache roch nach versuchtem Versicherungsbetrug.

Elke war kaum wiederzuerkennen. Sie trug ein blaues Kostüm, die Frisur war neu. Ihre schwarzen Haare glänzten wie früher, die grauen Strähnen waren verschwunden. Sie war geschminkt. Der kirschrote Mund wirkte wie gemalt in ihrem Porzellangesicht.

»Ich wollte mich von dir verabschieden, Anselm«, sagte sie. Aus ihrer Stimme war alle Rauheit verschwunden, sie klang sanft wie damals.

Sie sah ihm in die Augen. »Meldest du dich mal?«

»Vielleicht«, stieß Anselm hervor, nachdem er endlich verstanden hatte, was ihre Worte bedeuteten. »Muß den Kopf wieder klar kriegen. – Bleibst du auf Föhr?«

Von hinten ertönte eine Hupe. Elke blickte an ihm vorbei, dorthin, wo der unangenehme Ton herkam.

Anselm drehte sich um. Ein mattsilberner Mercedes näherte sich im Schrittempo. Am Steuer saß Ole Peters. Er winkte ihm hinter der spiegelnden Frontscheibe zu.

»Ich muß an die Kinder denken«, sagte Elke.

»Klar.«

Anselm nahm seine Tasche und den Benzinkanister und ging auf die Fähre, die schon unter den laufenden Motoren vibrierte. Es war die *Rüm Hart*.

Als er sich ein letztes Mal umsah, erkannte er die Gestalt Volli Hasenschartes, auf dem Mofa sitzend. Anselm hob kurz die Hand. Volli winkte mit seinen riesigen Pranken zurück. Er rief ihm irgend etwas zu, aber seine Stimme ging in Wind und Motorengeräusch unter.

Es war vorbei. Das Bild war vollkommen wertlos. Anselms Reise nach Föhr war umsonst gewesen. Und Friedrich Blumenthal war für eine Fälschung umgebracht worden.

Wer hatte das Bild gemalt? Es kam nur jener Nahmen Matthiessen in Frage, Ing Matzens Bruder, der in Eutin studiert hatte. Was hatte den Maler bewogen, die Arbeit seines alten Lehrers fertigzustellen? Damals hatte niemand diesen Bildern irgendeinen Wert beigemessen. Brarens Witwe hatte die meisten Werke aus dem Nachlaß einfach verschenkt. Was wußte man denn über diesen Oluf Braren? Was war von ihm geblieben? Außer den dürftigen Daten auf seinem Grabstein nur ein paar Bilder, die wenigen, die nicht verbrannt waren. Schon zu Lebzeiten hatte ihn niemand gekannt. Nein, der Braren, wie er wirklich gewesen war, der wahre

Oluf Braren, existierte nicht, nicht nur, weil er dem Vergessen anheimgefallen war, sondern auch weil ihn niemand je gekannt hatte.

Anselm würde Professor Hartmann in einem Brief mitteilen, daß er sein Projekt aufgegeben hatte. Hippel hatte sicher schon in Tübingen angerufen. Anselms Karriere als Kunsthistoriker war beendet, bevor sie angefangen hatte. Zu seinem eigenen Erstaunen stürzte ihn das nicht in Verzweiflung. Im Gegenteil, er fühlte sich erleichtert.

Mit dem Bild war nicht die unerreichbare, fremde Welt Oluf Brarens, sondern die nahe Vergangenheit zurückgekehrt und wie ein Alptraum über die Brodersens hereingebrochen – und auch über ihn, Anselm. Sein Großvater war an der Mordtat beteiligt gewesen. Er gehörte dazu, ob er wollte oder nicht. Worin bestand seine Schuld? Wie konnte er eines Verbrechens schuldig sein, das er gar nicht begangen hatte? Aber es ging nicht um Verbrechen und Strafe: Die Schuld war das Schweigen. Das Schweigen, das Vergessen bedeutete.

Friedrich Blumenthal. Über ein halbes Jahrhundert trennte sie, und doch fühlte Anselm sich ihm auf eine innige Weise verbunden. Oluf Braren war der ferne Punkt, an dem sie sich begegneten, an dem sie sich erkannten, über die Zeiten hinweg. In ihm hatten sich ihre Schicksale verwoben. Dieser fremde Mensch, Blumenthal, war ihm vertraut wie sonst niemand auf der Welt. Hippel hatte den Karton mit den alten Aufzeichnungen nicht zurückgefordert. Anselm würde sie behalten und zum Sprechen bringen. Er wußte mit einer Bestimmtheit, wie er sie nie zuvor gekannt hatte: daß es ihm aufgetragen war, dieses Leben zu erzählen. Die Toten retten. Mehr konnte ein lebender Mensch nicht tun.

Der Morgen wollte zum Tag werden. Anselm blickte über die silbern schillernde Meeresfläche nach Osten. Der Horizont tat sich auf wie ein flammendes Tor.

# Warum trägt man sein Leben lang Geheimnisse mit sich herum? Und nimmt sie mit ins Grab.

**Larissa Boehning**

**Lichte Stoffe**

Roman

328 Seiten_gebunden/Schutzumschlag

Euro 19,95 (D)_sFr 33,90_Euro 20,60 (A)

ISBN 978-3-8218-0737-9

Alleingelassen mit einem Mischlingskind in der Trümmerwüste Berlins 1946 – das Trauma ihres Lebens hat Neles Großmutter nie verkraftet und an die nächste Generation weitergegeben.

»Larissa Boehning erzählt in diesem raffiniert komponierten Buch deutsche Nachkriegsgeschichte. Eine Spur, einmal gelegt, zieht sich durch die Generationen.«
*Verena Auffermann, Deutschlandradio Kultur*

»Eine fein gezeichnete, kluge Auseinandersetzung mit dem Themenkomplex Herkunft und Heimat, Ortlosigkeit und Verflüchtigung.« *Neon*